名家文存

文艺看法

李惊涛 ｜ 著

山东人民出版社

全国百佳图书出版单位　国家一级出版社

图书在版编目（CIP）数据

文艺看法 / 李惊涛著.—济南：山东人民出版社，
2019.6

ISBN 978-7-209-11978-8

Ⅰ.①文… Ⅱ.①李… Ⅲ.①文艺评论—中国—当代
—文集 Ⅳ.①I206.7-53

中国版本图书馆CIP数据核字（2019）第120461号

文艺看法

李惊涛　著

主管部门　山东出版传媒股份有限公司
出版发行　山东人民出版社
地　　址　济南市英雄山路165号
邮　　编　250002
电　　话　总编室（0531）82098914
　　　　　市场部（0531）82098027
网　　址　http://www.sd-book.com.cn
印　　装　三河市华东印刷有限公司
经　　销　新华书店

规　　格　32开（145mm×210mm）
印　　张　8.75
字　　数　195千
版　　次　2019年7月第1版
印　　次　2019年7月第1次
ISBN 978-7-209-11978-8
定　　价　56.00元
　　　　　如有印装质量问题，请与出版社总编室联系调换。

自　序

　　我这大半生，基本上是在创作、研究和讲授文艺作品中度过的。因此结交的，也大多是从事文学艺术创作或研究的朋友。在他们视野里，我的身份也处在不断变化中，先后做过文学杂志的编辑、电视台的负责人和高校的教师。对我身份的次第变化，他们一点都不感到奇怪，原因还是因为文学与艺术。

　　高校教师于我，算是梅开二度。1983 年，我从北师大中文系毕业后，曾留校任教三年，因此调入中国计量大学，属旧梦重温。现在回想起在北京学习和工作的七年，有个人应该被提到：莫言。我与这个人没什么交集，扯起来难免有攀龙附凤之嫌；实际上我想说的，是他对我的影响。我 1979 年考入北师大，1986 年离京，那个时段，正是莫言在文坛脱颖而出的时候，也是中国当代文学接通世界文学脉搏的时光。

　　我与莫言从未谋面。1983 年留校后，我常与《青年文学》编辑李景章在一起喝酒、聊天。他是我大学同班同学，和我一样视文学为梦想，酒量却比我大几倍，因此醉卧他们编辑部，在我已是常事。那时候他们杂志编辑力量很强，黄宾堂、马未都、牛志强都在，李景章手头正编辑莫言的《草鞋窨子》。因为《透明的红萝卜》，我知道莫言在文坛已经小有影响。我翻看着《草鞋窨子》的手稿，感受到作品很沉实的分量。不久，他的《红高粱》在《人民文学》问世，评论界竟一时失语；过了好久，才由李陀发声回应。在大学同学葛菲家里，我曾获赠一本高长荣翻译的《百年孤独》，知道莫言对于加西亚·马尔克斯的敬重，以及他坦承自己受到的影响。心神向往间，我觉得文学杂志的编辑工作实在太好了，不仅可以研究和创作文学作品，还能经常和作家们交流想法；更重要的是，如果形成共识，便会成为文学现象或思潮生发的源头。不久，怀揣文学梦想的我毅然辞别京师，调到中国东部一座沿海开放城市，做文学杂志的编辑去了。那以后的第14年，华裔法籍作家高行健获得了诺贝尔文学奖；又12年后，中国作家莫言获得了诺贝尔文学奖。

知道莫言获得诺贝尔文学奖信息时，我已经不在文学杂志做编辑，甚至也不在电视台做负责人，而是重新回到高校，做起专业教师。从起点回到起点，我发现中国高校已经发生了巨大变化；一如大学毕业三十多年来，中国文艺经受了过山车般的震荡。文艺经历了摆脱政治钳制、获得主体自觉、回归艺术本身的艰苦历程，也经受了市场经济和科学技术的合谋夹击，如今更是淹没于读图时代、视听至上的互联网汪洋。此间，诸多现象、思潮在异质文化碰撞交流中生成和溃灭，诸多作家和艺术家因仕途或经济潮流放逐与沉沦。社会焦点不断移易，生活重心次第偏转。直到喧嚣归于沉静、水落以至石出，蓦然回首，我发现和明白了，凡与心灵相关的必定难以热闹；当然也因为与心灵相关，便注定不会消亡，即如文学和艺术。

因此我想，这本书的出版，也许能够成为读者把脉当代中国文艺的心跳声呢。

权作自序。

作于中国计量大学人文社科学院

2018 年 3 月

目　录

文学的看法

文学现象

文学的"时间部落"

当代文学发展的原动力来自哪里？是作家们意图纷繁的写作，还是读者胃口挑剔的阅读？是报刊与出版社狩猎式的遴选，还是影视界猎艳式的改编？是官方备受争议的评奖，还是民间人际传播的口碑？是图书馆、咖啡馆隔三差五的讲座沙龙，还是课堂、研讨会上疑似学术的探讨？是学者或"意见领袖"们见仁见智的举荐，还是手机微信里"小编"们口味轻重不一的推介？……当然可以认为这些因素都有作用，彼此呼应，构成合力；也可以对因素们条分缕析，论功赏座，求得理论自洽，皆大欢喜。但是，问题是否得以解决，真相有否得到揭示，规律是否终被发现，谁也不敢妄断。那么，问题又回来了：中国当代文学的存在与发展，其主要动力究竟来自哪里？

2015年8月中旬，作家陈武和李建军分别从北京与上海返回连云港领取"花果山文学奖"。颁奖前夕，适逢我从杭州回故乡度假，晚上约江苏省作协和连云港市文联的副主席、我的老同事张文宝，与两位获奖者在市区盐河边上喝啤酒，吃炖鸡火锅。作家陈武是我的挚友，在文坛饶有影响，作品时常亮相《小说选刊》《中篇小说选刊》《小说月报》《作品与争鸣》不说，还每每入选中国年度小说的"琅琊榜"。他近年涉足图书出版界，很快成为令人瞩目的操盘手。他和李建军一向幽默，自称"在外务工人员"；当然，务工的档次也不低，一位是"援京作家"，一位是"援沪作家"。席间油然聊起一个有意思的话题：谁在掌握当代小说界的话语权。陈武发现，目前文坛的"意见领袖"大多是"60后"，亦即"60后"在掌控文学发展方向，是他们的审美价值在左右文学状态。相应地，40后们渐成追忆，50后们接近退出历史舞台，70和80后们尚未登堂入室。他认为，70、80后们即使有在文坛上立住脚的作品，体现的核心理念也必须是60后认同的；换言之，他们在文学领域不是没有自己的年龄特征，但如果他们的审美追求与表达未被60后们认可，则只能处于蛰伏状态。

这样的状态，或许可以称之为文学的"时间部落"现象。这里所说的"时间部落"，与丹纳的时代、环境、种族等概念擦肩，但不一致。时间与部落搭配，当然包含了丹纳的文明性状三元素，但本文所谓"时间部落"，强调的重心在于时间呈现出一种聚合、集纳现象，即是说，对于文学的生存、发展而言，某些时间变得十分重要，成为渊薮；而某些时间虽然存在着，却只能成为被吸附的成分。是这样的吗？

陈武的发现与见地，引起了在座者的共鸣。在我的记忆里，"60后"这一概念，最初是从《青年文学》萌生的。1994年，主持该刊工作的黄宾堂与李师东，在第3期开辟了一个颇有创意的专栏，叫作"60年代出生作家作品联展"。以年代划分或称谓作家，就像以地理经纬度识别地貌一样，颇为新异。专栏指出，60年代出生的作家"与前几茬作家在情感遭遇、文学目的、感知方式、叙述手段等方面，有着明显的不同"，值得特别关注。杂志当年第8期在专栏发表了我的中篇小说《西窗》，获得了江苏省第二届"蝶美杯"报刊文学作品评奖小说一等奖，所以有清晰印象。二十世纪八九十年代，是中国当代小说的黄金时代。文学刊物的创意，总是能够让文坛风生水起；要观察当代小说发展潮汐，只需关注《收获》《钟山》《花城》《十月》《作家》《大家》等杂志即可。由于文学刊物一向被认为是国家或地区文学创作的擂台和风向标，国内代表当代文学最新和最高水准文学杂志主编的年纪，比如李敬泽、程永新、施占军、贾梦玮、宗仁发等，遂被四人一一梳理，分析认为：他们基本上是60后。问题是，当他们退出离历史舞台后，接替他们的70和80后们不就理所当然地掌握了文坛话语权吗？结论是未必。因为70与80后们在文学历练过程中，其思维向度和方法、评价尺度和标准，已经被"60化"了，这种现象相当于射击时的"后坐力"，起支撑和顶托作用的依然是60后。这样，60后便构成了中国当代文学的"时间部落"。

话题因啤酒火锅引发，最终却未能由此收官，因为啤酒喝了一箱又一箱，菜肴换了一茬又一茬，肠肥必然脑满，大家的思维开始向童年退行。时光随着身边的盐河水默默流逝，看看子夜临近，四人只得揖别，表示席间的话题留给我进一步研究，谓之"盐河夜话"。

"盐河夜话"确实很有探讨空间。60后为什么会成为中国当代小说的"时间部落"？构成文学的"时间部落"的主要因素是什么？进而言之，中国文学存在着哪些"时间部落"？它们能否揭示出文学存在与发展的深层动因？对于这些问题的探究，无疑是有趣和有益的。

60后能够成为中国当代小说的"时间部落"，分析起来，大致缘于这样几个原因。

首先，自然是他们的年代际遇。60后的童年与少年，正值"三年自然灾害"与"文化大革命"时期。二十世纪六七十年代，对于40、50后们来说，是一个激情燃烧后陷入动荡和混乱的时段。他们价值观的建立与崩塌，都是在较短的时间内完成的；随之而来的反思，使他们选择了北岛们的"我不相信"。但是60后们则不然。二十世纪六十年代初的营养不良，备受煎熬的不只是他们，更有他们的父母。作为长辈，父母养育子女的艰辛，反而给了耳闻目睹的孩子以更早懂事的机会。60后们在"文革"时期不过孩提，三观未立，因而也就不像40、50后们后来那样，必然经历价值系统崩塌的阵痛。如梁晓声等作家之所以必定背负知青文学的精神重负，是因为他们注定要花大把时间对于自身命运的变异进行反思。及待60后们进入求知欲最旺盛的青少年时期，文革已近尾声，改革和开放即将成为中国立世的姿态，正好使他们摆脱政治的钳制，在第一时间承接了奔涌而来的世界文学思潮。

这就涉及要考虑的第二个原因——60后们的文学视界。显然，60后们的文学视界是宽广的。因为他们张开胸怀迎纳的，是未被苏联意识形态濡染过的文学思潮，高张的是"人"字大旗，回归的是文学本体。进入视域的作家，不是浩然、张永枚、奥斯特洛夫斯基、法捷耶夫，而是卡夫卡、川端康成、马尔克斯、博尔赫斯、福克纳、塞林格、卡弗和罗伯–格里耶……他们注满60后们的心田，激活了他们的创造冲动，以致一直被奉为圭臬的现实主义创作方法，遭他们弃掷的时候并没有难度，算不上割舍；而许多争论不休的话题，自然也被视若无谓，诸如生活与艺术的关系、真实与虚构的关系、题材与对象的关系，等等。他们关心的是现代与后现代小说面临的问题，诸如叙事的语体和语感、结构的时间和空间、叙述的图式和节奏、人性的欲望和暴力、精神的感应和存在、生命的偶然与荒诞、梦境的戏仿与再造、影响的焦虑与突围等等，以至他们奉献给文坛的小说作品，在现实主义小说的天平上很难见出斤两，被称为"新潮"或"先锋小说"，很长时间无缘持续多年的"全国优秀中短篇小说评奖"。在二十世纪八九十年代，格非、余华、苏童们深深体会到了先锋们独步的寂寞。

这种情形最终以先锋们的妥协告终，铸成了"60后"们成为当代文学"时间部落"的原因之三：与大众审美取向达成共识。虽然随着时间的推移和年龄的增长，他们认识到甩掉传统的包袱，写作起来固然自由与轻飏，但独步的四顾茫然，对于文学的生存来说却非福音。因此，苏童、余华等人不再沉醉于叙述的形式化、故事的碎片化、人物的符号化和理念的去大众化，开始重视故事与情节，关注人物与性格，走入现实与历史，观照生存与生活。同时，他们与传统现实主义作家作品保持着警惕的距离，即使讲故事，也不做成寓言；即使写人物，也不屈从类型。他们探索的重心，依然是历史的偶然性、人性的复杂性、族群的祖根性、存在的诡异性与生活的虚妄性。而这些，恰是中国当代小说接通与世界文学脉搏的重要特征。

"60后"成为中国当代小说的"时间部落"，不是偶然的。一个篱笆三个桩：社会运行的变异、域外思潮的融浸与大众审美的牵引。三者形成的合力缺一不可，打造了60后们成为小说坛"意见领袖"的桩基。作家们呈现出来的这些特征，对于读者与媒介的吸引力是强劲的。但是，使这些特征得以突显的暗能量，却来自文学杂志的编辑。陈武曾经赠给我一本程永新编著的《一个人的文学史》，其中披露了诸多重量级作家与杂志编辑相互影响的"内幕"。他们不单交流作品看法，还探讨文学现象，甚至成为某些思潮的发轫者。的确是这样。二十世纪的八九十年代，《收获》《花城》和《作家》联手倡导"先锋小说"，《钟山》竖起"新写实小说"大旗，《青年文学》发起"60 年代出生的作家作品联展"，《十月》在世纪之交又以"小说新干线"力推"新锐"作家……而编辑们推重的重量级作品，往往成为当代小说的"地标"，比如程永新作为责任编辑刊发的《迷舟》《妻妾成群》与《活着》等，便分别是格非、苏童、余华的代表性作品。

由此推演，是否可以说文学的存在与发展，存在着一个以某个时间点为核心、其他时间只能向它凝结的规律？而文学的脉动会以这个时间点为渊薮，产生强大的聚合效应。此间，如果代表这个时间点的"意见领袖"影响力足够大，即会引发群体性的创作现象或思潮。那么，"60 后"们成为文学的"时间部落"是不是孤案？让我们回溯中国现代文学发轫史，看看是什么状况。

中国白话文小说的滥觞，当然首推鲁迅。作为 19 世纪的"80 后"，鲁迅以其对中国农民与知识分子省察的深刻与独到，笔力的质实与沉郁，坐稳了中国现代小说史"大哥大"的位置。但随后跟进并在现代文学史上形成群体现象与留下深刻痕迹的，却是一大批 19 世纪的"90 后"们。如果按年龄排排坐，依次是郭沫若（1892）、叶圣陶（1894）、许地山（1894）、郁达夫（1896）、茅盾（1896）、王统照（1897）、庐隐（1898）、老舍（1899）等。他们莫不是 19 世纪的"90 后"；是他们，构成了现代文学史早期小说创作的主体。19 世纪的"90 后"们无疑是十分典型的现代文学的"时间部落"。对于当今的"60后"们来说，他们具有先声的价值意义；或者说，"60后"们成为当代文学的"时间部落"，不过是一种规律性现象的再现，是"历史的回声"。

细察现代文学史中19世纪的"90后"的特质，与20世纪的"60后"们有诸多惊人的相似之处：一是社会历史处于激剧变革的节点，新文化运动成为当时的急风暴雨；二是外来思潮形成了压倒性冲击力量，民主、科学的大旗被高张；三是历史将拥抱新思潮最合适的年龄段，赐予了19世纪的"90后"，早十年或晚十年，都将与历史机遇失之交臂。当然，我们更不会忘记，二十世纪初发现并推举郭沫若的编辑宗白华，在《时事新报》"学灯"副刊发挥的，正是诗歌版里"意见领袖"的作用。这位年轻人同样是一位19世纪的"90后"，当时不仅在哲学研究领域已经小有影响，而且对新文艺有一股敢于弄潮的勇气。

文章做到这里，有个问题似乎无法绕开，即支撑我们所说的文学的"时间部落"现象的实证，似乎是以"视网膜效应"求得的。即是说，构成现代或当代小说家矩阵的，可能不唯19世纪的"90后"或20世纪的"60后"。与证据相悖的个案，可以举出鲁迅和助推他做成《呐喊》的钱玄同，他们两人都是19世纪的"80后"。而先锋小说家中的马原和残雪，生于20世纪的50年代初；洪峰和孙甘露，则生于20世纪的50年代末。他们的存在，似乎与现当代小说史中的"时间部落"现象相抵牾。这确实是一个必须辨析的问题，但构不成证伪文学存在"时间部落"的要件。因为第一，"时间部落"现象说的，是一个大致的时间域限，当然会有边缘时间的存在；第二，历史机缘所赐予的作家群体，必定会麇集在某个时间段。为什么现当代文学发展史眷顾了 19 世纪的"90 后"和 20 世纪的"60 后"？这里存在一个更大尺度时空的概率问题，其密码有待更多维度地解析。19 世纪的"90 后"和 20 世纪的"60 后"被遴选，具有某种不确定性，是历史与社会机制的偶然性与必然性的媾和催生的产物。不过有一点可以明确，即对于中国而言，西学东渐的前提基础是开放而非闭关。察及二十世纪初的推翻帝制及八十年代初的改革开放，则受益与领风气之先的青年人，必然是 19 世纪的"90 后"与 20 世纪的"60 后"。然则其他的年龄段，便只能成为被吸附的对象了。

当然，"60 后"们构成的当代文学的"时间部落"现象，绝非固若金汤。可以预期，在网络新媒体席卷天下、包举宇内的信息时代，20 世纪的"90 后"们，这些对普郎克、玻尔、薛定谔与霍金如数家珍，对乔布斯情有独钟，以比尔·盖茨、马云为偶像，玩穿越如游戏，视神马如浮云，不再被意识形态过度黏滞，个性自我更为张扬的青少年，很可能打造更为新异的小说创作范式，从而揖别"60 后"们构建的文学"时间部落"。应当承认，那也许不失为一个令人期待的"时间部落"。

最后要说的是，文学除了"时间部落"，还存着一个"空间部落"问题，比如文坛上的江苏、上海、湖南、湖北、山东、山西、陕西等以地域文化为书写特征的作家群现象，也非常值得探讨，但那又是另外一篇有意趣的文章了。

六十年代出生作家群刍议

六十年代出生的作家群作为一种存在，并不是理论上的产物。作为中国当代作家群饶有实力的构成部分，他们是一道魅力四射的风景。但这并不意味着，作为中国文学核心期刊之一的《青年文学》作为一个文坛"话语"提出来的"六十年代出生的作家群",就不具备理论上的意义;情况可能正好相反。优秀的文学刊物,其观念指向与举措,即它亮出的旗帜与开辟的栏目,常常是影响文坛思潮、形成创作现象、促使作家作品由无意识走向有意识的重要因素。我们都注意到了《收获》对先锋文学的倡导在中国文学格局中构成的意义,对《钟山》打出的"新写实"旗号形成的全国范围内的影响,也记忆犹新。可以这样说,文学刊物的思想与作家作品形成的关系,已经毫无疑义地成了当代文学发展轨迹的考察基点。

从理论的层面上来说,"六十年代出生的作家"与存在世界构成的关系,和"知青代作家""右派作家"以及现代文学的建设者们迥乎不同。他们不是在获得了一定知性自觉的状态下切身体验建国前后的历史流程的。从他们开始面对世界时,进入他们视野与心灵的就是一个以"文化大革命"命名的混沌无序的、非理性的存在。是在这样的环境中他们接受了童年与少年时代的教育,在父辈们失衡的心态影响下,艰难地构成了他们最初对于世界的看法。因此苏童、余华等人笔下的"文革风貌",展现的已经不是"知青代作家"英雄主义、理想主义破灭的痛苦,也不是"右派作家"们表现的黑白被颠倒、人格与尊严遭受严重戕害留下的创伤,更不是两者都热衷于揭示的具有反思意味的悲剧发生的症结;读者所看到的,往往是童年视角中一幕幕令他们讶异不已的人性的畸变,而且作品中不再以道德作为判断是非的尺度。这也许就是他们与存在世界构成关系的特殊性所带来的表现角度的区别。此其一。由此衍生的另一个微妙的特征是,在作品内容的领地里,六十年代出生的作家们,很少去触及"知青"生活、"反右"以及建国初期"社会主义革命和建设"的内容……如果说这是一种无形中的禁忌或默契的话，那么这种禁忌或默契却使他们走向了一种近乎翱翔状态的自由。他们可以虚构出"我的帝王生涯"，可以描摹世家子弟在破落过程中"活着"的心灵嬗变，可以展示出灰暗而平庸的现实生活给人带来的孤独与倦怠……也就是说，他们以更加超远的心态处理了特定时空中的历史与现实。考察"六十年代出生的作家"作品的内容区域，并非不再具有理论价值。因为从现象学的角度讲，它对强调"切身体验生活""不写自己不熟悉的生活"等创作理论模式，形成了别开生面、颇有意味的驳诘。必须承认，在博尔赫斯创作现象对中国当代小说构成了某种意义之前，经验或实证观念支撑起来的创作论，还一直被视为毋庸置疑的圭臬。当然，六十年代出生的作家的作品，并不是刻意作为介入这种理论争执的对象而生成的。

从六十年代出生的作家与文化武库构成的关系来看，现代哲学、心理学、现代及后现代主义文学，是他们主要的和有力的精神后援。也许老马尔克斯与福克纳已经不再"像小火炉那样烘烤着"他们，但维特根斯坦、萨特、马斯洛、罗伯－格里耶、博尔赫斯、雷·卡弗、纳博科夫、尤瑟纳尔等人对于他们的创作来说，都具有十分重要的意义。《褐色鸟群》《鲜血梅花》《米》等作品都提示着这种近亲般的意义。如此这般的精神范式，导致了他们创作时对于操作过程的必然的重视，这便是对于语言与形式感的执着追求，也就是人们所说的"文本"倾向。这使他们中间的几位佼佼者，在早期荣膺了"新潮"或"先锋"的桂冠而体验了严格意义上的孤独滋味。如果不是与世界文学接通脉搏的某种自信使他们迎风而立，他们几乎接受了电影这种大众化的传播媒介为他们带来的作品接受方面的误区，而沦为某些文学脚本的帮作。当然我们必须立即指出，这种说法不能完全覆盖六十年代出生的作家群。格非、余华、苏童、北村与迟子建、陈染、陈怀国不同，与刘西鸿、须兰、述平亦不尽相似。

《青年文学》注意到了这一代作家"与前几茬作家在情感遭遇、文学目的、感知方式、叙述手段等方面，有着明显的不同"，同时，也细致入微地注意到了这一代作家各自的复杂性。因此，该杂志在首开"六十年代出生作家作品联展"栏目组发稿件时，没有削足适履，以理论的囿限去牺牲作家作品繁复鲜活的特性。唯其如此，这一富有创意的栏目才在读者的视野中渐成气候、蔚为大观。完全可以说，这一栏目的开辟，业已为中国当代文坛构建了一道新的文学景观。

就具体作品的实绩而言，陶纯的《西瓜园》以人性的光芒洞穿了社会政治的泥墙，烛亮了赵保山和地主婆如菊的"借种"过程，使寻常的风流韵事成了一篇"人"的大文章。石钟山的《有个女孩叫朱美》，当然不能简单地认为作家在光复蒲氏的狐女故事，它使人在《去年在马里安温泉》之外，再次重温了一个失意男人的情感幻想。而迟子建的《洋铁铺叮当响》，一如既往地显示了女作家细腻的文学感觉，它将北方农村人生图景展示得温婉中透着严酷，轻灵中饱含涩重。苏童的《桥边茶馆》和《一个叫析墟的地方》，无疑已经超越了人物与事件的意义，进入了操作语言情调的境界。前者血腥的纵火案，被作家以遥观旧事的远距离笔触，写得行云流水，透出"欢乐"的情调；后者则又造成了一种恐怖之下、紧张之上的调子，利用所谓跨界购物的过程，完成了微妙的递进与转换。徐坤的《鸟粪》，确乎展示了"思想者"的力量和对于世俗的愤怒与无奈。张继的《流水情节》，其叙述章法，有令人击节之处。它重新审视了偶然性与巧合，揭示了其中触及生存甚至某种宿命的必然性。而尤为值得称道的，当属毕飞宇的《雨天的棉花糖》。这是一篇获得了生命感的厚重作品。红豆命运的错位，他在生死边缘的状况，在乳房与坟茔、女性与蟒蛇之间的感悟，甚至其父在红豆身上表现出的失望与愤怒，都深入地表现了作家对生命意识的参悟：死是相对于生的重要范畴，是生的终止；因此对于死亡的恐惧在现代哲学的命题中就不仅是贪生的表征，更是对生的珍惜和延续生的价值的渴望。可以说，红豆的遭际带来的启示是复杂和深邃的。

当然，正如评论家李师东指出的那样，六十年代出生的作家群，在创作上有两种倾向值得注意：一是写作的边缘化问题，即一些作者的写作兴趣多在生活的边缘游走，不去正视生活的主体部分。李师东认为这与作者的生活阅历和人生体验有关，也与评论界乏力的价值评判有关。其次是写作的私人化问题，即过分沉湎于私人的写作兴趣上，把写作变成一场文字游戏，变成毫无意义的絮叨或对他人的强制，是创造力绵弱和苍白的表现。

我们不难发现，被《青年文学》以忧患的心态指出的这两种倾向，与"新状态"小说特征中"边缘叙事"与"自我阅读"，有着极其近似的特性。而后者却被《钟山》作了欣悦的认同。南北方这两家大杂志的认识竟如此相异，究竟是观照角度的不同呢，还是价值尺度的不同？这确实是很有意思的现象。

当代小说潮汐回眸

生活有自身的逻辑，文学自然也有自己的脉搏。中国当代小说自获得自身的主体性以来，其与生活同呼吸、与国人共命运的轨迹是清晰可辨的。伤痕、反思、改革、寻根、先锋小说、新写实主义、现实主义冲击波、"60年代""70年代"作家群……种种说法和称谓，描述的是时间意义上的小说流程，有的侧重启蒙，有的侧重建树。从空间的意义上来说，"苏军""陕军""川军"以及麇集于京沪杭的小说大家们，正在以地域文化为依托，寻找与世界文学脉搏能够形成共振的区域。看看《红高粱家族》《欲飞》《尘埃落定》《白鹿原》与拉美"爆炸文学"，《米》《桃花灿烂》《褐色鸟群》《冈底斯的诱惑》《凹凸》与欧美现代文学有意味的关系，就可以发现它们是"南山与秋色，气势两相高"。应该说，中国当代小说主脉搏的跳动，是有力的。

但是，当我们把目光放在全球化信息时代的大背景中，就会发现情况比较复杂。陆文夫曾经说要用"优美的文字和电视一决高低"，多少透露出一部分作家在众多媒体争夺读者时的愤懑和焦灼。此外，市场经济的辐射，就像核辐射一样难以回避。作家创作的心理机制因此而发生的任何变化，都在可以理解的范围之内。当然，这并不是说，小说在经历了十五年至二十年的辉煌之后，要在21世纪走向衰落。但它将以怎样的状态生存下来，不能不说"是个问题"。

从共时性的角度来说，世界文学与中国当代小说，是不同的板块构成。在同一时间跨度里，你写你的，我写我的。两者之间的关系，是一种互补关系。但细加区分，它们之间很可能还呈现一种包容关系。中国小说是世界文学中的一个有机组成部分。中国与世界不是一种对峙关系，前者是后者的一分子。地理上如此，从文化重心的角度来讲，也是这样。对峙的意识，源于对以西方文化为中心的观念的抗拒；这对小说"自立于民族之林"来说，或许有某种积极的意味。对于中国当代小说不了解的人，不管他是什么样的专家学者，妄谈世界文学，都将是痴人说梦。而从历时性的角度来讲，中国当代小说对世界文学，又确实经历了一个借鉴、吸收和扬弃的过程。细读王蒙、马原、格非、余华、苏童、刘索拉等人的作品，可以发现二十世纪以降的西方文学思潮对他们的作品不同程度的浸润痕迹。

现在，新世纪的太阳悬挂晴空，她的热量与光辉已经让中国文坛有了丝丝缕缕的感受。站在作家与读者之间的杂志社和出版社，几乎不约而同地抛弃了世纪末的话题，在若干人的策划之下，纷纷亮起了文学创作的"新"字旗号。除却"新状态小说"，尚有"新体验小说""新市民小说""新都市小说""新军旅小说""新城市文学""新乡土文学""新历史主义"等等。中国文坛可谓"新"旗林立，风云漫卷。一个有意思的现象是，此间肩扛"新"字大纛的不是汗牛充栋的作家作品，倒常常是编辑部与某些活跃的理论家。口号既出，一如兵马未动粮草先行。在各家旗幡招展之下，难免有的作家作品同时成为几家帐中的主将。如张欣，即同时被指认为"新市民小说"和"新都市文学"的代表人物。这种热闹的现象为失去轰动效应之后的文坛注入的活力是显而易见的。它使人对中国文学发展的载体——文学期刊编辑者的良苦用心无法不生出敬意来：毕竟是文章千古事，得失寸心知。在这个意义上，即使是有些作家对林立的"新"旗将自己招至麾下有所不屑，我们依然要说，"新"字号的文学现象，不仅是着眼于建设的，而且是着眼于新世纪——未来的。是二十一世纪的曙光，令杂志出版界产生了文学的律动。这情形有点类似"春江水暖鸭先知"。

文学的发生发展，并不总是以时间的界限来裁定，但世纪的交替实在是一个大话题，它常常令人回眸后顾，且以百年为单位，这又为中国文坛林立的"新"旗是否能够经受住时间劲风的吹拂埋下了一层隐忧。事实上，正如"新写实"已然由于作家作品的蜕变而落幕于文坛一样，许多"新"字号文学现象，已经呈现了一种悄然退潮的迹象。不管杂志社编辑部怎样辛苦鼓呼，人们还是清醒地认识到："新"字可待成追忆。

现在来看待"新"字号的文学现象，业已不再令人眼花缭乱。既成的格局中，口号与宣言，作家与作品，理论上的系统总结，均已赫然在目。"新状态小说"有《钟山》上八辑作品可资鉴证，"新体验小说"到《北京文学》上披览即可。"新市民小说"已在《上海文学》多次亮相，"新都市文学"更是《特区文学》杂志的门面特征……对于"新体验小说"，评论家兴安专门撰文阐释，谓为"作家重新卷入当代历史的一种方式"。这种方式带有明显的特征，即它的现实性、亲历性和主观性。所谓现实性，是对作品题材的时间范围所做的严格限定，即所写应该是现在时态所发生的事物或问题，它一则表明了作家对传统的"虚构模式"的怀疑，二则还反映了作家对传统的"经验模式"的关注甚至偏倚。亲历性被陈建功解释为"新体验小说"的主要动作线索，即叙事者将和被叙述者一起成为作品中的主人公，叙事者的亲历线索和动作线索将是小说的重要线索。而主观性则更多地体现了作家内在的主观感受和介入，它代表了作家的叙事态度和价值轴心。大而化之，兴安同志认为，"作家作为叙述主体以自主的积极能动的创作意识和情感，对社会现阶段的发展状态进行深刻的观察和反思，为人类的生活表述出历史时刻的真理，并提供某种世界进程的预知性的感受，这或许才是'新体验小说'发起者和'新体验小说'本身所追求的终极标志"。对于"新市民小说"，周介人认为，它是"倡导"之下的产物，其背景是希望作家从前一个时段的种种政治、文化情结中伸出手来抚摸当下的现实；而"新市民"，则指的是我国社会主义市场经济启动之后，由于社会结构改变，社会运作机制改型，而或先或后改换了自己的生存状态与价值观念的那一个社会群体。"这个群体的涵盖面不仅仅局限在'都市'而且辐射到我国广大的农村和乡镇"。周介人说："所以，写'新市民'不限于写'都市生活'。"由于农村改革先行，所以从现象序列上观察，乡镇企业家、打工者、个体户、个别重新择业的科技人员与青年知识者往往领风气之先，最早投入"新市民"行列。在他们的舞台上，主题词是"自己设计自己、自己折腾自己、自己改变自己、自己创造自己、自己证明自己"。周介人指出，"新市民小说"不等于写廉价的成功故事或者模式化的创业故事。"在物质化、技术化的年代里，它弘扬的恰恰是一种文化关怀的精神；对强者，关怀他们的精神；对弱者，关怀他们的生存。"关于"新都市文学"，宫端华认为，这种现象生成于现代商业化语境。它与现代都市意识密切相关。这位理论家说，"真正意义上的大都市，是以现代工业大生产为支柱，以现代科学技术为底蕴的经济结构形式。真正意义上的现代意识也必然是以这种经济结构为依托所产生的意识，而'新都市文学'，则是在这种意识下形成的现代文学语境"。而这种现代文学语境又是开放的，它必然超越地域、题材、流派的限制而"指称"九十年代以来而且必然要跨世纪的中国文学潮流的"主流"，并成为文学时代精神的重要组成部分。要言之，"新都市文学"的提出则是以现代意识和开放的现代文学语境，对将要跨越世纪的中国文学的有力的推进。这便是"新都市文学"之"新"。上述理论上种种的描述与界定，无不与时代的变革所导致的人们的观念形态、生存方式的变化有关，与文学取怎样的心态面对社会的主体——当下状态中的人有关。这是世纪之交的命题。面对随时空嬗进的人群，文学无法固守在既有的载体中。新的世纪事实上又是以阵痛和变化中的人群为自身的表征的。

这样一来，举凡标以"新"字旗号的文学现象，不管是从文学自身出发的（如"新体验""新状态""新闻小说"），还是从文学与社会时代的关系出发的（如"新市民""新都市""新城市""新乡土"），都无法不打上世纪之交的烙印。这种烙印便是，无论文学从哪个角度标新立异，都是在表明它与即将进入新世纪中的世界与人的关系须臾难分；换言之，世纪之交的命题不再成为命题之后，文学自身的蜕变亦势在必行。在这个意义上，"新"字号文学现象成为可待追忆的内容，不仅是必然的，而且是可喜的。这种现象说明了文学的发展与人类社会的发展一样，生生不息；只要人类尚存，就永无止日。

文学思潮与现象一如逝水。潮流过后，水落石出。成为"新都市文学"代表作品的有刘西鸿的《你不可改变我》、梁大平的《大路上的理想者》、王小妮的《热的时候》、李兰妮的《他们要干什么?》、潭甫成的《水之华》、黎珍字的《咸水淡水》等。成为"新市民小说"代表作的有邱华栋的《手上的星光》《环境戏剧人》、刘醒龙的《分享艰难》、姜丰的《情人假日酒店》、唐颖的《糜烂》《红颜》、殷慧芬的《纪念》、张欣的《红尘》等。成为"新体验小说"代表作的有毕淑敏的《预约死亡》、陈建功的《半日跟踪》、刘庆邦的《家道》、许谋清的《富起来需要多少时间》、刘恒的《九月感应》《哀伤的自行车》等。这些作品能否成为经得住时间之水冲刷的磐石，读者们看罢作品，当会做出恰切的判断。对于中国文学的建设者们来说，努力使文学不断呈现出新的质地，或许也已足可欣慰了。

不管思潮如何漫卷，契诃夫、罗曼·罗兰、博尔赫斯、马尔克斯、纳博科夫、福克纳等人，还是以谁也替代不了谁的强烈个性，持续地影响着中国文坛。但是冷静地分析，我们也可以发现写出了《活着》《许三观卖血记》《呼喊与细雨》等作品的作家如余华，与上述名家的早期作品比起来，并不稍逊风骚。

尤其是余华对于生命在根性意义上的艰辛、对于女子在性别意义上的"尴尬"、对于儿童面对成人世界的"忧虑"的表现，与所谓"世界级小说大师"比起来，应该说毫不逊色。不负责任的评论家常常把桂冠当作魔术师手中的帽子，扔得满天皆是。而当真正优秀的作品出现时，他们反倒又迟疑不决了。对于余华，迟疑就意味着失误。因为此人对苦难有深刻的体悟，灵魂中有大善，懂得什么是汉语小说的最佳形式和最好语言；此外，他还有大把的时间。所以，面对余华的作品，我们再回眸近年来的文学思潮与现象，留意到期刊界心事重重的努力，或许会别有一番滋味在心头。

中国小说的"新状态"

中国小说的"新状态"，究竟是一种思潮还是一种现象，从理论上应该怎样予以界定，创作上又有哪些实绩或代表性的作家，生发之初并不十分了然。学界注意到，这一话语最早始自大型文学丛刊《钟山》与《文艺争鸣》杂志联合发起的一次"文学行动"。与以往的文学思潮、创作现象的生发机制略有不同。"新状态"是由刊物从理论发动到作品组织策划的一次"人为"行动。卷入这次行动的作家和理论家，有王蒙、王安忆、张承志、刘心武、叶兆言、刘恒、方方、韩东、朱文、鲁羊、张梅、何顿、文浪、邱华栋、张颐武、王宁、王干、邵建、刘雁、陈晓明、谢有顺、汪政、晓华等人。两家杂志陆续推出了一大批探讨文章，《钟山》还刊发了反映"新状态"实绩的八期"专辑"。这样，"新状态"文学一度成为当时文坛热门的话题。

何为中国小说的"新状态"？按发起杂志《钟山》与《文

艺争鸣》的一系列理论文章的描述，它是当前小说创作显示出的一些新形态，是一种艺术动向。此次文学行动的主要策划人王干在《新状态的多种可能》一文中，为"新状态"提出了以下四个值得注意的特征：一，边缘叙事，即小说中的非小说因素以一种漫不经心的方式向四周漫溢扩散，这种现象不是小说家对小说规范的有意涂改和刻意颠覆，而是作家心灵状态的自由漫溢。这就形成了小说叙事的边缘化：比如在小说叙述与评论语言的边缘，作者在作家、叙事人、人物之间的边缘来行文。二，游走美学，即它以在路上的姿态作为小说的姿态，以心灵的方位作为小说的方位，放逐某种具体不变的价值观念，包括带有终极关怀意义的人文主义理想。王干认为，放弃象征化的寓言模式，以个体的精神凹度取代现代主题的高度和理念的深度，这是"新状态"对后现代文学模式最有力的突破。三，自我阅读，即作者身兼二职，既是文本的写作者，又是文本的阅读者。这种现象被描述为对于畅销（消费）的逃避。逃避读者不是为了取消阅读，而是为了更好的阅读。四，放逐评论，指的是小说中评论文字或拟评论文字的大量出现，作家同时以评论家的身份出现在小说里。王干认为小说家的这种理论化、评论化的迹象，一方面是对评论的一种放逐和调侃，另一方面也表明小说家对理论批评的热情和修养。

成为中国小说"新状态"的实绩或基本的作品，一般被认为是王安忆的《纪实与虚构——创造世界方法之一种》、张承志的《心灵史》、陈染的《与往事干杯》、韩东的《三人行》、鲁羊的《九三年的后半夜》、朱文的《食指》、张梅的《记录》、何顿的《生活无罪》、文浪的《浮生独白》、徐坤的《先锋》、叶兆言的《关于厕所》等作品。

近年来，《钟山》作为国内饶有影响力的大型文学丛刊，在文学思潮和创作现象的发生发展中，一直起着举足轻重的作用。从"新写实"到"新状态"，这家杂志已经毋庸置疑地成为中国文学的重要参与者和构建者。目前，尽管"新状态"文学的展示在这家杂志上业已告一段落，但作为一种小说艺术动态，"新状态"对小说艺术产生的影响，远未息止。它表明在中国小说的多种可能性里，有一脉清泓已经鲜明地显示了小说家们知性的自觉。或许，这股清流将在世纪之交蔚成大观，亦未可知。

蛮荒作为一种铠甲

小说坛近年来涌起一脉令人注目的作品。它们大多以大自然作为角色的对立因素，矗立在人物的对面，成为人类异己的象征；抑或作为解决人际矛盾关系的媒介，起着催化作用，显示着自然力的神奇、幽邃或肆虐。作品往往格调粗犷，境界蛮荒，弥漫野性。

人们注意到，此类作品既非卢梭式的讴歌与昭示人们回归自然，亦非阿斯塔菲耶夫式的警示人们正视人类与大自然的依存关系，关注生态平衡问题，而是试图以人生探索的主旨，与揭示社会历史嬗变历程的作品相左。

我们知道，对于处在社会关系诸元中人本体的认识与表现，层次愈高，难度愈大。不揣冒昧地说，正是由于殊非易事，某些小说家才不自觉地表现出怯懦和退缩。他们蹈入较为轻捷的途径，让作品中的人物走进森林峡谷、地下暗河、瀚海大漠。这貌似匠心独运，构置了独特的环境来使人物的内心世界与隐秘的灵魂暴露无遗。但问题正出在暴露意旨的起点：在正常而复杂的现实社会中，这些人际关系和内心世界顷刻单一。而且我们进一步认为，如果仅仅在极小的特定空间作些静止的分析与表现，如果仅仅满足于荒蛮原始的描摹展示，融入一点并不高明的象征，而对纷繁的充满活力的现实世界不感兴趣，对生活于其中的国民与各种动性纠结不感兴趣，小说家们就远没有完成生活与艺术所赋予的使命。

为什么众多的"蛮荒"作品在蕴含与格调方面停留在较低的档次上？它们所完成的究竟是修补还是开拓工作？只要披览一番，就不难发现大量作品背后的主旨表现出一种大同小异。扯掉"蛮荒"的铠甲，更不难发现作品对现实关系与矛盾纠葛所做的思考与展示，常常是不够深入的和陈旧的。大量作品滞涩于道德范畴与伦理关系的喋喋不休上。而如斯观念在以往诸多作品，特别是社会写实文学中，已经得到汗牛充栋的表现。"蛮荒"作为起死回生药加以使用，充其量不过是将现实中错综复杂的矛盾纠葛加以净化，而在几乎是与世隔绝的独特环境中，在定型化和简单化的人际关系中，描写人物的冲突与潜意识而已。这固然相对省力和容易获取读者，然而结果却是另一种苍白：一度令人觉得新奇之后的不满足即是兆示。事实是，这些作品在严肃思考现实生活、在对社会进程作有思想深度的把握、在对人本体与人际关系的揭示方面，很难说有深入掘进的意义。

那么我们呼唤怎样的作品？它不回避由于变革带来的种种使人理解或暂时还不理解的社会矛盾纠葛，而勇敢地正视它，用艺术的解剖刀，进行有胆有识的剖析，并在社会生活的运行中予以动态展示，由是达到对社会历史运行轨迹的、对人本体的真正质实的表现。这样，我们的小说才有可能进入史诗行列，阔步走向世界。而所谓"蛮荒"作品如果不能摆脱单一陈旧、虚张声势的外部描述，进而与社会生活达到完美融合，也决不可能产生震撼人心的艺术魅力。

新诗潮与现代物理学密码

小说与电影界都看重阿城，知道他小小年纪却悟得惮道，文笔老辣，得了些东方文化神韵。殊不知其偶一为诗，也有法度可观——

> 也许是脚步崎岖而道路从来平坦/也许是太阳流下眼泪而乌云并不阻拦/也许是风真的吹过可快乐的不是白帆/谁说大海不是陆地/船儿盛满波浪帮我渡过沙滩

阿城不是有意要堆砌悖论以混淆视听。上面这首叫作《也许》的诗，传达的是诗人对世界"存在"的一种浓重的怀疑意识和再思考。既成的现状也许并不向人们提供某些现有的观念，某些既成的观念也许并不能真实地描述存在的事物。历史地看待，人们只能生活在观念与存在相交错的半明半暗中。因此人们一刻也不能停止思考和探索！当人们对朦胧诗的偏见渐渐淡释，开始认真审视这一群体的作品时，人们首先意识到并且十分珍惜的，正是其中传导的怀疑意识和批判精神——

> 我不相信天是蓝的/我不相信雷的回声/我不相信梦是真的/我不相信死无报应

可怜的北岛！在他的思辨世界里，他已经意识到了，客观世界必定不完全像我们现在感觉到的样式，可是要反拨既成的观念，谈何容易！他的《回答》中所使用的形象、意念，又有哪一个不在约定俗成之中！这是诗人的困厄，这种困厄转嫁到读者身上，自然令人困惑莫解。

十年一瞬间。现在读者的接受心理，大多被朦胧诗群濡染过，约略知道对于新诗潮若干作品的把握，是需要跨越某些语言表象的，并且理解北岛、阿城们的反叛大抵是直捣"十年文革荒漠"的。

事实上，真是难为了中国的朦胧诗人们！当二十世纪初麦克斯·普朗克、爱因斯坦、尼尔斯·波尔、卡尔·波普尔等物理学界的巨子们扛起怀疑与批判的大纛与十九世纪的经典物理学对峙时，他们的对手是谁？是伽利略、牛顿、欧拉、麦克斯韦和法拉第们！1890 年元旦，著名的英国物理学家开尔芬勋爵甚至十分满意地宣布：科学大厦已基本建成，后辈物理学家只要做一些零碎的修补工作就行了。这样，爱因斯坦、波普尔等人的动作，差不多被理解为要推倒经典物理学的大厦！当相对论、量子力学以相当优美的样式完成了现代物理学巨子们对于宏观与微观世界的新探索时，欧美大陆具备了一般科学头脑的人终于认清：正是波尔、爱因斯坦、波普尔们大大推进了人类对于客观世界的认识，几乎所有的理论模式在新的时空系中都要修正！而那几十年里，中国大地上正历经十年内战、八年抗战、三大战役，还有完全反理性的不合时宜的"十年文革"。结果是，在八十年代初一个中国大学生说不出相对论与量子力学的一般常识是正常现象。这不是什么令人高兴的事情。这意味着，我们多数人的时空观念、思维方式、对于世界的认识、脑海中形成的某些理念，仍然滞留在十九世纪末！

这也就可以解释清楚，当新诗潮中某些有悖于"常理"的意象出现，某些跳跃性的时空组合，某些试图超越理性、语言、物象的似是而非的宣言，一时被视为不可理解了。归根结底，新时期的诗人们不过仅仅从感性和具象的角度来进行观念的反拨罢了。他们的难题在于，并不是每个人都能接受并理解这一说法：悖论是合理的。

世界文学的"一般过去时"

诺贝尔文学奖像一朵随风浮游的云彩，在二十世纪的 1997 年，飘到了意大利，在一个叫达里奥·福的剧作家头上降落了。当时发生的那个事件，已经称不上新闻；对于中国文坛的影响，也不可谓大。一方面，中国作家的成熟，使得大惊小怪的现象确乎已经与他们无缘了；另一方面，正像王一川先生倡导的那样，与其说中国文学"走向世界"，莫若说中国文学"走在世界"。如果这一观念被中国作家普遍接受，则"诺贝尔情结"有可能在许多大家巨擘那里淡化一些。而在这个意义上，看看置身其中的世界文学，打量一下前后左右的作家们在干些什么活儿，以及干得怎样，也许不是没有意义的。

20 世纪以降，许多诺贝尔文学奖得主，在中国读书界特别是作家队伍中，产生了重大而又深远的影响。比如罗曼·罗兰、肖洛霍夫、萨特、福克纳、马尔克斯；有一些，则在国人心中无声无臭，比如莫里森、申博尔斯卡、希斯，还有达里奥·福。将达里奥·福不被中国文坛注意的责任，归咎于国内的翻译界，应该说不完全公平。事实上，受各国国情的影响和制约，作家和读书界对世界文坛作家作品的取舍，是打上了时代和民族的烙印的。达里奥·福作为一个"剧场漫画家、社会宣传鼓动家和激进的丑角演员"，其作品的现实指向性，在西方也许具备了被广泛认同的特性；而在中国，引起关注的程度就远逊于西欧国家。这样说，不是基于一种假设，而是缘于一个事实：不唯中国，此人的获奖，在世界众多国家，引起的也是"一片哗然"。这种议论嗡嗡的现象，也许要到《无政府主义者的意外死亡》《我们拒不付款》和系列《滑稽神秘剧》的被广泛译介，才会逐渐消失。

与达里奥·福相比，加西亚·马尔克斯在中国的境遇，则无疑要好得多。此人在获得诺贝尔奖之前，长中短篇小说和文论，在中国已经获得了广大读者的喜爱；作家们在他的作品中受到的启发，更是一个不争的事实。新近此人在访问华盛顿期间，向该地文学界人士透露，他又有一部长篇小说即将问世。这部作品是他受日本作家川端康成的小说《睡美人》的影响，并且从中吸取了一些灵感写成的。马尔克斯对《华盛顿邮报》的记者说："《睡美人》是我读到过的唯一使我感到嫉妒的书。"这一说法，使我们不由得想起发生在六十年代的拉美爆炸文学，在太平洋上空经过了二十多年的跋涉来到中国，依然显现了不小的威力。我们在《白鹿原》《红高粱》中读出马尔克斯其人的余温，但是没有人会说陈忠实和莫言不是具有中国风范的作家而只是马氏的赝品。显然，世界文学相互之间的濡染，时常有着一些积极的意义。这一点，即使在马尔克斯本人身上，如上所述，体现得也很鲜明。在他这部继《关于一起绑架案的报道》之后的新作里，作家表现的是成年人的爱情。他向记者透露："男主人公已不为性担心，因为这件事已不取决于他，而取决于她。有一则法国谚语说，'没有无能力的男人，只有不善于干那种事的女人'。"宝刀不老的马尔克斯，自他的第一篇小说《第三次无奈》发表至今，已经拥有了五十一年的文学生涯，以致熟悉他的中国读者，要报出他的一串作品的名字，已经到了一种不费吹灰之力的地步。这一点，倒是要归功于国内翻译界的眼力和笔力。

和马尔克斯对于中国文坛几乎产生过同样影响的拉美作家

巴尔加斯·略萨，近年来在小说界差不多是无声无息。他像着了魔似的大写其文学评论，对于二十世纪以来的现代小说家说三道四。就在人们对于此人的小说创作快要失去等待的耐心时，他突然向文坛抛出了他的新作《堂里哥贝尔多手记》。小说的主人公是一家保险公司的小职员，在沉重的生活压迫之下，此人不断在内心深处虚构着美妙无比的幻想世界，以致最后连他自己也亦真亦幻难取舍了。但是略萨不是从消极的意义上来抒写这种精神虚构的；恰恰相反，他认为"人们需要虚幻、神奇、梦境般的生活与现实生活并行，因为它使我们内心充实，帮助我们驱除苦难"。堂里哥贝尔多正是这样，以异常丰富而又不被外人知晓的内心生活，完全抵消了尘世俗务所带来的种种烦恼。在这部新作中，略萨对于性所保持的幽默一如既往。他认为正是情欲使爱情得到了丰富，它使单纯的性行为摆脱了动物式的发泄，并从而升华为一种创造。多年以后，进入 21 世纪，他终于将诺贝尔文学奖证书揣进怀里，成为拉美爆炸文学振聋发聩的余响。

说到拉美文学，不能不提到博尔赫斯。作为享誉世界文坛的大师，他由于在十二年前就离开了人间而几乎不可能再为人类勾画幻想世界的美妙了。但是，有一个消息使全世界对他怀有深厚情意的亿万读者足可欣慰：由博氏的遗孀玛丽娅主持的《博尔赫斯作品全集》（袖珍本）已经开始由西班牙联合出版社出版。西班牙《ABC》报援引玛丽娅的话说，此次出版的赫氏作品全集，全部由赫氏在生前做了认真校订。"他通宵达旦地通读每个版本，以使每一部作品都无可挑剔。"这位遗孀说，"博尔赫斯是他的读者的合谋者；对他来说，重要的不是作品本身，而是作者和读者之间的合谋。"

在英语小说中，菲茨杰拉德的《蓝色花》，则被唐纳德·斯通教授誉为当前最重要的收获。这位英国女作家，长期以来受到中国读者的喜爱，不是没有原因的。她虽然六十余岁才开始写小说，但几乎篇篇都是名篇，部部都是精品。斯通教授四个月之前，在中国社会科学院外国文学研究所，重点推荐了此人的《蓝色花》。这是一部表现自我中心主义的"浪漫"幻想与现实生活之间巨大差距的小说，主人公是十八世纪末的德国浪漫主义诗人诺瓦利斯。菲茨杰拉德以精微细腻的文笔，广博的历史人文知识，对主人公的行状作了温婉的讥讽。斯通教授的中国之行，引荐过来的作品，还有厄普代克的《百合秀美》、罗斯的《美国牧歌》、品钦的《南北分界》、拜厄特的《巴别塔》和《天使与昆虫》、拉什迪的《摩尔人最后的叹息》等。事实上，值得一提的英语小说，应该还有索尔·贝娄最近出版的新作《实际情况》。作为《洪堡的礼物》《赫索格》等著名作品的作者、诺贝尔文学奖的得主，索尔·贝娄充分运用自己创作上的自由，游刃有余地展示了男女之间、夫妻之间令人迷惑、使人痛苦的关系。《纽约书评》认为，已有八十二岁高龄的索尔·贝娄的这部作品，"写得十分出色"。

当然，与中国文学结缘最深的，莫过于苏俄文学。人们有理由关注曾经让他们当年感奋不已的苏俄作家，如今又有什么作为。据传媒披露，首届"莫斯科—彭内文学奖"，被1937年出生的作家拉斯普京获得。他参与角逐的是短篇小说《葬在同一片土地里》和《在医院里》，与84位作家的100部作品进行了一场鏖战。在冲刺的阶段，他遇到了劲敌：伊斯坎德尔以长篇小说《人和他周围的环境》，彼得鲁舍夫斯卡以作品集《最后一个人的舞会》，与他逐鹿。获奖与否，取决于一个400名读者代表在场的答辩会。拉斯普京侃侃而谈。这是由于他认为获奖无望而心理上没有了压力，因为他怀疑评委中有对他不利的党派。

结果他取得了最后的胜利，获得了 160 票，以一个短篇《葬在同一片土地里》挫败了一部长篇和一部作品集，心情愉快地领取了 5000 美元的奖金。中国读者都熟悉他的小说《告别马焦拉》《最后的期限》《为玛丽娅借钱》，对他的《活着，但要记住》尤其记忆犹新。多年以前，拉斯普京以写西伯利亚农村题材而闻名遐迩；沉默了几年，刚一出山即获大奖，这是他所始料不及的。和他一道赢得了广泛的中国读者的，还有取得了更高艺术成就的阿斯塔菲耶夫。这位以《鱼王》享誉世界文坛的作家，已经在苏俄众多的文学大奖中榜上有名。这其中包括 1975 年的俄联邦国家奖，1978 年的苏联国家奖，1995 年的俄罗斯国家奖，入围 1996 年的俄语布克奖。年已 73 岁的阿斯塔菲耶夫，荣获 1997 年度普希金奖，成为这一奖项的第七任得主。评委会称，他的获奖，是因为"他那卓越的作家才华，他本质上所具有的体裁的纯正，他继承了托尔斯泰的现实主义传统，并贯穿着俄国人日常的道德标准和对俄罗斯人民的爱怜之心"。阿斯塔菲耶夫是一位在人类与自然之间的关系、人类与他们自身的关系上始终忧心忡忡的大作家。他的作品，具有很强的道义力量，常常在前人止步的地方，开始他的思考与探索。所以往往一有作品出现，就引起强烈的反响。像《真想活着》《受诅咒和被杀害的》，特别是《忧郁的侦探》，都是明证。

余波未平的《马桥词典》诉讼事件，也许是当时中国文坛的一道最别扭的风景了。但《哈扎尔词典》的作者，塞尔维亚的米洛德拉·帕维奇，却对中国文坛的沸沸扬扬一无知觉，埋头又写了一个短篇小说《鱼鳞帽》。这篇小说发表在贝尔格莱德时，正是《马桥词典》公案最热闹的日子。国内读书界记忆犹新，当时，大型文学期刊《花城》1996 年第二期，在征得了 1994 年第四期曾经译介过《哈扎尔词典》的《外国文艺》编辑部的同意，又全文重载了《哈扎尔词典》。这里，人们无由说此文没有被再三转载的价值；只能对帕维奇先生的幸运像洋人那样摊手耸肩了。因为据俄刊《外国文学》1997年第三期报道，此人的《哈扎尔词典》，又有了乌克兰和保加利亚两种译本，并称此书是"二十一世纪的第一部小说"，是使得帕维奇成为获得诺贝尔文学奖的候选人之一的主要因素。报道中甚至有这样的句子：人们"不会再怀疑又有一位名副其实的大师进入了世界文坛，在其编年史上写下了罕见其匹的一页"。敏感的《外国文艺》编辑部，在1997年的第四期，又以头题的位置，译介了帕维奇的短篇小说《鱼鳞帽》。至于这篇图文并茂的小说，是否又会像《哈扎尔词典》那样，迅速被译成许多国家的文字，并且捎带着再把某些作家或评论家弄得七荤八素，人们就只能拭目以待了；只是人们是否还有这份耐心，就不得而知了……

辐射深远的法国"新小说"

法国"新小说"在二十世纪五十年代发轫，迄今已逾六十年的岁月。此间世界文坛各种思潮、流派彼此消长，生生不已。当初"新小说"表现出的一些不易被接受的特点，而今在许多作品中都可以不费力气地听到回声。个中的原因是复杂而微妙的。不是说"新小说"在艺术上的建树已经铸成了现实主义文学的闸门，也不是说现实主义文学已经完美到毋庸挑剔，使"新小说"的蓄意变革当时就成了秋蝉的鸣唱。时间在不断地证明着这些"不是说"，令人感到所谓不可调和的对立确有许多臆想的因素。

"新小说"的宣言是："一百五十年来，周围一切都在发展，而且相当迅速，小说写法怎么可能停滞不前（死水一潭）、凝固不变呢?"因此,首先,小说的人物、情节、倾向、内容等问题,传统的现实主义、自然主义的概念都过时了。卡夫卡、福克纳笔下的人物可以随意变换名字,或者一个名字代表几个人物,或人物干脆只有代号。性格,可以是抽象的。其次,物,应该取代人在小说中的地位。再次,形式必须成为最根本的,社会、政治、经济、道德等方面的内容,不应该再成为小说关注的重心,作家们应该在形式和语言上确定自己作品的坐标。这些想法,在五十年代一度石破天惊,使得"新小说"一登上文坛便披上了现实主义文学超越者的外衣。《陌生者的肖像》《橡皮》《原封不动》《变化》等一批小说,别开生面,又有力地支持了"新小说"的文学主张和它在人们心目中的形象。但是,正像人类对于宇宙的众多方法论,谁也不比谁更加高明一样,任一主张一旦确立了自己的角度,其偏颇的弊端便像胎记一样印到了自己身上。这是不管以什么世界观和方法论为支撑点的创作方法和思潮流派概莫能外的。"新小说"滑行数年,渐渐湮入了文学长河,就像水消失在水中,波澜不惊了。人们所能够记住的,仿佛只剩下了这么几个名字:贝克特、罗伯-格里那、萨萝特、布托尔、克洛德·西蒙……这之外,似乎还有必要附上一个——雷蒙·让。他的《一个沉思默想的女人》,带着"新小说"的幽香走上文坛,令人感到"新小说"在七十年代中期又为之一亮;然而,仔细打量,却又会发现此人是站在"新小说"与现实主义文学火力交叉的前沿,遍身留下双方的弹痕,硬将自己的旗帜在硝烟中树了起来。

雷蒙·让构成了一个很好的启示,《一个沉思默想的女人》是一部耐人寻味的作品。在似乎是势同水火的现实主义文学与"新小说"之间,此人成功地嫁接了众多对立的因素,使得巴尔扎克与罗伯-格里耶在他们各自的未来握手言和了。而且,放眼一望，许许多多优秀的作品，又何尝不是如此呢？莫迪亚诺的《暗铺街》摘取了龚古尔文学奖，这里有多少《吉娜》的体温，有识之士一望而知。而这部作品更是在《一个沉思默想的女人》问世之后四年夺冠的，时间是 1978 年。10 年之后的中国，文坛上出现了一篇题为《褐色鸟群》的中篇小说。当它还是手稿的时候，便在中国上海的一所高等院校里传阅不已，一些青年文艺理论家还在校内自发地举行了一次座谈会，以讨论这部不同于当时文坛习见的小说作品。有人当即提出它与博尔赫斯的《交叉小径的花园》，特别是格里耶的《吉娜》的脉承关系。事实上，格非发表在 1983 年《钟山》上的这篇《褐色鸟群》，也的确与《暗铺街》《吉娜》《橡皮》等作品，有着洗之不净的"原色"关系。这种现象，在 1980 年至 1995 年间的中国文坛并不鲜见。像史铁生的《一个谜语的几种猜法》、余华的《世事如烟》、苏童的《稻草人》等，即是"新小说"辐射的折光。由此可见，"新小说"在未来的时日里还将继续影响着世界文坛，显然是可以预期的。无论是现实主义小说还是"新小说"，哪一家不是带着自身的优势、劣势凝结而成的特点，在文学发展前行波翻浪涌的长河中随波逐流呢？

时间酝酿矛盾和冲突，同时调和它们。

"爆炸文学"的余波

二十世纪八十年代初期，中国文坛上出现了一部诡异的小说作品，引起了评论界与读书界的浓厚兴趣，这便是朱苏进的《欲飞》。这部以对越自卫反击战为背景的作品，没有当时的另一部小说《高山下的花环》那样的社会轰动效应，却在艺术上引起了较长时间的探讨。小说写的是一支整装待发的部队，在临战情绪被激发到即将暴发的关键时刻，却接受了一项特殊的秘密任务：置身于隐秘的深山，为前线战死的将士们料理后事。这支部队的指战员经历了一次从精神到情感的严峻考验。当然，他们不仅经受住了这种特殊考验，而且最后出现了大的升华和飞跃，这个自不待言。小说饶有意味的在于其中场景、人物对话和事件呈现了一种立体交叉现象，特别是大量使用虚拟的公文内容，使作品看上去颇像一部内部"大参考"，其"真实性"已经达到了乱真的地步，堪称一朵小说奇葩。

《欲飞》艺术上的怪异，无疑受到拉美"爆炸文学"中的另一支劲旅——结构现实主义文学的明显影响，也可以说是拉美"爆炸文学"引爆二十余年之后的余波。

结构现实主义文学，其青萍之末虽不源于拉美，但其鼎盛时期的代表人物，却与巴尔加斯·略萨其人的创作有关。多角度、多镜头对话的组合和公文佐证法，在略萨的《潘达雷昂上尉与劳军女郎》中得到了出色的运用和发挥。仔细打量，人们会发现，此人一方面是从姊妹艺术——电影中借鉴了平行蒙太奇的手段，或者绘画上的远景粗描、近景细绘的方法，以及有类于毕加索的立体派构图法，借以对现实社会作解体之后的重新组合；另一方面，却又深受美国作家多斯·帕索斯的影响。在帕索斯的代表作《美国》中，人们可以明确看到把剪报、广告和官方文件等有实证价值的东西穿插在情节之中的做法，以及采用"摄影机镜头"拍摄的方法，增强立体组合时起承转合的灵活性。这些方法和手段的使用，铸成了结构现实主义明显的特征和优势。它使得在传统现实主义作品中需要用 30 万字篇幅去表现的内容，仅用 17 万字就足以胜任。而且，在表现效果上，正如阿尔维托·桑切斯指出的那样："结构现实主义的现实的再创造，是要创造一个与上帝创造的世界有所区别的世界。"

这种区别在于，一方面，它接近现实世界；另一方面，它却更加典型，具有更强的感染力。王蒙复出文坛时所写的作品《布礼》，也对现实世界实施了重新组合的手术，但是它秉承的法则是心理现实主义的，是更多地从心灵的角度，按照意识流动的状态来行文。而略萨的结构现实主义则略去迷离莫测的心理因素，直接完成了近似科技产物——电影蒙太奇方式的组接。相较这两者的异同，也许可以窥见文学艺术的万花筒中各家流派思潮争奇斗艳的不同风采。

当然，朱苏进作为一位"智慧型"作家，他没有也不可能在略萨的衣钵之内运笔。《欲飞》在艺术上给读书界的感觉较之《缘房子》《潘达雷昂上尉和劳军女郎》更易接受，也就是说，朱苏进以"拿来主义"的心态，使得中国的小说坛因此多了一朵耐人寻味的奇葩。这种现象，是世界文学在融会、交流中的必然产物。没有帕索斯，不可以设想有略萨对结构现实主义的系统建设；没有结构现实主义的冲击波，《欲飞》的出现便会成为海市蜃楼。近期韩少功的《马桥词典》，作为1996年中国长篇小说的重要收获，其对小说艺术的新贡献是评论界与读书界甚感兴趣的。但是若没有米兰·昆德拉的《生命中没有承受之轻》中的大胆尝试，没有韩少功在翻译该作品时对它的潜心浸润，《马桥词典》的出现便也是无源之水。韩少功对于评论界指称他对《哈扎尔词典》的"抄袭"或"模仿"怒不可遏并诉诸法律，多少也说明了评论者端出的两部作品之间的对应关系，与实际情形有所出入。我们谈及此类现象，无意否定朱苏进、韩少功的建树；相反，倒为他们兼收并蓄之后的创新感到欣慰。中国当代作家们面临的问题仅仅在于，当潮流漫卷的时候，你如何将自己的航船驶向你想达到的港湾，而不被潮流冲得不知所终。

浸润中国文学的日本"私小说"

有一种共性，潜存在当代中国小说的多种样式里，即小说作者的自述性。在"新状态""新表象""新体验"小说中，它表现为作者叙事时的亲历语态；在某些作家如文浪、林白、陈染等人的作品中，它又表现为作者的自我解耦。这类现象，与日本"私小说"的流变和发展，形成了有意义的可供参照比较的关系。

我们所熟悉的《棉被》，是日本自然主义小说的重要作品。但是我们鲜知的是它还被日本文学界指认为"私小说"的源头。山田花袋写于二十世纪初的这部长篇小说，在情感与理性、欲望与精神关系的表现上，复杂而又细腻，真实而又深刻，对于后起的"私小说"，确乎起到了开先河的作用。当然，时过境迁，今天再来看待《棉被》，它不唯起不到历史中某种他山之石的作用，就像在"五·四"时代对于郭沫若和郁达夫的大量作品那样，反而会令人陡生明日黄花之慨。毕竟文学已经向前推进了将近一个世纪了。

日本的"私小说"，亦译为"心境小说"或"自我小说"。作为一种小说样式，它似乎是日本特有的产物。中国及其周边国家还没有像日本那样，将表现自我心境的小说，从理论到实践作过梳理；将"私小说"作为文学的重要思潮，有意识地加以推重和发展，确实是日本文学界特有的现象。

"私小说"要求主人公必须是作者自己，"原则上"来说，要求写真人真事；但是它又不同于自传，艺术上的虚构成分又往往像注入河流的雨水，使得"私小说"只能是小说。这种看上去不无矛盾的说法，却被日本的几代作家作品证实了，它不仅是可能的，而且是现实的。

《棉被》之后，一大批作家竞相效仿，使得"私小说"形成了一股特征明显的潮流。"白桦派"的进步作家武者小路实笃与贺志直哉，都相继成了"私小说"的主要代表人物。前者用口语体写成的失恋故事《天真的人》，后者的长篇小说《暗夜行路》，便被后人誉为"私小说"的优秀作品。特别是贺志直哉，其观察表现细致，描绘简洁准确，给日本的"私小说"树立了一种尺度和标高。所以也有人说，日本的"私小说"在早期能够形成气候，与这些人的作品成为支柱不无关系。由于"白桦派""新思潮派"等大批作家如武者小路实笃、芥川龙之介等人的参与，"私小说"蔚成景观，基本模式已经铸成，内容包括：1. 作者的恋爱悲剧，情欲；2. 文坛轶事，主张；3. 家庭阴影中的心境。叙事可以是第一人称，也可以是第三人称。

日本的"私小说"，在拉近艺术与普通读者的距离上，起到了十分积极的作用。它的真实、自然、亲切和看上去的"亲历"状态，使得读者从情感上愿意亲近它，这对矫饰的虚构作品形成了不小的冲击。但是，"私小说"的拘泥于作者自我心境、视野的不够开阔、题材的相对狭窄，又给它的发展带来了障碍。这种情况，直至日本在二战中失败投降之后，方始有了一些变化。贺志直哉的《灰色的月亮》，外村繁的《梦幻泡影》等作品，题材范围有所扩大，具体揭露了日本军国主义分子对向往自由的知识分子的迫害和侵略战争给亚洲及日本人民带来的无穷灾难，给"私小说"注入了新的活力。在日本经济高速增长时期，三浦哲郎的《忍川》，获得第44届芥川奖，又给"私小说"的发展作了有力的援手。甚至有人认为，那以后的日本文学进入了"私小说"的季节。大江健三郎甚至在题为《关于私小说》的文章中，要人们关注这种"探索自己""告发自己"

的"新型私小说"问题。

近一个世纪以来，日本的"私小说"新波旧澜潮汐不断，队伍庞大而又驳杂，"第三代作家"中"内向的一代""纯战后派"与老作家共同行进在"私小说"的方阵后，使得"私小说"在题材、风格、技巧等多方面相互间区别很大。日本文学界将这种现象称为"私小说的多样化"。"多样化的私小说"对于中国当代小说构成的意义，尚有待于方家做出系统研究。也许从中国现代文学的先驱者郭沫若、郁达夫的小说起始，研究者们便会发现选出，直至当代小说显出它与日本"私小说"之间饶有意味的关系来。

文学作品

莫言与中国文学的"诺贝尔情结"

以中国当代文坛为背景来谈论加西亚·马尔克斯，自然是说此翁在这里的影响。时至今日，诺贝尔文学奖—马尔克斯—中国当代小说，已经毫无疑义地形成了一条意识链。马尔克斯之于中国当代小说，已经不是一个是否产生过影响的问题，而是一个还将影响多久的问题。这位文坛巨擘虽已作古，但1997年已近古稀的他，并未让人产生"廉颇老矣"的担忧。人们只是一味期待他拿出震动文坛的力作。的确，自五十年代中期，加西亚·马尔克斯横空出世于拉美文坛，至今轰动效应持续不衰，使得全世界都为之侧目，以至于四十多年后的今天，我们谈论起他来，话题已经到了俯拾即是的地步。这种情形与近年来的戈迪默、莫里森、大江健三郎、希思、申博尔斯卡等诺贝尔奖得主大相径庭。后述几位的出现与获奖，并没有在中国文坛上激起多大涟漪。这一现象，与其说翻译界应该引咎自责，倒毋宁说是中国当代文坛的一种自信与成熟。归根结底，并不是任意什么人都可以来"影响"一番中国作家的；在诺贝尔奖得主的方阵中，不见得人人都像手掌的中指那样突出。影响中国文坛的作家之所以以马尔克斯为甚，一方面确乎由于此翁具有一种福克纳般的杰出与非凡；另一方面，也不能不说是中国文坛的一种主动认同和选择的结果。

曾经有一种舆论，谓诺贝尔文学奖的评选带有一定的主观性和盲目性。这种观点的一个极端的说法，即是它的以西方文化意识为中心所导致的评选结果，使得东方亚洲国家的获奖者寥若晨星，特别是中国这样一个占世界人口五分之一的泱泱大国，久久与该奖无缘。这种说法为中国作家为什么没有走上瑞典科学院的领奖台，在翻译的困扰之外，又从意识形态领域找到了解释的角度。但是，这一角度的解释，仍然无法化解那些著作等身的大师的诺贝尔情结，也无法将中国从诺贝尔文学奖得主榜上无名的缺憾中彻底解脱出来。诺贝尔的其他奖项，华裔已几度问津；文学奖的候选人中，鲁迅、艾青、沈从文等大家也曾先后入围。究竟是什么原因使得诺贝尔文学奖的桂冠迟迟不肯降落到中国作家的头上，似乎已经成了一个谜。在这个意义上，重新回顾一下加西亚·马尔克斯获奖的艰辛过程，也许是不无启示的。

1967 年，《百年孤独》一经问世，即为马尔克斯赢得了诺贝尔奖候选人的资格。但直到 1982 年此翁从瑞典国王手中接过诺贝尔文学奖的奖金与证书，时间已经毫不留情地流过了十五年。十五年中，"候选人"的名衔已经不是马尔克斯的荣耀，转而成了对他的一种精神折磨。直到在这种情况下，1982 年 10 月 21 日凌晨，此人在侨居的墨西哥寓所里接到一个声音微弱的电话，通知他赴瑞典出席诺贝尔文学奖颁奖仪式时，他才会如梦初醒般喃喃自语："这是真的吗？我再也不是诺贝尔奖的候选人了？"他在几分钟后接到的第二个电话，是哥伦比亚总统贝坦库尔从波哥大打来的，祝贺他成为诺贝尔文学奖得主，并且是该奖自设立以来最年轻的获奖者之一。总统对他为哥伦比亚、为拉丁美洲赢得声誉表示了由衷的谢意。事实上，只有诺贝尔评奖委员会知道，在最后的一两轮投票中，由于激烈的竞争，这位拉美的文学巨擘险些落选。

诺贝尔文学奖是怎样评选出来的？首先，要由各国作家协会主席、文学院院士、大学或其他高等学府的文学史和语言学教授、历年的该奖获得者推荐，然后，再通过瑞典科学院提名、讨论、投票来决定。瑞典科学院评奖委员会由 18 名委员组成。这个数字是在 1786 年由它的创始人——国王古斯塔沃三世决定的。这个委员会被认为是世界上保持得最好的委员会之一，只有选举教皇的委员会能与之媲美。按照惯例，最初科学院要预选出 150 名候选人，然后，再把候选人的数字减到 20 名，到六月份，从这 20 名人选中再选出 7 名竞争者。这 7 名竞争者的代表作品随即被分发给每位评奖委员。这些委员用整整一个夏季，在风景秀丽、气候宜人的瑞典，研究作品并做出自己的抉择。进入 20 名阶段，人选仍可调换。一旦进入了 7 名竞选者阶段，就只能在这 7 名中选出一位获奖者了。秋季来临，委员们提出他们的书面意见，再召开一次讨论会，表明各自对一或两名竞选者的立场。经过多次讨论后，才进行最后的表决性投票。至于投票数的比例，则历来是科学院的最高机密。

加西亚·马尔克斯 1967 年被提名为候选人后，许多年里一直处在 20 名候选人阶段，直到 1980 年，才成为 7 名竞选者之一。在做候选人的漫长的十几年里，他曾因抗议智利军政府上台而声明罢笔。罢笔的过程延宕了瑞典科学院对此人的推举。1980 年，诺贝尔文学奖评委阿尔杜尔·伦德科维斯特在报上发表文章，认为加西亚·马尔克斯是最合适的候选人之一，科学院只是在等待他写出另一部小说来。事实上，此时的马尔克斯，已经有长篇小说四部：《枯枝败叶》《百年孤独》《恶时辰》《族长的没落》，中短篇小说多篇，如《没有人给他写信的上校》《周末后的一天》《格郎德大娘的葬礼》《巨翅老人》《蓝狗的眼睛》《雪地上的血迹》等，电影作品多部，如《预兆》《我亲爱的玛丽娅》《金鸡》等。上述作品，多次获得哥伦比亚及拉丁美洲文学及影视大奖。但瑞典科学院并没有就因此放弃了对竞选者实力的苛责。在这种情况下，马尔克斯终于意识到，承诺罢笔的时候，他过分自信智利的独裁者比诺斯不会维持很久，但出人意料的是这个独裁政权继续下去了；他的决定开始变得对独裁者有利，而对他不利。他改变了自己的决定："我的继续写作，在政治上要比我停止写作更有价值。"于是，1986 年 6 月，马尔克斯发表了他的中篇名作《一件事先张扬的凶杀案》。这部小说坚定了瑞典科学院对他的期望值与信心，成了决定授予他诺贝尔文学奖的决定因素。即使如此，在 1982 年的秋天，马尔克斯获奖也依然没有一帆风顺。妨碍他获奖的还有此翁在做候选人期间对该奖的一些微词，他直接使用过《诺贝尔的幽灵》一类赫然的标题写过文章。但是最终，瑞典科学院"不以一眚掩大德"，还是将诺贝尔文学奖授给他。这样，加西亚·马尔克斯才结束了长达十五年之久的诺贝尔文学奖候选人的生涯，在瑞典的领奖台上发表了题为《拉丁美洲的孤独》的著名演说。

加西亚·马尔克斯没有辜负诺贝尔文学奖。获奖之后，他佳作不断，有长篇小说《霍乱时期的爱情》《迷宫中的将军》、文学创作谈《番石榴飘香》频频问世。谈及加西亚·马尔克斯对中国当代小说界产生的影响，有三个话题永远是令人感到会心的和亲切的。一是此翁的时空观，二是他的叙事方法，三是他在家族的角度上所做的文学建树——他以家族的幻灭折射了哥伦比亚乃至拉丁美洲的历史，使小说成为历史的缩影或象征。大概从马孔多镇从出现到消失的一百年间，一本羊皮手卷的意义始终隐藏在背后，直到该镇被一阵飓风席卷而去时，它的魔力才从第六代奥雷连诺阅读完毕的刹那间显露出来。这种百年一轮回的时空观，是典型的印第安人秉持和笃信的。提起拉美的魔幻现实主义，许多文章将博尔赫斯、柯塔萨尔等也一并归入，这是不严肃和不妥当的。魔幻现实主义的根本特点，是以印第安人的传统观念，特别是他们的时空观来反映拉美的现实。这一点，马尔克斯在他的《百年孤独》中体现得最为典型不过了。

《百年孤独》给马尔克斯赢得了世界声誉，同时为世界各国的文坛带来了持续不衰的冲击力。"多年以后，奥雷连诺上校站在行刑队面前，准会想起父亲带他去参观冰块的那个遥远的下午。"把这部不朽名著的开篇的句子，与莫言的《红高粱》的开篇略作比较，人们不难会心一笑："一九三九年古历八月初九，我父亲这个土匪种十四岁多一点，他跟着后来名满天下的传奇英雄余占鳌司令的队伍去胶平公路伏击日本人的汽车队。"任何人都会从这些过去、现在、未来水乳交融、魅力四射的起句中看出其血缘关系来。莫言在《红高粱家族》问世前，经历过一段难言的苦闷。《透明的红萝卜》使他跻身于先锋小说家的行列，但并没有焕发出他作为杰出的小说家的雄性的力量。他接触到了福克纳、马尔克斯之后，曾一度焦虑于他们那如同"小火炉一样的烘烤"。经过一番痛苦的思考之后，此人发生了重大蜕变。复出的莫言以中篇小说《红高粱》使评论界一时失语。

大概过了很长时间，有"怪才"之称的李陀，才以书信的方式作了现在看来是读后感式的平面观照。十几年来，莫言才情豪迈激荡，从《黑孩》到《红高粱》到《五梦集》再到《丰乳肥臀》，一路高歌，唱的是血性、是雄性的交响；他的作品是对人性、对大地、对种族、对血缘、对家族的最富激情的观照。正像加西亚·马尔克斯尊称福克纳为"文学之父"一样，得力于马尔克斯的有力启示，中国文坛上也出现了能够在叙事方式、语词意象、观照角度、时空观念上才气逼人的莫言及其作品。莫言与福克纳和马尔克斯都不尽相同，但又有洗之不去的濡染关系。世界文学范围内的融会与整合，确实在很大程度上销蚀了一大批东张西望的以追潮和模仿为生的"作家"。这些"作家"们毫无个性可言，只能在众多的文字泡沫之上，堆砌新的虚浮高度。而莫言，却对中国文坛做出了令人不能小觑的建树。当然他的建树无法与马尔克斯一一对应，比如后者在时空观的表达上那种上帝一般的俯瞰视角，使用复数第一人称独白的创意，精雕细琢每一部作品到了锱铢必较的地步的可贵精神（《百年孤独》用了 18 年，《一件事先张扬的凶杀案》用了 30 年，《族长的没落》用了 17 年……），特别是他那引起了一场"文学地震"的"变现实为幻想而又不使其失真"的魔幻现实主义，以及他忧患于整个美洲大陆的民族意识——广义的孤独感……但是，这都无碍于莫言迎风站立：他不是马尔克斯的复印件，而是中国作家莫言。

饶有意味的是，以诺贝尔情结为初衷出现在中国期刊界的《大家》杂志，将"首届大家文学奖"授予了莫言的长篇小说《丰乳肥臀》，这其间寄托了中国文坛呼唤大家、殷殷瞩目于诺贝尔文学奖的多少用心！莫言及其作品与诺贝尔文学奖之间的距离，究竟还有多远？答案隐含在莫言的作品里，而揭示答案的"上帝的手指",却远在异国他乡的瑞典科学院。除了心情不必绷得过紧的期待外,中国文坛似乎无须再多说什么。

上述文字,除个别调整外,大致写于1997年初。现在,是2012年10月11日。晚间7点10分左右,凤凰卫视新闻台以字幕形式发布了莫言获当年诺贝尔文学奖的消息。我看后十分激动。因为就在一个小时前,作家张亦辉还在我家里吃饭。我们一起说起莫言获诺贝尔文学奖的诸多可能性,为了莫言获奖,还专门举杯预祝了一下。获知消息后,我第一时间给正在浙江工商大学上小说鉴赏课的张亦辉发了手机短信。短信刚发过去10分钟,中国人民大学经济与金融学院的王小龙教授给我打来电话,告诉莫言获诺奖的消息。王小龙是我在北师大教过的天文系的学生,毕业后分配到西安天文台工作,后来考取硕士与博士,毕业后进入中国人民大学任教,如今已是博士生导师。我对他说,知道啦,正高兴着呢!他说,大约是1986年,正在北师大天文学系读书的他,有一天到我宿舍里玩,我曾拿出一本《人民文学》向他介绍小说《红高粱》,说作品如何的好。他表示那是他第一次知道莫言的名字。现在莫言获奖了,想起二十六年前的往事,便专门打了这个电话来。他的电话,让我们两人都沉湎在往事的回忆里,借助这种方式,我们深化了对莫言获奖所体会到的喜悦。刚刚放下电话3分钟,妹妹李洁冰又发手机短信给我,说她的女儿丹丹用短信告诉她,莫言获诺贝尔文学奖了。我回复短信说,知道啦,正打算写篇博客,说说此事呢。我启开了电脑,准备写篇博文。在等待电脑弹出微软视窗的间隙里,我的同事,中国计量学院人文社科学院中文系教授胡艺珊又打进电话来,告诉我说莫言获诺贝尔文学奖了。我说知道了,很高兴的。她说,是呀,真是高兴,为莫言、为中国文学高兴;也为咱们山东人高兴!我为她的高兴而高兴,不仅因为她和我都是山东人，莫言是她的潍坊老乡，还因为她是讲授外国文学的。

这么多的电话和短信，都为了莫言，为莫言获得的诺贝尔文学奖。看来，诺贝尔奖，诺贝尔文学奖，确实已经成了一个必须承认的心结。我很少以急就章的方式写博文。但这一天例外，无疑也缘于这个心结。我除去写下了此刻的激动，还专门找出自己十年前出版的一本文艺论著《作为文学表象的爱与生》，翻到 206 页收录的一篇文章，题目是《从马尔克斯到莫言》，即前文引述的长篇文字。那是我 1997 年为《连云港文学》第 1 期开设的"诺贝尔启示录"专栏写的"专文"。文章说起哥伦比亚诺贝尔文学奖获奖作家加西亚·马尔克斯对中国当代文学，尤其是对莫言的影响；说到马尔克斯获得诺贝尔文学奖的"艰苦"过程，介绍了该奖产生的程序；同时说起云南缘于诺贝尔情结而创设的《大家》，将"首届大家文学奖"授予莫言的《丰乳肥臀》的情况，并简析了中国当代作家与诺贝尔文学奖的关系。写于 1997 年 1 月 9 日的那篇文章，让十五年的期待变成了现实，印证了中国作家莫言创造的力量，中国当代文学的力量。

边缘人与介入式叙事

边缘人能够从社会学概念走入文学范畴，陈武的小说做出了切实贡献。在《拉车人车小民的日常生活》《换一个地方》《宠物》和《报料人的版本》等小说先后面世的过程中，一些在城市边缘生存的人，渐次进入了当代文学视野。这些人物，按中国社会阶层分析，应当属于"农民工阶层"或"自由职业人员"，所以学界习惯于将他们纳入平民、草根或底层文学角度加以观照，应该说，这不无道理。但是，车小民、于红红、孟清和阿陈等人的身上，还具备了另一些难以被漠视的特征，那就是：第一，他们虽然身处城市层圈之内，却又没完全融入城市肌理；第二，这些人虽然游走于城市边缘，但并未脱离城市生活；第三，即使他们从城市消失，城市特质也不会因此嬗变。边缘人的这些特征，在折射人性的复杂性方面，无疑是富矿。陈武在自己色彩丰富的小说版图里，为这些人重重涂抹了一笔，使他们在当代小说的人物方阵中，得以自成一隅，呈现了独特的文学价值。与此同时，在构筑这一人物序列的过程中，陈武在叙事方式上也作了积极探索，形成了一种"介入式叙事"格局，从而丰富了当代小说叙事艺术的武库。

所谓"介入式叙事"，指的是作家陈武在表现边缘人的叙事文本中，从小说人物到叙述角度，从结构线索到故事高潮，都呈现出一种从边缘朝向中心的指向性。陈武小说的"介入式叙事"，首先取决于人物自身的边缘性。拉车人车小民，连城市平民也算不上，而是乡村"草根"，靠脚力在城区拉平板车谋生。小说开篇表明，有时他一天也等不到一次"拉货啦"的呼唤，生活来源自然极不稳定；两个孩子——招兵、买马年幼，妻子包明珍更是长年咳嗽不止，属于居于城郊、失地之后又因病致贫的底层。于红红更为不堪，在城区弹棉花的表姐家帮工，收入低廉姑且不论，还要忍受表姐夫隔三岔五的奸污。但是，就连这样寄人篱下的境遇，在作品起笔时也宣告结束——表姐不堪家境之苦，与另一个男人私奔海南，于红红只能靠贩红辣椒、卖茶叶蛋和水煮花生度日了。孟清和阿陈的情况有所不同——前者大学毕业，后者做过乡村通讯员——年轻、聪明、有知识、心事重，不在主流体制之内谋生，而是凭着生存智慧选择了某种自由度很高的职业——找狗或者报料。显然，不论车、于还是孟、陈，无一不处于城市生活的边缘地带。因此，他们生存行状的指向，相对于城市生活，就不能不是"介入式"的。跨入城市之门，找到自己的位置，生存下来；或者相反，是他们在小说文本中要实现的叙事目标。

当然，说陈武小说表现边缘人生存状态时呈现出一种"介入式叙事"格局，还不完全缘于人物自身的特性，而是基于作家在小说叙事艺术上表现出的探索理性。正是这种理性自觉，使陈武的"介入式叙事"呈现出了令人欣慰的序列性。

第一，"介入式叙事"作为视角，为读者提供了新的体验向度。

相对于乡村，城市作为世界一侧，承载着居于其间的人类，同时也承载了权钱交易、欲望纠葛、人性异化与善恶交响。面对不断演绎着人间悲喜与生死歌哭的城市舞台，人们一方面受制于自身120度的视角，难以做到全息摄入；另一方面，在人生历练的意义上，任何人都无法一次踏入两条河流，更不用说多条河流了。因此，在作家提供的小说视野里，介入角度越新颖，便越能够增加读者的人生体验向度。这既是姚斯所谓"期待视野"的要求，也是小说艺术对于作家创作的挑战。陈武经受住了这样的挑战。中篇小说《宠物》与《报料人的版本》，向我们展示了介入城市生活的新的向度与可能性。

《报料人的版本》告诉我们，主人公阿陈的职业是《海城晚报》报料人。报料常见，以报料为职业就不常见了。但阿陈却乐此不疲，以游走于城市街巷的方式，介入生活，谋求生存："不过一个电话，不过是在街上散混混眼睛多看看，眼也养了，钱还赚了"。这些人的共同特征是："獐头鼠脑，鬼鬼祟祟，东张西望，虽然背着相机或时髦的包"。他们身处边缘，进入缝隙，偶有发现，立即报料；继而置身新的事件边缘，伺机再报。

在中篇小说《宠物》中，孟清的职业则显得更加"无厘头"——专门为人寻找丢失的宠物狗。这篇小说的叙事线索，虽然比《报料人的版本》复杂得多，但编织出的网状结构中有个线头，那就是孟清。大学生孟清在城市里同样游走于主流生活的边缘。正是自由职业者的身份，使他能够从缝隙中进出自如地介入他人生活，得以发现人性的毒蘑菇蓬勃得如何花团锦簇。

阿陈和孟清，与车小民和于红红不同。虽然同属陈武塑造的边缘人序列，但是，作家在阿陈和孟清身上，无疑表现出更多的叙事艺术的创造性。事实上，"宠物"的意念，卑之无甚高论，只能给作家带来叙事障碍，让小说文本陷入浅显的寓言文学窠臼；因为"宠物"所折射出的理念必然是：小狗是女人的宠物，女人是男人的宠物，男人是男性文化主体的宠物，确实难出新意。甚至作家让不让孟清成为道义的代言人，都跳不出道德判断的沼泽。阿陈在《报料人的版本》中介入的情境也差不多，男欢女爱的背后是残酷的利益博弈。孟清和阿陈这两个边缘人，不像车小民和于红红，可以被陈武倾注更多的悲悯情怀，承载作家更多的价值判断。以故，无论吴大鹏与他的两个同居女友构成的非正常关系，还是某个自称"报料员"的男孩站在大街上，看见一个女子失去理智"演讲"不止时掏出手机报料的行为，透析出来的理念无法不带上某种道德判断的负面色彩。

但是，陈武依然成功地让小说文本摆脱了寓言文学的模式。作家在《宠物》中出人意表地为主人公创造了找狗的职业，并以此作为小说的叙事角度，稀释了"宠物"的寓意，巧妙地链接了尘世奥秘；而阿陈在《报料人的版本》中，更是以报料为职业，出色地帮助作家顺利介入了他人生活，并且进入了核心地带。你不得不承认，相对于司空见惯的拉平板车和卖茶叶蛋，找狗与报料这种职业，看似搞笑，实际上是陈武富有机趣的创造或发现。因为替富人寻找丢失的宠物狗或者为媒体寻找提供新闻线索，不仅为作家探寻与表现某些特殊领域的生活提供了叙事上的极大优势和方便，而且使作家从叙事艺术角度丰富了读者人生体验的向度。

第二，"介入式叙事"作为线索，引领读者不断接近生活真相。

对于读者来说，生活不啻是一座"冰山"；对于边缘人于红红来说，城市生活又何尝不是这样。《换一个地方》里所表现的城市底层草芥般女子的生存状态，令我想起作家二十多年前的另一部中篇小说《估衣》。在那篇小说里，陈武令人信服地展示出民国初年潮湿霉烂的一条后街上，鲜艳如花的女子是怎样一朵朵凋零并且溃烂的。小说中氤氲的死水微澜氛围，最早透露出陈武在叙事艺术上的优异禀赋。《换一个地方》之于《估衣》，其叙事难度在于虚构与创造性想象的无用武之地。于红红就生活在当下，就在我们的城市里，你几乎每天都可以在城市的街角，见到这些默默劳作与承受的女孩子。但你不会像陈武这样，以"介入式叙事"为线索，引领我们进入城市，看一个单纯、善良、形象姣好、心存希望的少女于红红，如何难以摆脱她像苔丝一样的命运。

于红红的人生向度也是介入式的：16岁从乡下来到城里。小说开篇，已经是这位乡村少女进城的第三年，作品安排主人公的表姐"去了海南"，让她变得举目无亲、无奈和无助，成了彻底的边缘人。善良的于红红，让作家充满忧虑，因为善良固然美好，但却不具备任何抵御邪恶的力量。陈武从两个侧面展示了于红红介入城市生活的历程：一方面，灯红酒绿的城市，一步步诱使和逼迫于红红弯曲心灵，泯灭纯真，走入污浊；另一方面，这个边缘人心存善良，竭力挣扎，宁肯躲避，也要坚守底线、不肯就范。这是作家在叙事文本中为我们设置的一场心理拉锯战。在读者忧心忡忡的阅读中，城市生活的真相向主人公次第展开：表姐夫赵老板，衣冠禽兽；南京炸鸡店朱老板，伪善猥琐；高红和蔡小菜们，有色相的出卖色相，"轻松赚钱"，没有色相的心向往之，沦为皮条客。令于红红费解的是，他们似乎谁都比辛苦本分的自己生活得好。她不仅生存艰辛，更缺乏安全感：赵老板随时施暴，朱老板盯梢诱奸；想要不蒙辱，唯一的选择是躲避，也就是"换一个地方"。这个边缘人之所以还没有退出城市，主要是对表姐"在海南出息了"就回来接她还心存幻想。读者虽然对于红红的幻想不存幻想，但在作家的"介入式叙事"没有从主人公视角抵达真相时，人们对于红红的表姐并未去海南依然缺乏足够的心理准备。原来希望的化身，表姐，就在本市！而且，早已失守做了"水帘洞大酒店"的鸨母。这就是城市，这就是生活的真相！令读者泪水盈眶的是，已经身陷色相泥淖的表姐，最终还是托了下坠的于红红一把："红红啊，这地方你不能来啊，你还是回去卖水煮花生和茶叶蛋吧……"这是陈武内心深处柔软的地方；他的"介入式叙事"，以表姐的泪水和哽咽为读者留下了最后的真情。城市里已经没有边缘人安身立命的空间了。如果说世间尚存一线希望，乃在于人心深处的良知还没有彻底泯灭。

第三，"介入式叙事"作为聚焦手段，向读者昭示生活真谛。

陈武在叙事文本中构置的"介入式"，必定指向一个终极目标。于红红发现表姐未去海南，而在城区变身为"黑主女子"，是叙事的箭镞迟早要射向的靶心。高潮之后，水落石出，这便是作家文本的核心理念。生存空间被不断蚕食、挤压到接近于零的于红红，"茫然走在大街上"；文本暗示出的余响，让读者不能不揪心扯肺，心里生出抑郁的"下坠感"。因为你无法否认，作品中近乎逼良为娼的过程，恰是城市向边缘人示意的过程。这里，不妨将李佩甫的中篇小说《学习微笑》与《换一个地方》略作链接，即可见出陈武小说人本关怀的深度。李佩甫笔下的刘小水和于红红不同，她是国有企业职工，只因工厂濒临倒闭和"眉心有颗痣"，被选入厂里迎接合资港商的"接待组"，于是开始了一次失落、屈辱的体验过程。最终，一切努力都付诸流水，刘小水只能沿街叫卖自己炸的"梅豆角"。《学习微笑》读毕固然令人心酸，同时也让人欣慰：面对市场经济的无情推手，下岗姐妹们最终还是破茧而出，完成了生存与心理的自救。而陈武的《换一个地方》正好衔接《学习微笑》，因为卖油炸"梅豆角"的刘小水，和卖水煮花生与茶叶蛋的于红红，已经没有质的区别。于红红走向深渊，只是个时间问题；即使她已经知道了水煮花生何时放盐可以增加分量，在什么地方和什么时间卖能够赚到钱，因为，脑筋比她灵活、长相比她难看的蔡小菜，已经是前车之鉴。

在《报料人的版本》中，阿陈由于"找料"，爬上了"蔷薇小区三十号楼 202 室"窗户外"长势很好的面枣树"。蹲守和窥视的结果，竟是一场惊心动魄的情杀。作为叙事高潮，陈武处理得张弛有度，气象开合，其阅读效果不亚于观赏希区柯克的《后窗》。为救重病的丈夫无奈出卖色相的胡花花，勒死了克扣救命钱的女友小曲后，又在 202 室唤来骑在窗外树上的阿陈缠绵悱恻；而阿陈在与胡花花欢爱时，并不知道自己的同居女友小曲已经命丧黄泉。次日凌晨，胡花花在 202 室捅死了化名任老板买春的《海城晚报》负责人王总编，不久自己也被执行枪决；而王总编所在的报社，正是阿陈领取报料酬金的媒体。

由介入而进入，阿陈在纵深地带见证了海城媒体轰动性的新闻事件。小说尾声里，险些身陷命案漩涡的阿陈，已经晋身为《海城服务导报》"新闻热线110"接线员，成了"陈记者"；而报料员队伍也后继有人，一如媒体负责人与"小姐"有染的事情，同样前仆后继。到这里为止，对新闻界神往已久的阿陈引领读者共同发现，即使位居一座城市媒体顶端的王总编、朱总编，与身处城市底层边缘的阿陈相比，不过彼此彼此；甚至在人本层面，还要逊色得多。这就是作家的"介入式叙事"要呈示的重心，作品在荒诞之中蕴涵了深层次讽喻。

《宠物》中的找狗人孟清，因为职业原因介入了吴大鹏老板与跳跳、翠翠的三角关系，从而揭示了一段人间孽缘。原来吴大鹏买了两只名贵的马尔济斯犬，以与自己同居的桑拿女跳跳和公司内勤翠翠的名字，对宠物分别作了命名和交叉赠送。两只小狗先后跑丢后，跳跳、翠翠都求助孟清。随着对于宠物主人生活介入的逐渐加深，高度敬业的找狗人打破了吴大鹏在两个女子之间的平衡，竟生出性命之虞。作家以"介入式叙事"让孟清明白了自己身涉险境之后，也迫使读者颖悟：女人把自己当作男人的宠物固然可悲，男人把女人当作宠物同样可悲——脱离了高级趣味的吴大鹏，被两个女人和一个找狗人搅得七荤八素，连精神都恍惚了。最后，此人不得不向孟清摊牌，以性命要挟，以重金收买，中断了孟清的找狗生涯。令作家意犹未尽的是，孟清在小说结尾试图"重操旧业"时，忽然发现吴大鹏又在故伎重演——送给翠翠一只蝴蝶犬"丽丽"和一只博美犬"艳艳"。求生的本能使找狗人顿生恐惧，黯然退出他人生活的夹缝，"自己让自己失业"了。

缘于边缘人而被作家探索的"介入式叙事"，赋予了小说文本一种自由度高、灵活性强的叙事方式，这是从前述中不难得出的结论。我们面临的问题是，如何看待和评价这种"介入式叙事"格局？作家皮皮在接受《收获》负责人程永新访谈时，说起拉萨的历练为她日后在异国他乡生活打下的基础，让自己"有了一个好的视角：我既不能从里面看，因为我不是里面的；也不能从外面看，因为我在里面"。我们认为，城市边缘人作为一个群体，其视界与皮皮近似，那就是，他们没有获得"从里面看"的角度，因为他们身处城市边缘，"不是里面的"；但是，他们"也不能从外面看"，因为他们在城市"里面"。对于生活在城市的边缘人来说，这种角度生成的心理并不令人受用，因为鲁迅先生说过，人首先要活着，爱才有所附丽。边缘人面临的是生存层面而非审美层面的问题。审美层面的问题，要交给作家去解决。因此对于作家来说，皮皮的视角是难得的角度，可以拉开距离，去除黏滞感，生出陌生化效果。陈武的"介入式叙事"方法，正是这样。他解决了小说文本如何从边缘人角度叙事的问题，并且以自己的作品证明，探索是有效的，这是一。第二，当代小说叙事艺术能够产生的新范式并不多见；"介入式叙事"一旦生成，对于作家本人，意味着建构，对于当代叙事艺术来说，就是灯标，它指示给行船人的，不是可以从这里通过，而是必须绕行，因为灯标下面是岛礁，似陈武者必定撞礁沉船。第三，"介入式叙事"的"介入"，给作品主人公和读者带来的过程与结果，是未知的，那么对于作家来说，写作就变得饶有兴味了。纳博科夫曾说："如果讲故事本身不能带来收益和乐趣的话"，《黑暗中的笑声》或许就不必写了。陈武在表现边缘人过程中形成的"介入式叙事"，恰恰能够使"讲故事本身带来收益和乐趣"。细察《报料人的版本》和《宠物》，你会发现陈武的"介入式叙事"，有一种快乐的语感特质流淌在字里行间。那是因为作家找到了恰好的介入角度，生成了恰好的故事，叙事本身就是一件快乐的事情了。这种颇为自得的心情，作家曾经通过报料人阿陈的嘴这样表述："真想打电话告诉毕飞宇，或者韩东，或者李洱，或者东西，相信他们一定对个故事感兴趣，说不定还能就此编排出许多妙趣横生的枝枝叶叶来。"最后，陈武的"介入式叙事"，对于海明威的"冰山"理论，在叙事学意义上是一种补充和丰富。事实上，我们都知道，面对生活，即使是城市生活，不要说"冰山"，哪怕是一头象，也许我们永远只能摸到耳朵、鼻子或者肚皮、尾巴；不摸到象腿、象蹄子，被狠踹一脚，就已经很幸运了。

权势与道德对峙中的乡村舞台

陈武小说写城市男女的青春迷局，写城乡边缘人的艰辛生存，写乡村田野的人间悲剧，大多是令人心悸的图景。在他所构筑的城市→城乡边缘→乡村的空间序列中，人性的渊薮波澜起伏，演绎出一幕幕变幻莫测的浮世绘。如果我们把视野投向他所搭建的乡间舞台，会发现那里虽然与城市文明的落差固在，但其落差并非诸多悲剧生成的主要诱因；而权势与道德的对峙与夹击，才是人性变异的重要根源。这是陈武近年来专注思索的区域，也是作家致力表达的重心。倘若对这一区域和重心进行扫描，至少有以下几处肌理值得特别关注。

其一是陈武擅长从少年视角导入成人世界，以此映射他对美好与善良遭受戕害的忧伤。鱼烂沟村的成人世界、人际关系像迷宫一样错综复杂。引导少年出入的红线，往往是男人对于女人的觊觎和侵犯；而男女互动引发的纠葛，特别是那些少女们的命运悲剧，则会成为乡村少年走向人生成熟的拐点。小说《码头嘴》，即是从少年恩怨起笔叙述复仇行为的。作品中的二全（我）作为事件的介入者、窥视者和见证者，几近洞悉了人间真相（秘密），作家藉此书写了乡村少年对世间人伦的观察与猜想。二全和长毛三悬疑重重的复仇，作为故事的表象，遮蔽的洞天是妹妹为姐姐复仇的故事。但《码头嘴》的微妙之处在于，二全对丁训花的朦胧情愫和成长中的性想象，展示的是少年对成熟女子情愫萌动的过程，属残酷的青春物语一脉，自有其审美旨归和价值空间。少年视角的安排，既是陈武的叙事智慧，也是作家对"冰山理论"的发挥。陈武熟谙先锋小说叙事技巧，他不以客观时空关联情节，而是时或间以意识流动。丁训翠进入扫盲班，初始令人费解，实际上是暗流涌动的伏笔，所谓水上平稳，水下流急。作家不露声色的叙述，让小说结局出人意料之外，却在人伦情理之中，妹妹丁训翠为姐姐丁训花报了仇。作品的结尾一唱三叹，令人泪水盈眶。

广受好评的《绳子》，起始写的也是少年尹树对女孩桃子的重重心事，其纠结程度如同他学搓的绳子。但无法逆转的青春脚步，执拗地把尹树送进成人世界，使这篇作品跃出了少年对于成人世界的窥视和猜想。尹树发现，成人世界的欲望就像原野的毒蘑菇一样蓬勃生长。他的父亲和前队长丁干成前赴后继地与桃子的母亲张寡妇偷情；丁干成在雷雨之夜还奸污了尹树心仪的桃子。当然，这些男人的下场一律可悲：尹树父亲被母亲责打后上吊自杀，丁干成也被吊死，疑似梅子为母亲和姐姐雪了恨。尹树与不幸的桃子有了默契，并最终加重了桃子的不幸：他在县城有了新女友。结局是，身心被重创的桃子摸出一根绳子，打算上吊。少年尹树在作品里搓出的一堆绳子，大致有两个作用：一个是帮助生存，如捆麦草和修软床；另一个则是助推死亡，比如上吊。那些被他搓出的两股、三股甚至四股的绳子，几乎拴起了所有人的命运。在陈武的乡村小说中，女性一个接一个走向悲剧，肇因无一例外是男人作孽；而自作孽不可活，男人同样没能逃出生天。正是在这些生死大戏上演的时间序列里，尹树和二全们成长起来，形成了陈武乡村小说的复调题旨，即从少年到青年的成长小说的思辨序列，使作家这些作品在审美上拥有了生死故事之外的生长维度。

其二，是陈武在对女性命运悲剧成因的探索中，将重心麇集于男性与权势、宗法结合所生成的人性异变。这使作家笔下的乡村的时间重心，往往偏移到二十世纪七十年代至九十年代前后。因为当时计划经济已经老态龙钟，而市场经济正蹒跚学步，乡村权力并未式微，于男人反而如虎添翼，纯朴的人心依然笼罩在宗法世系与泛政治的阴影里。这样，生产队长对寡妇生出非分之想时，才可以放胆实施；村主任在向村民摊派老鼠药时，才能够任意加码。作家由此出发，表达了乡村女性生命中难以承受之重；而此间男性的行状，则是作家笔下世俗画卷中浓重的墨点。

《丁大宝的艳事生涯》，饶有意味地叙述了村民与村干部之间的"智斗"。村主任丁东明出场即成为被揶揄的对象：他基本上就是个朝村民摊派和兜售老鼠药的角色，那是乡村特权显而易见的蝇头小利。而他与村民之间的明争暗斗，似乎也不关乎道义，只不过是乡村人际心理之争。丁东明的布局捉奸，以"强奸未遂"向丁大宝讹钱三万，看似棋高一着，实际上不过是短视行为。作家把这个超低空叙述的世俗故事很快拉抬起来，朝着探测人性的高度飞升。小说的叙事高潮，是吴桃花让诱惑自己的丁大宝接出医院回家过年，借"病"撒疯，对无视自己的丈夫丁东明实施了心理报复，并发表了乡村女性的爱情宣言。作家以极好的细节，在心理分析上抵达了令人击节的极限。富有黑色幽默的结局是，村主任丁东明真的得了精神病。这样，小说便在不经意间，谨慎地接近了读者期待的价值倾向：不作死，就不会死。与村主任这样的结局类似的，是《绳子》里的前生产队长丁干成，他性侵寡妇母女、做密探、打小报告，最终被勒死在寡妇家门梁后面。

《谋杀》展现的虽然也是平民图景，是特色浓郁的乡村风俗画，却极富张力，因为看似平静，却杀机暗潜。起因是丁大帆与陈长毛妻子彩虹出村打牌，因合伙作弊被打破相不便回家，到丁大帆亲戚家躲避了七天。但七天未归，已逾乡规，宗法因素开始介入了：彩虹的公公老烟袋磨刀霍霍，扬言杀人；但具体杀谁，老烟袋也很茫然。这就是陈武的叙述智慧，给出似是而非的谜面，似有老矛盾隐现其间。丁大帆的父亲丁加富，在"文革"期间是队长，欺男霸女，老来被踢破了睾丸，瘫痪在床。老烟袋对丁加富又恨又怕，过年时依然要送二斤白糖；因此他想要杀的，似乎是丁大帆——老子已废，杀了儿子，可让丁加富断子绝孙。老烟袋自己不能养儿子，打算替儿子陈长毛杀人，殊不知，反而留下了丁加富的后代，这是谜底，也是悖论。作品中城府最深的是陈长毛，不露声色间，他在春节前把丁大帆杀掉埋进了菜园子。这时候，叙事技巧的"发现"原则，在作家的"窥视法"中再次显现：老烟袋看见了，既惊又喜，欣然为儿子顶罪。而陈长毛心安理得地接受了父亲的"义举"，探过监后，喝酒去了。这篇小说的叙事风格，初看类似屏风式的《水浒》故事，但叙事线索中的情节并不发生时序的线性关联；时光重现的方式，使作品有了先锋小说的质地。作家在非线性的时空调遣中，一方面进一步布设迷局；另一方面是以交替变幻的时空，让读者通过参照、比对，看清鱼烂沟村彼此代序间影响力的苍白，因为他们老少自身就善恶失范。

其三，道德人伦在陈武的乡村小说里，不呈后滞状态，不是人性解放的羁绊，而是女性的心理盾牌，是她们与男性权势对峙的工具。陈武对乡村体察深刻，知道乡间的爱恨情仇遵循的是外人不易察觉的法则。在政治失序、宗法因袭、经济贫瘠的乡村，女性能够维护自身人格的手段本就不多，能够祭起的也只有人伦道德这种柔软的武器。因此在作家的乡村小说里，那些不断上演的生死大戏，血缘、伦理与道德是重要的支点。看上去，作品中那些成年男人，有力气、有权势、有宗法地位，女性时或不得不屈服。但是，在作家安置的少年视角中，父辈们是被观察和质疑的对象；在少年纯真无邪的视野里，他们往往是失德者，不是偷腥，就是性侵，甚至制造命案。那些美好、善良的女性，就是被他们一个个玷污和一步步葬送掉的。因此在少年视界中，那些逾越了人伦道德雷池的男人，不遭天谴，必致人祸。因为处于弱势的女性，不论是梅子、丁训翠还是汤校长，也会绝地反击，把尹树的父亲、丁干成、丁大宝、丁东明和丁加富们，这些欲望横溢、欺男霸女、作奸犯科的男人，先后钉上道德的耻辱柱甚至送上绝路。

《丁大宝的艳事生涯》中的贾平平，是陈武笔下的一朵奇葩。作为丁大宝的老婆，她出人意料地"开放"，积极怂恿自己的男人去"睡"村主任的老婆吴桃花。这看上去似乎不可理喻，是女人主动捐弃爱情贞洁的反常举动。实际上，那恰恰是典型的同性相斥——出于女人的一种畸形心理，她嫉妒哪个女人，就让自己的男人去"睡"她，是杀敌一千自伤八百的自残行为，更是长期臣伏于男性权势的一种驯化现象。因为对于同性的戕害，不仅无助于提升女性的地位与尊严，反而助长了男性作为"类"的虚妄。丁大宝受命色引吴桃花的故事蓄势，在写作上是有叙述难度的，因为吴桃花是村主任的妻子。在作家笔下，丁大宝处心积虑勾引吴桃花，以同学关系接近，时时表达关怀，油腔滑调，竟然得手，最终介入了村主任的夫妻生活。不料正得意间，反而被丁东明摆了一道。贾平平和丁大宝的如意算盘，在乡村人伦中，是跌破底线的行为，结果中计被讹，结果十分令人信服。但小说里的吴桃花，反而具有出人意料的动人魅力。作为懵里懵懂的受害者，她不仅最终出了一口冤枉气，而且在道德的制高点上，焕发出了女性纯美的光彩。

陈武写乡村小说，不像李洱那样让石榴树上结樱桃，触及当下矛盾；也不像刘震云那样围垦黄花土塬，因温故而流传；更不像苏童那样，虚构枫杨树故乡，让乡村在世界一侧发光。陈武的乡村小说，是丰厚而多元的。鱼烂沟村系列的作品，在权势与道德的张力中搭建起了凹凸有致的乡村舞台，让众生演绎爱恨情仇，并以此抵达作家对于人性渊薮的深层探测。由于这些作品往往涉及乡村女性尤其是少女的命运悲剧，故语言阴柔、哀婉、节制、清幽，令人迷醉。当然，这又是另一个话题了。

乡村视界中的残酷与温情

"行走在消逝中"的中国乡村，是跨越了两个世纪的话题。探索其间蕴涵的文学要义，引众多作家竞折腰，而陈武已经形成自己特有的景观。他并不特别在意历史陈迹的消亡，如果那只是由土坯与草木搭建起来的，在风雨中难免飘摇与沉沦的村舍；也不特别在意厂矿企业在乡间的崛起，如果那不过是对资源巧取豪夺甚至以环境崩坏为代价的产物。在陈武看来，那些仅仅是表浅的现象。他所关心的是人，是人的生存及其变化：他们的心灵为什么会有那么多的变异，会演绎出那么多的生死歌哭，会生成那么多的无奈、无助、忧伤乃至仇恨；他们要到哪里去，能够到哪里去，只能到哪里去？这是中国当代文学绕不开的话题，也是考验作家良知和艺术匠心的范畴。令人欣慰的是，陈武用一系列小说打造了自己的乡村视界，并且在叙事艺术领域寻找到一条风格化的路径。其中尤为引人注目的，是陈武书写的乡村视界中互为表里的残酷与温情。让我们把这个话题剖为几片，具体分析。

第一，是"弱势正义"的残酷性。这是陈武的发现与建树。作家虽然心怀忧伤，却为此倾注心智写了数篇作品，致力构建小说中令人不安的乡村视界。很多读者都发现陈武擅长讲故事，问题是作家为什么要一再讲这样的故事？这里，需要先厘清什么是"弱势正义"，它指的是一种建立在良知和道义基础上的民间正义。执行主体是平民，角色自然不一，甚至晦明难分，就像博尔赫斯笔下"玫瑰色街角的汉子"；而被执行对象的范围虽然很大，却清晰可辨，身份不外乎失德官员、无良商人、斯文败类或衣冠禽兽。有意思的是，在作家笔下，这些人物几乎清一色是成年男人。正是他们，在中国乡村变迁的过程中，或借力于泛政治高压、或因袭封建传统、或沉醉于男性本位意识、或受经济利益驱动，有意无意地对善良、纯真和无辜造成深度戕害，比如处于弱势的女性，特别是花季少女。或许就罪愆而言，有的行状诉诸刑律也不至关及生死；但是，从陈武小说中我们看到，生死早成定局，悲剧已经发生。为什么会是这样？这种非理性的失控状态是如何悄然形成的？其间的偶然性是怎样嬗变为必然性的？这些问号背后遮蔽的，正是人性变异的奥秘，是洞察人之为人的有效视域，也是陈武最感兴趣的渊薮和令他着迷的创造空间，蕴藏着他持续将故事娓娓道来的不竭的原动力。

"弱势正义"的残酷性，在陈武的小说里呈现出一种思辨的序列性。首先，它的起因是残酷的。小说《火葬场的五月》，是陈武近作中的一部优秀中篇。二十世纪八十年代的高中生周家树，因为"叔叔"柳场长的缘故，进入火葬场做仓库保管员。他对单位旁边田间劳作的少女小萍颇有好感，生出爱意；后者对周家树，也同样萌动了少女情怀。少女的母亲，人称"王寡妇"（丈夫实际尚在，因老弱病残集于一身而被无视），以色相为媒介承包了火葬场周边的土地。底色铺好了，"残酷的青春物语"也上演了：已经占有了"王寡妇"的柳场长，在前者家里吃饱喝足之后就势占有了小萍。少女揩干屈辱泪水的抹布，是告别面朝黄土背朝天的农田，坐进火葬场的会计室。而周家树恰恰性格软弱，是个扶久了电视机天线都会哭鼻子的年轻人。在年轻人揪心的目光里，"叔叔"柳场长一而再、再而三地出入"王寡妇"家，性侵周家树心仪的少女。这样的前因，会引发怎样的后果？小说《绳子》，是陈武最让读者掬泪的作品。少女桃子，是少年尹树的梦中之梦。她的母亲张娥倒是真寡妇，也因此被尹树的父亲和前队长丁干成前赴后继地诱奸；更为不堪的是，丁干成在雷雨之夜还奸污了尹树憧憬有加的桃子。除了在心里诅咒，像尹树这样行动力微弱的少年能够做什么？小说《码头嘴》里的二全与尹树相似，但有年龄差异，不过是一个懵懂、贪玩的孩子，他对少女丁训花心神向往，但丁训花却被知识青年吕跃进不负责任地玷污了，后者还以补习文化为由同时与队长丁东明的老婆贾学珍媾和。这些由荷尔蒙引发的不端行为，均为其主人的下场埋下了后果难测的种子。其次，它的过程是残酷的。表面上看，作品中直接受到侵害的似乎不是周家树、尹树和二全，而是他们苦恋的少女们；但实际上，三个青少年受到的反而是更深的精神伤害；这种伤害超越肉体，直抵心灵，在相应的意义上，无疑更加残酷，因为那是对于青少年情感与血性的重挫。再次，它的结果是残酷的。这也是"弱势正义"由众多偶然性累积出的必然性。那些管不住下体的男人，自作孽，不可活，下场皆非善终。在《火葬场的五月》里，软弱的周家树终于忍无可忍，将醉后风流瘫倒路边的柳场长推入焚尸炉，让其化为一缕青烟。桃子的妹妹梅子，在《绳子》里用她从同学那里求来的双股电线，将前队长丁干成吊死在自家门后，为母亲和姐姐报了仇。而在《码头嘴》里，丁训翠则更加干脆，直接将只会拈花惹草却不会游泳的知识青年吕跃进推进河里，让后者成为浮尸，告慰了姐弟的在天之灵。或许有人会说，这样的后果，由于实施主体不一，很难看出作家表达思考的序列性。这是一种错觉。因为细察便不难发现，周家树、二全和尹树三个青少年，在行为上恰恰呈现出对于受害少女们三种不同的心理距离与行动状态，那就是周家树的出手、二全的观望和尹树的逃离。特别是尹树，对桃子先抚慰，后承诺，最终却随母亲进城并结交了新女友。背弃诺言的结果无疑重创了桃子身心，使她在小说结尾令人担忧地"摸出一根绳子"。

　　第二，是弱势生存的残酷性。陈武小说中的乡村世界，以鱼烂沟村为集散中心，向周边的乡村与城镇衍射。我至今无法理解作家为什么要以"鱼烂沟"来称谓他所创造的乡村，只能看着他用一篇篇引人入胜的小说，将这个文字意象称不上美的村庄，塑造成类似白鹿村、香棒树街甚至马孔多、约克纳帕塔法那样的地方。作家以一种韧性的写作，揭示了以鱼烂沟村为圆心的城乡间长达半个多世纪的时世变迁，镌刻出一幅幅浮世绘般的社会与人情的风俗画卷。在风俗画卷的变迁史中，生死大戏并非时常上演；反而是平民百姓中弱势一族的日常生活，呈现出一种挥之不去的沉重，日积月累为令人压抑的残酷。而作家借此将自己的深沉忧患抒写出来，为小说世界带来一股令人无法平静的刺痛感。

小说《菜农宁大路》，是陈武小说中十分别致的一篇，因为在这篇作品中，作家为当代文学贡献了一个堪称典型的农民性格形象，其意义并不亚于高晓声笔下的李顺大。相信宁大路"脸上持久而温和的笑"，读者一定记忆犹深，因为那种笑"就像他脸上的某一个器官，已经固定在脸上了"。宁大路的笑不是因为快乐，而缘于恐惧，因恐惧而顺从，进而成为习惯，体现了安分守己的农民在权势挤压下的时代性格特质。而如果从弱势生存的角度观照宁大路，同样可以透析出丰富的信息。读者会发现已经成为常态的乡间的不公，怎样淋漓尽致地演绎了弱势生存的"另类残酷"。

宁大路没有像作家另一篇小说中的车小民那样，到城里做边缘人讨生活，固守鱼烂沟村的他有自己的菜地。与车小民相同的是，他也有个常年生病的老婆。宁妻陈光翠患头晕病二十年，使宁家坠入因病致贫的家庭行列，其困难程度到了做韭菜饼舍不得放豆油的程度。但是，穷困还不是宁大路陷入"另类残酷"的根源，而是另有原因：村里经常在宁家用计账的方式拿菜。为了助推要回菜款，此人不得不隔三岔五往村主任和会计家里送菜；但菜款依然要不回来。对于宁大路来说，有限的五十块钱欠款，可以给患病的老婆带来无限的快乐，但是他实现不了，因为钱总也拿不到。会计有种种理由拖延。原来村里和会计压根就没想给钱，拒付的理由是可以免除宁家应缴给村里的各种莫名费用。宁大路可怜和有限的抵御，是将好菜卖到镇上，但又担心村里给他穿小鞋。这是乡村权势对农民切身利益构成的一种强制关系。面对权势，老实巴交的宁大路无奈、无助、无从反抗，逐渐演变为下意识的顺从。最终，一个村主任、一个村会计、一个关系暧昧的镇绣花厂食堂吕会计，加上患头晕病二十年的老婆合力夹击，把宁大路折磨得头痛欲裂，栽倒在地，从而在小说的结构图式上完成了与陈光翠的对位移植：他也由头痛而头晕，患了眩晕病。陈武在作品中以一段精彩的叙事高潮，让宁大路抵达了拥有人物典型性格的至高境界：即使头痛欲裂，他的脸上"依旧是持久而温和的笑"。这一境界的点睛之笔，是作家安排在小说结尾的一段余音绕梁的冷幽默：宁大路在镇上菜场卖菜，碰到已经不当村主任的村主任，不由自主地又送给他一只冬瓜。"村长走了。宁大路望着村长的背影，有点发呆。他摊子上的冬瓜少了一个，可他口袋里的钱没有增加一分。宁大路觉得哪里不对劲。宁大路自己跟自己说，人家不当村长，吃个冬瓜也不算什么，不算什么……要是人家不当村长，我就跟人家要冬瓜钱，我成什么人啦！"这种辛酸的自嘲，有自我安慰的一面，有无奈的一面，也有为人厚道的一面，将已经被权势挤压成型的弱者的心理特质刻画得入木三分。

走出鱼烂沟村"换一个地方"的车小民，境况不仅未见好转，反而成为弱势生存残酷性的典型体现者。《拉车人车小民的日常生活》，是陈武二十一世纪初写出的当代小说名篇。题目的中心词"日常生活"奠定了这篇小说的思维向度和叙事难度。它与当年"新写实小说"中刘震云的作品《一地鸡毛》不同，虽然那也是日常生活，鸡毛蒜皮，消磨心志，令人无由焦虑，但那只是需要调整心态面对的问题。与小林夫妻不同的是，车小民夫妇面对的，不是一块豆腐馊了引发的烦恼，而是吃不吃得上豆腐的问题，是"贫贱夫妻百事哀"的问题。车家的存款是一块三毛钱，打了半斤煤油后，便只有五毛五了。镜子打破了，买不起新的。面皮汤，只有逢年过节才吃。主妇的咳嗽病，一直没钱医治。儿子生病发烧，夫妻俩第一反应是愤怒，不是针对儿子，而是因为没钱。这就是陈武笔下弱势群体的日常生活。而处于草民上游的村干部们，家家富裕，理由是带头致富可以打消群众顾虑，有示范的意义，实际上掩盖的是另一种残酷的倾向，即占领和集纳优势资源——村西张二家妹婿的姑爷当了镇里书记，好工程都让他干了；王姓村主任家有机器，有面粉加工厂，还养着两头奶牛。车小民无法拥有这样的资源。他只能靠脚力拉货，也是或拉到或拉不到，所以偶尔拉到，能够接到收入六块钱的货，便兴奋不已。这样的日常生活，没有戏剧性，没有起承转合，没有大起大落，但陈武以对平民生活的熟稔，用大量生活细节表现出令人心痛的叙事效应，传递了弱势生存的艰辛与凄凉。比如刚卖掉猪，黑色幽默便粉墨登场：村里来"提留"，会计来推销老鼠药，买小猪又被讹，加上儿子生病，卖猪钱很快告罄。这样的家庭，已经失去了任何抗风险的能力。所以当小说结尾的一次车祸夺走车小民的生命时，读者的心理愿景才会一脚踏空，才会为散落地上的油糖果子残渣和在桥栏边一块包装漂亮的花生糖而唏嘘泪奔。

过多复述《拉车人车小民的日常生活》的情节，已经使本文的篇幅漫溢。但是，这很值得。因这篇小说不唯在揭示弱势草民生存的残酷性上具有特殊意义，它同时还提示了作家此类小说中的另一个重要审美维度，那就是温情。

第三，陈武在自己小说打造的乡村视界里，沉静而坚定地为民间温情续写余韵，让它们在作品中不绝如缕，温暖人间。当代作家中，同样是写乡村，陈武和余华走的路径不同。余华笔下的残酷，具有一种刺痛眼目的直接；他的温情，往往是在读者的承受力接近崩溃的临界点，才从残酷的表象背后闪现出来。而陈武小说中的温情，走的是经典叙事路线。这当然会增加写作的难度，但是陈武不以为意，富有定力地一路走来，至少为读者提供了三个体验层面。

　　首先来探讨一个可能存在争议的情节关目。《新华评刊》的郑润良在评点《中篇小说选刊》2012 年第 3 期选载的陈武的《火葬场的五月》时，认为"小说结尾，周家树火葬醉醺醺的柳场长并在事情平息之后与小萍重归于好。这个刻意营造的美好结局使小说遗憾地成为'半部杰作'。"郑润良略带惋惜的质疑，自然有其道理。类似的质疑，相信不会针对作家的《大鱼》或《报料人的版本》等小说。在那两篇作品中，扼杀了村委会主任丁正干的偷鱼贼唐成，最终因为一张连号钞票罪行败露而锒铛入狱；捅死了化名买春的报社总编的胡花花，不久即被执行枪决。那样的设计与安排，看上去当然符合社会生活的一般逻辑。但是，我们认为《火葬场的五月》的结局，应该不是陈武放弃思考的产物，而是出于对"弱势正义"或弱势群体生存的残酷性的一点艺术补偿的考量。它的合理性在于，当读者由于陈武叙事角度的因素对周家树已经产生了阅读代入感，当作家在创作心理中有了伸张"弱势正义"的倾向性，读者愿景与作家意图便会取得最大公约数，周家树便有可能在火葬柳场长后安然脱罪，并对小萍"心想事成"。如果郑润良的"道理"是建立在周家树伸张了"弱势正义"后会否产生罪愆焦虑，则只要看年轻人"时常一个人静静地发呆，还落下一个不为人知的毛病——有事无事的，会仰起脖子，呆呆地望着火葬场高耸入云的大烟囱"便知端的。希区柯克曾经在小说《惩罚》里，写一对夫妻深夜对话，内容是两人为爱合作的一次"完美的谋杀"而没被惩罚。有意思的是，谋杀发生在五十年前，夫妻夜话时已是垂垂老矣的 79 和 80 岁。实际上，两人每天晚上都在谛听夜声，从来就没睡过一个安稳觉。他们逃过"惩罚"了么？从这个意义上，说《火葬场的五月》为"半部杰作"，就应该允许见仁见智了。陈武小说《大鱼》里的尹娥，虽然向警方揭发了唐成，但在作品结尾处，作家不是还让她怀上了唐成的孩子么？民间温情即使一息尚存，陈武便不会轻言放弃，更不会为刻意追求"片面的深刻"，让周家树、梅子、丁训翠（包括《二手机》里的蒙蒙）等人陷入牢狱之灾。上述探讨，可以归纳为陈武小说打造的乡村视界中温情展示的第一个维度，即以作品情节走向或关目设计，来为"弱势正义"寻找一条艺术出口。

第二个维度是用大量真实、暖心和富有表现力的细节，来承载和体现作家对残酷的弱势生存的人文关怀。《拉车人车小民的日常生活》中，温馨的笑点星罗棋布，时常令人鼻酸眼热。车小民每天晚上回家，两个孩子，招兵、买马（怎样的希望与向往！）都会跑上去，一左一右翻他的兜，尽管已经习惯了失望。车家要度过"村提留"难关，只有卖猪。包明珍见到卖猪后回家的丈夫，"笑有点惊慌，因为她不知道猪卖了多少钱"；知道了之后，脸上才放心地"绽开了笑容"。而数卖猪的钱时，丈夫数了三遍半，才想起应该让妻子数；妻子数钱时的"笨拙"，让车小民看得很幸福。买小猪时虽然多花了一块钱，但车小民并没忘记在自己左右口袋里各备一块糖好让两个孩子翻兜。不过，他特地藏匿了一块，"不知从身上什么地方"掏出来，悄悄塞到妻子手里。"包明珍娇羞地笑着""就把那块糖握在手心里""感觉到了糖的甜味""脸上也像糖一样甜"。这样的生活细节，令人笑得会心，笑得辛酸，很可能引出泪水。正是生活中这些点点滴滴的亮色，构成了弱势群体日常生活的时间风景，渗透了作家深切的关怀与忧思。

第三个维度是作家书写弱势群体时，在视角上坚持平视，从而使乡村视界中的平民得到了本体真实的还原，并使其情感温度具备了人性的普遍性。陈武所创造的鱼烂沟村人，有名有姓有性格的，各色人等大约已经接近三位数。但陈武既不取哀其不幸、怒其不争的俯瞰视角，也不取奉为"人民"仰望视角，更不取荒诞变形的"虫视角"。因此无论村官还是村民，拉车的还是种菜的，开店的还是养鱼的，人不论男女，年无分长幼，均按照作家最熟悉和理解的性格身份进入小说中的乡村视界，成为鱼烂沟村风俗画中的生命角色。

自然，平视不意味着作家叙事时所采取的艺术策略都是正面强攻。恰恰相反，很多重要的关目，陈武都是处理得颇有匠心。比如对"弱势正义"的残酷性，陈武在叙事时总是有意识地规避正面展示暴力，往往采取侧面掩映的角度。也许在作家看来，暴力就是暴力，不管怎样辩白，暴力都会导致疼痛、产生伤害，甚至剥夺生命，因为它是社会综合征的集中表现。在这个领域，陈武没走余华《现实一种》或苏童《米》的路线，他宁愿选择鲁迅的《孔乙己》笔法。

平视角度捐弃了观照人物故事时的翻空出奇，在写作上的难度显而易见。但作家依然成功塑造了一大批光彩照人的人物形象。若论陈武对当代小说人物长廊的贡献，当然首推乡村少女的群像。她们在陈武的叙事话语系统里，长期以来成为作家的情感关注重心，时常成为被污辱与被损害的对象，每每扮演着生死悲欢的主角。其次，是陈武创造的少年群像，他们往往是作家心路历程的价值代码，是作家的自然成长期的精神标志，同时在叙事上也是少女群像天然的太极图式辅助系统，他们与她们共同演绎着作家对真善美与假恶丑博弈式的思考。再次是那些朴实善良的农民。写到这里，我想起二十世纪八十年代中期，作家赵本夫应邀到陈武与笔者的家乡举办文学讲座，曾经为当地一所高校的文学社团写过这样的题词："要理解人，理解一切人，包括罪犯，文学便因此而产生了。"我相信，陈武对他笔下的每一个人物，都是深刻理解的，因此他才不会用鲁迅的审视角度，去书写村民的麻木；也不会取余华、苏童的零度叙述，去书写村民的"平庸之恶"；更不会采取杨争光的品鉴立场，去书写村民的愚执。他笔下的鱼烂沟村民，特别是那些少男少女，都是他所熟悉、理解和喜爱的人物。他们与我们，并无二致。这是视角上选择平视的结果，是作家笔下的温情得以真实和可信的前提，也是我们在阅读陈武小说时能够产生代入感和共鸣的基础。无论当代文学在中国如何发展，现象与思潮在文坛怎样起伏，温情与产生温情的良知，都不应该成为当代小说的稀缺资源。否则，陈武在他小说的乡村视界中抒写的与残酷对应的温情，便很可能成为当代小说的一曲凄美挽歌。

村殇：楚人陈应松的"生死场"

小说对于生命存在的探索，一直生生不已。虽然时有代序、地有分野，令作家作品气象不同，但若论对生命的思索与表达，生死无疑是首选范畴。而恰恰是这个范畴，让许多作家望而却步。因为就小说而言，生死不只是生命存灭的自然流程，还是作家是否有所发现、能否为天地立心的考验；同时，作品表达形态是否捐弃固有范式并贡献了新质，也是文学发展图谱的召唤。在这个意义上可以说，生死所构成的困局，不仅属于生命自身，更属于作家创作。令人欣慰的是，《钟山》今年第 5 期刊发的陈应松的长篇小说《还魂记》，对这一困局的破解提供了新颖而有力的范本。

就小说文本而言，《还魂记》是令人惊讶的。一部超过 20 万字的长篇小说，非凡的想象、丰沛的意象、奇诡的语感、睿智的野性居然一以贯之；而小说叙述的异质元素横溢在整个文本中，犹如大珠小珠落玉盘，使人目不暇接。你可以看见诗文界限被打破，语体分类被颠覆，语序倒置，对话复调，隽语迭出，警句错落，问话犹如独白一泻千里，独白犹如花腔一唱三叹，文字呈现出音乐的属性，音乐还魂于语言的节奏，甚至连标点都拥有了音符的灵性，狂野起舞。作家真如鬼魂附体，翱翔于小说叙述的自由王国。与此同时，生命的万千气象，以遗弃、无辜、复仇、异乡、新生、泪水、兄妹、阳具、乳房、糕点、谋杀、决斗、贪欲、性爱、暴虐、私刑、鬼魂、葬礼、悼亡、遗言、尸骸等跳跃在中外小说中的关键词的方式，潜入《还魂记》文本，在雷电与火焰交织、阴雨和大雾笼罩的阴郁湿冷的氛围中，向你揭示生死要义。请让我们具体分解。

一

长篇小说《还魂记》构置的视界，是超出读者日常生活经验的。你甚至无法在阅读过程中产生代入感，因为入视角是鬼魂。在作品"后记"中，作家不无忧虑地说出了自己的困惑："我的交流可能想躲过读者，向上苍求教和倾诉。"从某种意义上说，鬼魂与人，并不相隔。《说文》告诉我们："人所归为鬼"。因此，作为叙述的入视角，小说在传统上就有了许多鬼神的后援。自神话以降，楚辞开源，志怪传奇蔚然成流，神魔妖狐百川灌海，加之佛道神仙云蒸霞蔚，鬼魂与人类相伴相生，无疑已经演为一种子文化。不过陈应松在《还魂记》中所写的鬼魂，却能够奇骑突出，不与上述现象重合。小说中的故事并不复杂：蒙冤入狱的柴燃灯在唤鹰山监狱表现出色，由死缓一再减刑，将于三个月后释放出狱。但厄运却猝然降临：一个"同改"出于报复心理，率人将已经服刑 20 年的柴燃灯乱棍打死，壅在疵纱堆中。柴燃灯死不瞑目，灵魂出窍，飘飘荡荡魂归故里，在养生地还魂现身，进入故乡黑鹳庙村。他努力向善，感恩回报，亲爱人间，见证了野猫湖畔一系列生死歌哭后，在第九天被村民强行摁入火堆，重新烧死，又还魂于疵纱堆中已经冷却的尸体，"咽下最后一口气"，从灵魂到肉体最终归于死灭。

这个残酷的冤情故事，可以概括为这样三句话：一个人，死了才回到故乡；在故乡，他再次被整死；因为在他死前，故乡已经死了。这样的概括当然是沉重的，但是长篇小说《还魂记》比任何概括都更沉重；沉重的母体甚至令你难以剥离出更轻灵超脱的概括来。作家用柴燃灯生死之间的九天时间，构筑了笔下的乡村之殇：在这里，生命中有无数无法承受之重；在这里，残酷而又诡异的现实使众生罹患痛苦的同时，又复制裂变出更加无序和无边的痛苦。

在当代语境中，"殇"字无疑有被用滥之嫌。不是任何事物都适配未成年即夭折的语意。但是，如果我们承认任何事物都有一个向自身生成的过程，那么当代社会中，中国乡村的确存在着殇痛。在《还魂记》中，作家借生命历程有限的秦姓村主任的嘴，轻易点出了乡村两次被毁的节点：第一次是1966年；第二次，便是当下。前者堪称浩劫，毁灭了黑鹳庙村的文化生态，不消说；后者特指有人纵火，未免夸张。但是，猛于火灾并毁坏了野猫湖畔自然生态的现象确实存在，即无序开发与扩张导致的乡村消亡。当人们已经习惯用科技思维包装膨胀后的欲望，当社会开始无视万物生死，当感伤的情怀被指为无谓，这时候，或许只有作家不以乡村的消失为然。因为在文学视界里，乡村不仅是自然生灵的生长场域，也是普通百姓的生存空间，更是人类记忆的早期载体，乃至终极的精神家园。因此，葆有乡村，便是葆有记忆；葆有记忆，便是葆有精神故乡；而葆有精神故乡，灵魂才有所归属，人类才不至失重，生命才不会茫然。

正是在这个意义上，陈应松在《还魂记》中构置的柴燃灯死后魂归故里，才是必然的和令人忧伤的。2014 年底，作家曾在自己的新浪博客中配图贴出一首题为《乡村》的诗，深切表达了归乡的渴念和面对故里荒坯的卑微无助。这首诗出现在《还魂记》中，与柴燃灯回村后的心绪十分契合。因为归乡的灵魂也许无法理解，幼时"文革"怎样使他的黑鹳庙村祖根被毁、亲情异化；而服刑期间，经济的过度膨胀又怎样使故乡环境崩坏、道德失范。身陷冤狱的柴燃灯只知道服刑期间拼命表现，甚至不惜做了非他所愿的"321"，通过检举他人获得减刑，最终回归的竟然是这样的乡村：湖水"慢慢臭了"，土地凋敝歉收，学堂沦为鳖池，野猫四处游走，房子减少，野狗增多，沟渠荒弃，破败的祖屋被杂人占据，甚至"不明不白死过几个流浪汉"……即便如此，野猫湖乡在《还魂记》中的变异还在继续，因为开发正未有穷期：黑鹳庙村的祖坟筲箕坟，已面临全面拆迁，村人的亲源记忆将被迫终止；而黑鹳岛上繁衍生息的生灵，也将作鸟兽散，因为据说该岛将被保外就医的贪官潘主任遍种兰花，并由其公子的"九头鸟建设投资公司"打造成旅游业为主的"情人岛"……

"如果坟墓越来越小，村庄唤回游子和亡魂的力量就越来越弱。"作家在作品"后记"中说，"最后，故乡就在许多人心中消失了。"这样的认识，或许会被认为作家拒绝变革，实则不然；作家难以认同的是过度开发与无序破坏。与此同时，《还魂记》也无意昭示乡村的未来必须交给一群瞎子打理，因为关于建庙或花园的无谓争执，特别是荒唐的械斗，已经暗示了所谓保护的蒙昧与开发的盲目。这样一来，《还魂记》中的乡村在时间序列中便呈现了一种两难状态：你既不能令时间变得具有可逆性，让乡村组合历史中的最佳元素并定格，又不能拽住时间的箭头（如果它存在的话），让它不把乡村带向令人忧虑的未知。因此，黑鹳庙村的满目萧然和野猫湖畔的乌烟瘴气，肯定不是作家写作的合目的性的东西。

二

故乡固然令人伤逝，但人们梦绕魂牵和渴望回归的，依然是故乡，因为那里承载了所有的亲情记忆："泪水铺就的道路，是回家的方向"，是柴燃灯殷切渴望的归途。《还魂记》的匠心，在于作家把柴燃灯的归乡蕴涵分作两个层面表达：一、这颗向善的灵魂并非还魂无所、无家可归；魂归故乡的九天，正是主人公审视自己、努力为善的时间；二、故土虽在，却成为柴燃灯烈火焚身、归于死寂的最后一站，从而将读者审视"瞎子村"众生的时间定格。

先看第一个层面。作品中的柴燃灯为什么可以审视自身？按照作家在作品中的设定，首先，他死了，已经成为鬼魂；其次，他活着，已经还魂现身。陈应松创造的这个浑身冰凉的还魂者，在知道自己已经死了的前提下看见自己活着，从而能够构成审视视角。这样，柴燃灯对自己"要做个好人"的告诫，才变得具有实际意义。他怀揣一腔爱意和善念来了："对于亲人，我就像捧着一把瓷器""我是为了爱奔回的。我要爱。"随即，他开始从四个方面实践自己的想法：一是知恩报恩。如用伯父柴棍归还的田款请养父柴草吃饭，给他买鞋和各色点心；用村主任强卖自家老树的钱请表妹狗牙吃野鳝鱼，送给她 1000 元，并给她真切的关爱；脱下自己的鞋子给疑似父亲的老流浪汉穿上，并代他系好鞋带，饱含深情地把他安顿在家中的摇篮里，为他唱催眠曲。二是以德报怨。如给冤判自己死缓的吴庭长买了半只卤鸡，即使当年此人由于心绪不佳，疑罪从有，几乎把他折磨至死。如对制造冤案的首恶秦主任，柴燃灯也打算放弃报复，努力和解，并协助他捉拿、遣送纵火者五扣。柴燃灯心态的变化，与时下流行的"斯德哥尔摩综合征"概念无涉，是他坚守灵魂向善方向的产物。三是忏悔赎罪。从理论上说，柴燃灯履行互监组长的行为可谓大义；但在现实里，他被群体同侪认同的概率为零。头被重击终日流脓，只能吞黄连丸苦熬便是明证。当然柴燃灯也不缺血性，把袭击者"灰机"一锹拍成癫痫。但是，当归乡后得知"灰机"越狱的动机是为了回村拯救屡遭性侵的小女儿后，他顶着被复仇的压力，默然为对手的亡魂守灵。他接受戴孝为"灰机"复仇的挑战，或许会被解读为重新向恶；但这样的解读，很容易和真相擦肩而过。实际上，柴燃灯接受约架，更多的是出于一种不惧担当的赎罪心理。四是积极行善。如一直劝村主任不要杀害五扣，既不想让五扣滞留孤岛饿死，也不想让他坠崖摔死，在预感有可能被遗弃矿山坑道口时，悄然在他口袋里塞入一张"瞎子村"的纸条……

但是《还魂记》的深刻之处不在于柴燃灯如何向善，而在于作家对他归乡蕴涵更深层面的开掘，即以他向善后的最终际遇来审视众生。迎接柴燃灯这颗善良灵魂的，不仅是萧索的故乡，还有村人的盲目与昏昧。黑鹳庙村几乎没有"明眼人"，因为大多离乡谋生去了；而留守的老弱妇孺，差不多全是瞎子。眼瞎的原因，更令人扼腕：原来秦主任娶儿媳时为了省钱，请全村人喝了假酒。黑鹳庙村由此成了"瞎子村"。而那些老瞎子，用寒婆的话说，"都是色鬼"，作孽无数。写到这里，2015年8月3日，仿佛冥冥中有所感应，中国青年网披载："两年前，12岁的湖南女孩子思思（化名），被同村74岁老人性侵并产子，这一消息曾引起媒体及社会广泛关注。两年后，已是14

岁的思思再度被曝怀孕；而在此期间，她还有过一次怀孕堕胎。"这一消息就像小说追光照进现实，令《还魂记》中"灰机"小女儿的遭际，有了现实版佐证。这样一来，向善的灵魂即使魂归故里，感恩回报，甚至"救过这个村庄"，最终还是被伯父柴棍诬为掳人生命的厉鬼，被村民合力摁入火堆烧死。现场一片嘈杂，唯有良知失声，就像卡夫卡笔下的约瑟夫·K被杀掉前一样。怎么会走到这步田地的？答案蕴藏在黑鹳庙村人的形象系统里，掩映在村史的断垣残壁中。

当然，野猫湖畔也不是所有人都良知尽失。寒婆、田婆、柴燃灯的伯母，特别是她的女儿狗牙，还葆有纯朴的善心。如寒婆为五扣撺酒火，救了将女儿杏儿变为产鬼的纵火者一命；如伯母让狗牙为柴燃灯端来梅菜扣肉，传递了亲和友善的信息。但是，即使这些女人在场，其力量也将和她们细弱的声音一样，微乎其微，无法改变乡村走向崩坏的现实，更难以改变柴燃灯葬身火堆的宿命。柴燃灯悲剧性的生命际遇，令人欲哭无泪。即使鲁迅笔下的狂人，也有无力辩解的一刻，何况一个渴望成人的鬼魂。这是作家的深刻，读者的无助，也许，还是人类的无奈。

从生死维度来观照生命现象，在《还魂记》中已经形成了扎实的形象系统。在这个形象系统中，有明眼人，有瞎子；有翁妪，有少年；有村民，有流浪者；有行动者，有看客；有贪官，有平民；有鬼魂，有活人……死亡的不唯柴燃灯，先后进入生死节点的，还有杏儿母子、柴草、"灰机"、狗牙、五扣、潘主任、秦主任以及一个五六岁的男孩。无论是由生而死，还是向死而生，抑或未生即死，甚至死而复生，每个人的生死，差不多都是一个故事，都蕴涵着一个旨归。如村主任老秦，一直主导着黑鹳庙村政治生态的主要基调。他欺男霸女，草菅人命，吃拿卡要，自以为是，好话说尽，坏事做绝，最终失疯，撞上"坛子鬼"，未得善终。如保外就医的贪官潘主任，忽发奇想做起"活丧"，他观"吵丧"，听"斗嘴"，却与职业守灵人在爱咬中乐极生悲，弄假成真，一命归阴。在柴燃灯还魂的九天里，见证了九个人生命的终结；而每个人的死亡，都演绎出特定的生命蕴涵，彼此呼应，相互补充，共同构成了作家对生命真谛的深度思考。

三

《还魂记》的文本，不仅令人惊讶，还令人着迷，因为它具有写作上的难度和挑战性。这种难度和挑战性并非来自小说的故事、作品的结构、矛盾的冲突这些惯常元素，虽然它们在作品中也有法度可观：如柴燃灯从灵魂出窍到还魂现身再到魂归躯壳所构成的圆环式结构，如戴孝为"灰机"复仇引而不发形成的叙事张力，特别是狗牙以身为柴燃灯挡住钢叉的悲情壮举达成的叙事高潮，都是一部优秀长篇小说必备的基本元素。但《还魂记》创作上的难度与挑战不在这里，而在于如何将鬼魂视角与现实世界成功对接，如何创造出既不同于冯梦龙、又不同于J·K·罗琳的形象系统乃至叙述方式，如何颠覆读者固有的阅读经验并将其体验陌生化，进而向文坛贡献出富有新质的文本来。

应该承认，在这些"如何"构成的问题上，陈应松提供了令人满意的答案。长篇小说《还魂记》为读者成功构建了全新的鬼魂视界。其间首当其冲的问题是：柴燃灯如何还魂现身并与人交流？在作品中，陈应松虚构了两个前提：一是灵魂自水中登岸，必须踏上埋胞衣的"养生地"，有了胞衣基础的依托才可还魂现身；二是与他交流的黑鹳庙村村民，差不多全是瞎子，没有"明眼人"。这样柴燃灯以鬼魂之躯走进他们中间，才不致引起不安与骚动。当然，还魂现身后的柴燃灯，还不是现实中的血肉之躯，所以他脸色苍白、肢体冰冷、血是绿的，甚至走路都必须收回脚印。这些感觉让柴燃灯很不爽，他渴望变身成为真正的现实中人。但是，作家又为主人公设置了新的门槛，即他要想完成从鬼魂之身到现实中人的过渡，还必须找两个真正的人作为替死鬼。这又与柴燃灯立誓"做个好人"的理念相矛盾。这样，作品便为主人公的内心冲突准备了足够的心理依据，使他时常处在纠结之中，需要不断提醒自己，才不至与向善的理念相悖。然则作为鬼魂，柴燃灯便由此开始变得"真实可信"了。

但是，第二个必须解决的难题又接踵而至：这个鬼魂的视听感觉世界，有哪些是异于常人的？作家成功应对了这一挑战。依据视网膜理论效应，能够被鬼魂关注的，必定是那些传说中通灵的生灵。于是，鳖、蛇、乌鳝、蛤蟆、野猫、獾、鹰、黑鹳、夜鸟以及土怪等纷纷迤逦而来；羊、狗、猪等家畜及各种虫子也次第跻身加盟。与之相配的环境系统也随即形成：月夜、雨雾、雷电、湿滑的苔藓、蓊郁的荒草、冰冷的湖水等，共同构成了湿冷、青白、阴郁的氛围。上述两个难题的成功解决，或许与陈应松对楚地文化与民间信仰的熟稔有关。但是鬼魂视界构建完毕后，更大的难题扑面而来，即柴燃灯如何思维与处事？显然，这是对作家更大的考验。正是在这个领域，陈应松进入了非凡的创世境界，以有别于日常人类的全息感觉，有异于传统神鬼小说的范式，进行了大胆创造，这使《还魂记》呈现出文字诡异、意象奇谲、通感星罗棋布、想象翻空出奇的全新格局。"作家就是像鬼魂一样说话的人。"陈应松在"后记"中自嘲道，"要不停地挑战自己的极限，挑战文字的摧残力。"

正是基于这样的自信，"雨有着幽暗的光""穿过天空的是乡愁"等诗一般的语言，在小说中俯拾即是；"风是一刀一刀砍进来的""就像解冻，我的身体一寸一寸地拔节出土。像一个崭新的人，一个物件，现身故乡"，此类奇幻的感觉和令人惊叹的想象，随处可见。有些章节文字尤其华彩，如挖开狗牙的坟茔时那曼妙的盛景与袭人香气的描写，确实为读者带来了超出经验范围而又令人惊艳的审美满足。

四

长篇小说《还魂记》从生命的维度为中国当代小说提供了并不多见的鬼魂形象，同时还为读者呈示了难能的楚文化标本价值。前文说过，陈应松笔下的鬼魂，与中外传统文学经典中的形象系统基本没有重叠，是因为作家没有把它们作为创作武库，而是更多借重了楚地文化的民间信仰与习俗现象，同时以天启般的文字表达，成就了《还魂记》的文学新质。

那么，《还魂记》具备了怎样的楚文化标本属性？以作品中寒婆的女儿杏儿成为"产鬼"后吊冤仪式为例，人们看到，死者必须用黄表纸蒙脸；当丧礼上有人试图掀纸时，即被棒喝"不要掀死人的东西"；为死者净身用的水，要"请"，而"请"水必须到她怀孕的地方；净身后为死者穿衣，必须"五领三腰"（上身五件，下身三件；内为白衣，外为青衣，谓之清清白白去托生）；穿衣时如果身体不直，托生时会成为驼子；道家介入葬仪，会以引魂幡安顿灵魂；而杀鸡歃血、破血盆、入土配地契，现场烧纸马别墅、往"产鬼"坟上泼猪蹄汤"催奶"等，无不彰显出楚文化生死观中浓郁的地域特色。而作品中其他死者在入殓前后的正脸、坐棺、哭灵、守夜习俗，唤魂、过阴兵、配阴婚、鬼摸头与收脚印，迷失坟地要用羊带路等民间现象，以及大量的丧葬歌谣等，都是难得的具有非遗属性的信息元素。陈应松在作品"后记"中告诉我们："谈论鬼魂是我们楚人对故乡某种记忆的寻根，并对故乡保持长久兴趣的一种方式。"的确，荆楚大地的楚文化中向来有喜巫近鬼的传统，甚至作品中的少年纵火者"火神鬼"五扣，也与崇火拜日的楚俗有关。只不过反者道之动，高举火炬的五扣，最终没能作为先祖祝融的余响被封为火神，而是被封堵在熊熊大火里，在众人的狂欢中被活活烧死，达成了作品反讽寓意的神来之笔。

在中国文学版图上，湖北方阵向来是一支劲旅；而陈应松则是当代文坛瞩目的宿将。他的众多作品，深刻表现了荆楚大地的生命律动，为民生痛楚在现实沉疴中切脉，为弱小众生在卑微空间上立命，同时创造了作家自己莽苍雄浑、奇崛坚实的文学"神农架"。长篇小说《还魂记》，从楚文化生死观的维度透析了时代背景下的乡村之殇，为中国当代小说大幅拓展了关于生命题旨的表达，并呈示出诸多文学新质，在一直体现中国文学发展脉搏、涌动文学走向潮汐的《钟山》推出，于文坛、于读者，都应视为可喜收获。

"补天意识"的地域塑型

当代小说对于女性群像的地域性书写，是一个富有挑战性的课题。它要求作家至少拥有四个维度以上的后援：一是对于女性的情感世界和精神方向有深切体悟，二是对于人群与地域的依存关系有深入解读，三是对当地历史积淀与族群脉动有透彻理解，四是对于叙事立场与书写方式有独到追求。正是在这个意义上，女作家李洁冰新近由江苏凤凰出版集团江苏文艺出版社推出的长篇小说《苏北女人》，向小说坛提供了新颖而有意义的文本。作品以女性绵密柔韧的叙事语体，展示了中国北方乡村自二十世纪六十年代至二十一世纪初始十年的沧桑图景；以苏北僻壤端木村为画卷轴心，塑造了柳采莲等一批极富地域性格的女性形象。她们犹如特殊物种，在现代化碾压农耕文明的进程中，顽强地支撑起男性几近缺席的乡村生存场域，演绎出一部苏北大平原现实版的乡村农事诗。在世纪之交的历史转型期，这些女性深陷农耕、家族、社会与生存矛盾谷底，从茫然到承受，从毁灭到挣脱，命运起伏，恩怨纠结，生死歌哭，荡气回肠，展现了东方女性异乎寻常的生命坚韧度，丰富了当代文学人物长廊，并为小说叙事艺术贡献了诸多新质。

首先，李洁冰对苏北女人在当代乡村生存场域的性别质地与角色定位，从作家的女性立场作了深入探索；换句话说，即"补天意识"在作品女性形象系统中的悲情体现。补天，源于东方神话中的女娲。洪荒时期，"四极废，九州裂，天不兼覆，地不周载，火爁焱而不灭，水浩洋而不息……于是女娲炼五色石以补苍天……"刘安在《淮南子·览冥训》中描述的"女娲补天"，将上古传说中的女神及其壮举深深烙印在传承千年的汉文化中，以至对于众多女性而言，差不多演化为一种集体无意识，即当灾难降临，不寻男性来一柱擎天，也不茫然四顾，而是挺身而出，勉力担当，哪怕身涉险境，也不惜铤而走险。这种文化的旨归，构成的是"女神→女英雄→女豪杰→女强人→女汉子"逻辑链。但是，就现实生活而言，女神早已隐形；女英雄、女豪杰生成的土壤也很有限；而女强人、女汉子虽不鲜见，却不外是社会心理标签化的产物。如果李洁冰按照这个逻辑链创造笔下人物，便可能落入习见窠臼。因为从女神到女汉子，无一不是文学形象的类型化。在长篇小说《苏北女人》中，李洁冰破解了这个貌似有理的逻辑链。在作家看来：第一，无论女神还是女汉子，无一不是女人；第二，女神很可能渴望走下神坛成为女人，而女人，无论被动与主动，又焉知或何曾不想成为女神？作为一种意识，它必定像秋千一样来回震荡。这样，李洁冰便找到了笔下人物在文学层面立足的基石，使柳采莲、孙二娘、闵玉镯、柳采菊以及春分、立秋等苏北女性，首先作为女人生存、生长和生活着；其次，在"天不兼覆"的社会转型期，命运将她们推上特殊的社会定位，以女性角色"炼石补天"。

那么，李洁冰书写的苏北女人，是怎样扮演生存天空"补天"角色的？长篇小说《苏北女人》书写了中国北方乡村长达半个多世纪的社会运行轨迹，揭示了身处变迁中的苏北女人如何为生存而"补天"的内在动因。作家笔下的苏北僻壤端木村，"祖辈尚秦风"，历史因袭深厚；自然资源则反之。这种自然与文化生态的互动，使满口"上古雅语"的女人们的命运呈现出特殊的肌理。当然，如果用梁漱溟《乡村建设理论》中的理念来观照端木村，会发现它基本能够对应梁氏描述，即村中亘古存在的伦理本位与职业分立。在村里，亲族血缘关系差不多涵化了所有人际关系，"采莲远房的二叔公"端木善清相当于族长；职业的分立则受博取生活资源膂力的制约，端木福生等男人主要与田地打交道，柳采莲等女人则负责衣食起居与生养哺育。这种模式长期覆盖着中国乡村的农业自然经济形态，在柳采莲嫁到端木村福生家的二十世纪六十年代依然如故。但是，随着以工业及后工业文明为表征的现代化对农耕文明的挤压与冲撞，时间序列里苏北大平原的社会分工开始变异。连端木福生家的小冬至后来也看出家庭分工发生了微妙变化："爹闯外，娘管生娃。""娘管生娃"自古而然，但"爹闯外"却是二十世纪九十年代初至今中国大部分乡村的现实缩影。变化的诱因，源自生存压力；具体到作家笔下的苏北女人柳采莲，则是盖屋与生男孩而不得的恶性循环所欠下的巨额债务。

意味深长的是，如果将《苏北女人》开篇让柳采莲的丈夫南下广东视为小说叙事所需要的"蓄势"，则很可能与这部长篇小说的题旨擦肩而过。事实上，作品这样的起笔不仅拜残酷的现实所赐，还缘于李洁冰对中国传统文化中关乎男女构成体系的认知。《易传》谓"易有太极，是生两仪"，即阴阳二爻。自此女引为阴，为坤；男引为阳，为乾。乾坤所指天地，能指男女。那么就苏北平原上的端木村而言，福生等男人外出务工，无疑意味着众多家庭出现了"天不兼覆"现象。由于乡村自然经济中的生存要素，并不因为男性的缺席而递减，所以柳采莲送走丈夫后无法规避的使命便是，以女性之躯扮演男性角色，担负起在田野里春耕、夏收、秋播与冬藏重任；同时，还必须履行女性义务，不仅"管生娃"，还要哺育、教养子女和维系家庭。从这个角度看，作家笔下的苏北女人面临的"补天"的社会定位，似非意识主动的产物，而是演进中的历史机制带来的被动承受的结果。这从《苏北女人》为柳采莲等女性安排的重要事件折射的生命历程，可以清晰地透析出来。

第一，女主人公柳采莲的"炼石补天"，有一个从被动到主动、从茫然到毅然的过程。端木福生南下广东后，孕妇柳采莲为不误春耕，只能央村妇闵玉镯、孙二娘相帮。三个女人牵着老牛走向苏醒土地的情景，遂成为苏北农耕的时代象征。这些互助中的女人甚至没想到耕地需要备好犁铲，其懵懂、辛酸与无奈可见一斑。但秋收时节，柳采莲已经成为田间熟手，机械人一般扛下所有的农活。在承包"水淹地"问题上，她已经不需要征求外地务工丈夫的意见，便自主决定了男人也会踌躇的大事。妹婿闫宝山的妻子蒙羞而死，善后事宜束手无策；又是柳采莲出面为胞妹讨公道，并最终大度决策。面对村里讨要"水淹地"费用的蛮横抢粮者，这个苏北女人以死相拼的勇气足以令人生畏。特别是她组织村妇到东北讨要丈夫工薪的劳师远征，更是非凡胆魄的彰显……这些现象所昭示的苏北女人的"补天意识"，透析出的却是令人沉重的乡村格局，即男人的缺席。因此，柳采莲的不退缩实际上是退无可退：只能是她春耕秋收，只能是她撑起家庭，只能是她为投河的胞妹出头；但是，当务工男人被骗得空手而归时，陷入幻灭的柳采莲开始知其不可为而为，表现出一种"虽千万人吾往矣"的执拗，组织村妇踏上了令人揪心的讨薪征程。

第二，无论茫然的被动还是毅然的主动，柳采莲"炼石补天"的结局，都注定是悲剧性的。农事让女人走开的千年传统，被李洁冰终结在了世纪之交的苏北大平原上。春耕本非女人优势，秋收亦非女人擅长，因此柳采莲力有不逮、闵玉镯被牛踩伤，几乎是必然的。村里设计的"水淹地"契约，因有赖于"望天收"而具备了赌博与讹诈属性；柳采莲和丈夫除了卖粮还账，并无解套良策。特别是她组织的四人讨薪团在男人世界的工地上沦为义务伙夫后，境遇更为不堪：两个为谋生存堕落风尘，两个一无所获铩羽而归。这不是作家的冷酷，而是她的悲悯。这种近乎残酷的情节构置，源于李洁冰对人性在道义崩坏的现实中变异的深刻体悟。唯其如此，在看到身心备受伤害的讨债人柳采莲两手空空，终于踏上故土端木村，因为百感交集而大放悲声，唱着拉魂腔回到家里时，读者才会唏嘘不已，甚至情不自禁，与面前的苏北女人一起泪奔。柳采莲的长歌当哭，是长篇小说《苏北女人》的叙事高潮，也是作品最具创意的华彩乐章；它对于世纪之交的中国痼疾戕害善良人性的揭示，抵达了小说艺术的至境，同时也是李洁冰成为一位优秀女作家的文本标志。

第三，李洁冰发现并构建了苏北女人的地域性格，探索了这种性格与乡村女性命运之间的多维联系，并为苏北女人在当代小说人物长廊中出色完成了地域塑型。以地域性别来命名长篇小说，需要作家在艺术创造上有相应的自信。由于此前李洁冰已经有《乡村戏子》《青花灿烂》等一系列书写北方乡村女性的长、中、短篇小说创作的积累，加上人生历练的积淀和作为女性作家的优势，让她有勇气从容挑战《苏北女人》这样的长篇作品。其挑战性表现在对于苏北女性地域性格的发现与塑型两个范畴上。那么，苏北女人究竟是怎样的女人？在李洁冰这部作品问世之前，鲜有作家从长篇小说角度作过系统观照。但当柳采莲、柳采菊、闵玉镯、孙二娘、春分、立秋与小满等人物鲜活、可信地来到面前时，你不得不承认，作家在为苏北女人作地域塑型的努力中交出了令人信服的答卷。

女主角柳采莲，是坚忍一脉，类似时下流行语中的"我若不坚强，脆弱给谁看"，因为丈夫或者不在身边，或者虽在身边亦形同废人。对于柳采莲来说，不待的是要"抢"的农时，待哺的是四五个年龄参差的孩子。从新嫁娘做到曾祖母的坎坷过程中，我们不会忘记柳采莲怎样让端木福生为她端了七夜尿壶，却"挪不近新娘身畔半指"；不会忘记她为生男孩如何在床笫间配合丈夫，"实在捱抑不住，便央告对方停下，上面正忙着传宗接代，哪里肯住？被女人劈面一耳光，软了。"当然更多的时候，这位苏北女人有定力，有方向感，性格执着，心里装得下大事，敢于决策和行动，并且能够隐忍。所以尽管端木福生日渐羸弱，家庭却不仅没垮，还谱写了令人感喟不已的生存延绵乐章。

女人男相的"母夜叉孙二娘"，是侠义一脉。这位苏北乡村女子，性烈如火，敢于担当，使得动耕牛，"抵得上三五个壮汉"。据说祖上出过御林侍卫，所以她能凿后生五仁的脑门、敢抽端木福生的耳光，可以把窝囊的闫宝山骂得狗血喷头。每临大事，孙二娘的当头棒喝，总能让畏首畏尾的男人雄起、汗颜或无地自容。

乡村花旦柳采菊，属烈女一脉。她是七里屯戏班子里的头牌，过人才艺傲视同侪，却唯独过不了情义这道坎，河渚煤窑演艺队成了她命运的不幸拐点。当煤老板龚七运父子将"老少通吃"的污名罩定她，而实际境遇却是老少都不待见时，这个苏北女人毅然以投河的方式告别世界，捍卫了生命尊严。

灌河女子闵玉镯，是隐忍一脉。作为端木全村妇女的"公敌"，她曾经为胡发垠生养两个儿子，并养尊处优；但实际上，她只享有胡老板原配的名誉，早被丈夫的外遇莫桂朵架空，成为一座洋楼里的弃妇。她是柳采莲的好友，却不幸与后者的老公有染，生下了只能过寄给端木福生的儿子银锁。骨肉相送，道义上却没有立锥之地；黯然离去，也未换来作孽者临别一瞥。洗头妹出身的苏北女子闵玉镯来去漂泊，行踪不定，但每次登场，总能触动读者牵挂的心。特别是潦倒的老板丈夫洗劫式的最后一骗，让这位命运悲苦的女子最终成为小说中光彩夺人的艺术形象。

作为李洁冰笔下的第二代苏北女子，春分、立秋、冬至、小满乃至兰花等人，也个个形象饱满。春分作为"端木家的大闺女，直拗，寡言，万千的主意都闷在心里"。被迫辍学时，她会绝食抗争；丈夫染赌败家，她以"毒酒"助其戒赌；冯二前妻留下的孩子身染重病，她倾情相救；弟弟出国打工所需的巨额押金，她更是倾力援手，令人不由肃然起敬。立秋更不消说，作为戏痴柳采菊的嫡亲传人，才情丝毫不输乃师，其人生行状犹如蒲松龄笔下的怨女，波诡云谲；她像四姨一样跨越人伦常态，径直走入与世俗对立的精神空间。这个苏北女人命运的起伏跌宕，足以令风云变色，让读者叹惋。冬至、小满与兰花，作家着墨虽然不多，但她们所走的三条不同的人生道路——冬至嫁作台商妇、小满以知识改变命运、兰花将孤老婆婆逼出家门——不仅富有时代特点，而且无一不受血缘与地缘因素影响。

需要辨析的是，李洁冰笔下苏北女人的地域性格表现出的诸多形态中，起主导作用的性格是什么？细察作品中的女性群象，我们不难发现，无论她们的个性如何复杂多面，人生历程如何像作品中的村名一样呈现"八条路"，却有一种核心的性情在起作用，那就是"杠"。"杠"是苏北方言，意谓女人性子烈，说话飖，做事认死理、不服输，不够温柔婉转，不会小鸟依人，与江南女子的吴侬软语、细腻甜糯正好形成反差与对比。《苏北女人》昭示我们："杠"，是统摄地域性格诸面的灵魂；倘觉意犹未尽，以"杠"为圆心向外延展，则苏北女人的地域性格里必定会有"大度"二字。"大度"的字面不难理解，与港台语汇里所谓"神经大条"近似，不仅粗犷，而且拿得起、放得下。能够如此，又注定与"隐忍"相关。因此，"杠→大度→隐忍"，在苏北女人的地域性格中是相互渗透、相辅相成和互为表里的。外化为做事方式时，即前文所谓"补天"；当地方言谓之"扛"，亦即顶得住压力、认得清方向、临危不惧、遇事担当。从性别取向上来说，由"杠"而"扛"，虽然适配人类学中的男性化语境，却是苏北女人典型的群体性格表征。

随之而来的问题是，苏北女人为什么就那么"杠"？怎么就那么能"扛"？作家李洁冰在小说中至少为读者作了两个角度以上的揭示。第一是历史地缘使然。所谓一方水土养一方人。冯友兰先生1947年在美国宾夕凡尼亚大学讲授中国哲学史时，曾就大陆国家的地理经济对于民族性格的影响作过解读，其理念或可为我们理解李洁冰笔下的女性形象提供参照。《苏北女人》中有很多笔墨写到端木村的地缘特征。首先，是平原广袤。虽然端木村边有"子贡湖"，但湖的典型特征是静泊，因此与江河密布的南方水域不同，端木村民只是傍水而居，因而安土重迁。由于族群并不随水而动，自然重农轻商。其次，是历史久远。察及"子贡湖"边"端木书台"由来，可知子贡曾"约孔老夫子在那里参禅论道"，因而村民深受鲁俗濡染。平原少水，则民性沉重，少动尚仁，敬理崇礼，便埋下了地域性格中"杠"的基因；源于鲁地的儒学经世致用、入世进取的理念，使苏北女人"杠"的性格外化为"扛"，是一脉相承的。第二，苏北女人由"杠"而"扛"，还缘于她们对于男性的不满。生成这种不满的原因是多方面的：一是男性难以顶天立地，不是几近缺席，便是羸弱不堪，像扶不起的猪大肠，无法不令女人失望。比如"爹闯外"，非但没解决经济问题，反而搞垮了男人身体，使女人对"闯外"希望的寄托，变成了彻头彻尾的黑色幽默。二是少变通、不灵活的地缘性格，不唯影响女性，男性亦不能幸免。憨直性格使他们在市场经济环境里频繁上当。如莫桂朵的花言巧语，配上诸如"北海战略开发"之类的冠冕谎言，便轻松搞定了端木福生等木讷男人。

对于人类而言，生存与繁衍永远是一部厚重的大书。作家笔下的柳采莲等苏北女人，是在艰难翻动书页的过程中完成了性格的地域塑型，并有力展示出地缘性格对于自身命运走向的钳制与影响。柳采菊的投河自尽，貌似为情所困，实则性格使然。与她沉醉其中的诸多大戏相比，龚七运与五仁赐予她的挫跌不过小巫见大巫。但是，这个苏北女人的性情品位与精神高度，使她无法接受世俗的玷污，宁可以死诀别尘世。性格内向的春分被冯二折磨得走投无路时，曾经回娘家讨教方法。也许千百年来的女性世界里确曾存在某些驭夫秘籍，比如云贵川隐秘流传的"女书"所承载的信息，比如苏北鲁南让新郎为新娘端七夜尿盆之类。但是母亲柳采莲却没有任何办法可以告诉苦命的女儿，她只好洒泪折回，凭着隐忍与大度，以善报恶，以德报怨，感化丈夫。闵玉镯能够在胡发垠、端木福生、柳采莲和莫桂朵所构成的人性乖戾的矩阵中命运多舛而不失情义，同样缘于她的隐忍与自我救赎。冬至的命运是否像弃妇闵玉镯一样我们不得而知，但是这位聋哑女子仅凭聪慧似乎难以破解台商所构建的候鸟式婚姻困局。唯有考上博士的小满，为苏北女人的命运走向带来一抹有限的亮色。而她风烛残年的母亲柳采莲，依然奔走在年关将近的乡村与城市之间，向几个女儿家里借钱。这个苏北女人，几乎一生都在借钱；借钱的道路弥漫在风雪深处，仿佛永无尽头。苦难深重的女性，对于生命的意义，对于世界的意义，无论怎样书写都不会过分。但是李洁冰并不想像马尔克斯或许地山那样，让笔下的女人在道德制高点上捷足。在长篇小说《苏北女人》成书之前，据悉作家曾经以田野调查的方式，徒步跋涉在苏北平原与丘陵地带，对苏北大地上匍匐劳作的女性的生存况味，有深切体察。因此我们相信，作家笔下构建的令人不安的生存图景，是严格遵循了生活的铁律的。

最后要说的是，李洁冰在长篇小说《苏北女人》中，还对人与土地、人与季节、人与自然的依存关系，以劳动作为介质作了深入探讨，体现了与先祖传统文化契合的天人合一的宇宙观。作家还积极探索女性书写的立场与方法，并成功构建了独特的小说叙述语体，使《苏北女人》成为她近年来的代表性作品，同时，也是文坛的可喜收获。当然，这应该是另一篇文章讨论的内容了。

解构女性崇拜情结

女性崇拜情结像一股潜流，流淌在许多中外作家的作品里。这种自原始母系氏族社会拖曳而至的心理意识，与文学创作的关系是如此密切，以至于用大地与人类的关系来设喻都不为过。女性是美丽的，美丽的女性是理想的化身；女性是伟大的，伟大的女性是人类得以延续的土壤。这种旨归，像星辰一样遍布于中外文学作品之中。由此衍生的还有几个亚类：忏悔（膜拜的变种）、施暴（源于遥远的恐惧）、拒斥（往往底气不足）……这样，无论是膜拜或忏悔，施暴或拒斥，就其根性而言，无过于在心理上首先承认，女性（特别是母性）的基础地位。阳刚是相对于阴柔而言的，是太极图思维方式的产物。所以卢梭与叔本华在东方哲学中并不对立，僧与尼，神甫与修女，可以同心皈依。有基于此，就文学意义上的新异而言，女性如何被表现，往往成为测量作家心理的试纸。

在当代青年作家中，苏童，被誉为表现女性的"圣手"。而仔细考校，出现在他笔下的颂莲、秋仪、小萼、六娥、红菱、织云、简少贞、简少芬、姚碧珍……却无不统摄于对女性的传统认知观念中。她们或者被戕害，或者受凌辱，或者洁身自好，或者奋力挣扎，都源于一个观念原型：女性是美好的，她们的不幸是美所遭逢的不幸，因而其性质都是悲剧。说女人美，是女性崇拜情结固有的观照角度。在这种角度中，无法说女人不美。而不说女人美，则是非崇拜角度。我们的文学在这方面向前走了几步？显然，这样的作品在当代文学中是稀少的；在苏童自己的作品中，也只占极小的比例，这便是中篇小说《已婚男人杨泊》与《离婚指南》。

唯其占据的比例小，便弥足珍贵。这两部作品成一系列，影响虽不如《妻妾成群》《红粉》《米》那样大，但其文学上的新质，却使它们足以成为苏童最有分量的代表性作品。对于这两部小说中的女性，冯敏和朱芸，苏童完全摒弃了女性崇拜情结，甚至也不从女性角度出发进行观照和表现。男人结婚了，世俗的泥沼陷住了他们，生活灰暗而又平庸，浪漫的理想主义一点点被世俗蚕食。面对这种令人恐惧的现实，男人们困窘而又孤独。苏童说："杨泊们满身泥浆爬出来时，他们疲惫的心灵已经陷入可怕的虚无之中。"这两部作品之所以值得被推重，恰是由于苏童有意识地对女性崇拜情结左右女性形象塑造的积弊的反拨。他开始认真打量男人了，特别是婚姻风景中的男人。杨泊们试图挣扎，又如何身心俱疲，生活的恐惧又怎样超过了死亡的忧虑。这些，意味着新异的星光开始闪现。你看不见忏悔，看不见膜拜，看不见施暴，看不见拒斥，因为女性再也不是作品观照的中心。就这样，角度一转，男人已不再附庸于女性而存在，不再以女人为中心在文学空间里表现。男人自身就是中心，就是文学空间的主角；而女人也就此脱去光环，走下了接受膜拜的礼坛，还原为具有并立意义的性别，成为散布于灰暗生活中的分子。她们也很艰辛，也很疲惫，甚至恐惧。在这样的作品中，无论男女，只要是人，便需要临风而立。这是摆脱了浪漫的童话之后的令人恐惧的男人与女人的真实。

在中国文坛一流的作家行列里，苏童信步其中，是没有愧色的。说起文学殿堂中的城市与乡村、女人与男人（包括少女与少男）、现实与历史、语言与形式，他的艺术世界是缤纷而丰富的。在文学原野中优游的人都知道，苏童建构的文学景观，是不可漠视的。《已婚男人杨泊》与《离婚指南》，尤其是这样。有志于描摹婚姻风景中的男人的作家，不能不承认，苏童的这两部中篇小说，已经成了他们的障碍，或者叫标杆。

审视暴力与肯定生命

所谓先锋派，就是自由。这句并不使人感到陌生的话，为先锋文学确立了一种特殊意义，即它似乎永远不会成为明日黄花。一般人视野中的先锋派，甚至不去注意自身在文学思潮流派中的位置与被人注目的程度；相反，它倒是注定要时常陷入孤寂之中。如果在某个时期先锋派成为街谈巷议的热门话题，那多半也是得力于误会，就像苏童的《米》成为"抢手货"那样。因此，今天谈论先锋派丝毫也不意味着我们在朝花夕拾。当然，这样说，并不妨碍我们沿时间的河流逆水而上，沿途见到一些作家的名字：余华、苏童、格非、孙甘露、残雪、洪峰……很可能我们的视线，在接触了某个名字之后便会被羁绊住，无法轻松地滑过去继续走马看花。具有如此魅力的人，余华要算第一个。

在中国当代小说界，余华与苏童一度难分伯仲。有那么一个阶段，你几乎无法说谁比谁的成就更高、余华与苏童"媲美"；只能说他们在中国文坛一流的青年作家中，是年轻的"双子星座"。这种状况，一直持续到余华的长篇小说《许三观卖血记》问世。

余华具有一种从生命深处审视暴力的天赋。他的冷静令人战栗，他的真实使人清醒。《在细雨中呼喊》之前的余华，操着书卷气十足的现代汉语，叙述着生命表象背后的欲望类型，特别是其中的暴力。事件出现了，余华并不关心；性格也出现了，余华认为那都是"表面化的东西"。他执着地进入了另一片广袤的领域，对人类的欲望作着小说美学的创造。在《现实一种》中，你会惊悚于山岗与山峰两兄弟何以会相互暴殄生命，但你深入思考，便会明了这种行状恰是源于他们高度重视血缘意义上的生命而产生的复仇欲望。这里的矛盾不是悖论，而是真相。冷酷和残忍获得了它们逻辑上的力量。在欲望的逻辑驱使下，人类的行为就像荒野中的彩色蘑菇般花团锦簇，小说艺术因为余华才没有与之擦肩而过。正像我们熟知的那样，蘑菇上的彩色往往是致命的东西。所以你看见暴力作为欲望的重要表征，以不同的色彩隐现在《世事如烟》《古典爱情》《一九八六年》《一个地主的死》等一批作品中。你在不寒而栗的同时，会体察到作品背后有一个目光深邃、不动声色的青年余华，正在以"恶之花"提醒你省察潜存于身心深处的黑暗的欲壑。这大概可以算作一种二律背反式的效应吧。

这种心理效应何以能够生成，倒是值得探究一番。推及远因，可以认为余华成为作家之前的牙医生涯和其父作为外科医生给作家幼时留下的深刻记忆，已经在潜意识里对余华的创作产生了影响。作为父子行医者，他们刮骨疗毒，鲜血与锋刃司空见惯。面对痼疾，既不能心慈手软，又不能情绪冲动。但在更深的层面上，这种冷静恰恰是为了挽救生命，延伸健康和美丽。察及近因，有几种作品范式应该引入考虑范围，那就是川端康成的绝望哀艳、卡夫卡的荒诞残酷和辛格的以愚观智。余华早年痴迷于川端，而后在卡夫卡的示意下成为前者的叛逆。有洞察力的读者，会注意到卡夫卡、辛格的诸多作品对余华形成的深刻启示，比如《在流放地》《乡村医生》对于《一九八六年》和《西北风呼啸的中午》，《傻瓜吉姆佩尔》对《活着》《我没有自己的名字》等作品所构成的脉承关系。当然，余华之于卡夫卡和辛格，更多的是一种在人类精神领域中的契合。这使人们有理由认为，川端、卡夫卡、辛格对于余华的意义不止于"博物馆"，还应该是他步入文坛的"武库"。

自《十八岁出门远行》始，余华在泛泛的饮食男女之外，确立了富有自身个性的探索领域，这就是审视暴力并进而洞穿欲望。此人开始成为在终极关怀的意义上，以一种超远的心态肯定和珍惜生命的作家。在《活着》中，余华使我们看到富贵从纨绔子弟一落千丈，沦为贫寒人家。在他饫甘餍肥、挥金如土的日子里，他没有想到活着也会成为问题。而事实上这一直是人类面临的最大问题。命运将富贵推上了绝境。不幸和灾难接二连三地降临到了这个倒霉蛋身上。当我们看到他木讷无助、天真幼稚地与困厄为伴，当我们看到他心境平和、胸臆恬淡地面对夕阳，我们不得不承认，富贵对人自身所有的复杂性完成了极好的感性抽象。他活着并且活下来了，并没有去触及知识分子们探讨不已的"为什么而活着"这类形而上的哲学命题（这也不是《活着》所要触及的问题）。归根结底，"为什么而活着"的哲学思辨，首先有赖于"活着"这一前提本身。正是在这个意义上，余华才在关于《活着》的创作谈中，这样说："我感到我写出了高尚的作品。"即是说，无论你表现生死、暴力还是欲望，起点与终点始终必须是这样重叠的：热爱生命。而《许三观卖血记》，或许可以成为此类作品的极限。我们已经从《在细雨中呼喊》中领略到了孙广才对待孙有元的那种无赖而又无奈的心态。表现孙广才这类既顽劣又不无善良的人物，余华可谓是游刃有余。在《许三观卖血记》中，我们又见到了许三观这种根在乡村、身在城市的小人物。与孙广才与孙有元在斗智中施虐不同，许三观在心理上施虐的对象是一个孩子许大乐。值得注意的是他们不像孙氏那样有父子间的血亲关系。许大乐的存在每时每刻都在提醒着许三观这样的事实：这是他戴绿帽子的产物。许三观在性心理的折腾下几经蹭蹬，终于决定忍辱含垢，认了许大乐这个"儿子"，他的形象反倒因此而光彩照人起来。我们说余华在揭示小人物那种顽劣狡黠而最终又不失善良的心理特质时堪称独到，足可与福克纳展示的美国南部乡村与城镇结合部之间的小人物媲美，实不为过。当然，《许三观卖血记》中的华彩乐段，仍然麇集在"卖血"这一渊薮上。卖血作为一种话语，在漫漶的历史长河中，已经浸润了浓郁的生命意识的色彩。这一点，不同的民族、不同的文化层次的人的认识，倒是共同和共通的。即使不与远古的血性禁忌联系起来，任何人也能够在瞬间明白这一简单的事实：血就是命，血的流逝就是生命的损耗。在普通百姓眼里，卖血几乎是卖命的同义语。你不能不承认余华又在生命现象中割开了准确的切口，将他的小说艺术镶嵌进去了。许三观开始不是为了生活卖血，仅仅是想尝尝炒肝，喝二两黄酒而已。但接下去，生存的命题冷酷地推到了他的面前。面对饿得头晕眼花的女人与孩子，他必须卖血。小说因此出现了在黑暗中以讲述做回锅肉、炒肝的方式来"意食"和"许大乐吃面条"这样的绝唱。如果说此人为许二乐回城卖血是小说中的谐谑曲的话，那么为救并不是嫡子的许大乐的性命，许三观连续卖血，从家乡一路卖到上海直到将自己卖死，就无疑是全篇最辉煌的乐章了。许三观平凡得像路边的一块石子，但能有此举的此人难道不像山岳一样崇高吗？当然这样的说法还只是从社会道德评判的角度出发的，余华倾心描摹的是许三观卖血的过程而非其意义，但卖血的纠结被这样演绎和解耦，其文学层面的建树无疑已经构成了一个新的范式、一种尺度、一个标高。令人回味的是，当许三观从终点回到起点，想再卖一次血吃一次炒肝、喝二两黄酒时，他没能如愿。这种喜剧式的结尾，是否受电影《活着》对原小说结尾处理的影响而生成，我们难以察知；但对于《许三观卖血记》来说，这已经无关宏旨，也不失为对大众阅读心理的一种顾及与平衡。

现在有一种说法，谓《活着》《米》《许三观卖血记》《苦界》等作品，表明先锋作家们在向传统回归，因为其语言的通俗平易与故事性的强化，与他们早期的作品区别甚大而与现实主义作家们并无二致。这是一种错觉。先锋作家们不再拒绝拥有更多的读者，这是他们明智的抉择而非他们的不幸。但是他们的作品在观照生活的角度上、意旨的开掘上、文学的兴奋点以及合目的性的东西方面，"涛声依旧"，依然保持着鲜明的先锋特征。比如众多的作家在孜孜以求"活着"的意义时，余华反观的却是"活着"本身。又比如《西北风呼啸的中午》和《我为什么要结婚》，荒诞的喜剧性的外表掩藏着的背后的残酷现实，也是许多传统作品所无意揭示的。特别是余华对女性的尴尬和孩子的苦涩的表现，在中国小说界差不多呈现了一种独步的姿态。这只要看看冯玉青、许玉兰、鲁鲁、许大乐等一批人物，便可不争。饶有意味的是，余华曾经拒绝承认自己是先锋派作家，称作家不是为流派而写作。这当然是余华的想法，特别是现在的想法。虽然人类从森林里走出来住进广厦，有时会不愿提及自己前身为猿，但余华众多作品的文本及意旨却在有力地证明着他的"根"系先锋。他不仅是先锋，而且是先锋派的巨头。我们都不会忘记，加缪也曾拒绝承认其为存在主义作家而终究还是被划归到存在主义作家的阵营中去了。尽管当下的文坛不那么热衷于将先锋派作为一个话语来探讨，但《今日先锋》杂志的韧性坚持却在表明，余华想脱离有关先锋派的语境亦形同步入蜀道，因为他本人就不惮频繁地在该杂志撰文亮相。自然，流派的划分是评论界、读者而非作家们的事情，理论上的界定也有其难尽人意之处，但话语往往由此生成，探讨亦由此深入。且约定俗成的公众心理犹如铁轨上滑行的列车，有无法逆转的惯性，作家们的挣脱最后往往蜕变为无奈，只能偃旗息鼓，保持缄默。所幸的是，倘若我们前文提及的"所谓先锋派，就是自由"真是高明的描述与界定的话，那么余华"若为自由故"，又有什么不可以抛弃的呢？真正的先锋派，将一如既往。

青春迷局中的都市喜剧

中国小说捐弃喜剧的现象，并非始于当代。现代以降，鲁迅先生先是呐喊，引起疗救的注意；继而彷徨，因为惊醒黑屋里的人后无路可走。即使写了《鸭的喜剧》，也不过是"虾蟆的儿子"悲剧的翻版。所以黄子平、陈平原、钱理群曾指出，"二十世纪中国文学"的基调是悲凉[1]。魏晋志怪、唐宋传奇的喜剧火苗，在《儒林外史》《聊斋志异》中曾一度闪烁，到了吴趼人、李伯元手里则几近式微。从文化生态的角度来说，已经消逝的二十世纪，或战乱频仍，或时局动荡，或亲不亲、阶级分，或 GDP 焦虑症爆发漫延，产生喜剧的土壤确实贫瘠。国人的苦大仇深似乎成了胎记，甚至春晚的笑声也被质疑为"导掌"作伪。这样，喜剧作为一种艺术形式，在当代小说审美格局中时常缺席，也就不足为怪。

作家颜廷君的小说创作，起步于二十世纪八十年代末的《风雨古河道》，并非关涉喜剧，当然喜剧也就不会成为他小

---

[1]　黄子平、陈平原、钱理群：《论"二十世纪中国文学"》，见《文学评论》1985 年第 5 期。

说创作唯一合目的性的东西。即是说，他的小说作品的审美旨归，注定是多元的。作家早期具有喜剧意味的小说，应当是1991年的《军规》。那篇作品记叙了"文革"期间一段近乎黑色幽默的乡村故事。小说人物万老五对从事农业生产的老弱妇孺施以"军事化"管理，其行径的荒诞令人忍俊不禁，但笑得辛酸，因为作品洞穿了荒诞背后的人性困境。这篇小说让作家作品中的喜剧因子从蛰伏状态跃然纸面，从而使钱钟书在《围城》中延续的喜剧薪火，能够在当代不绝如缕。而作家较为集中地以小说探索喜剧属性，则有待相对晚近的2008年。国内饶有影响的大型文学期刊《钟山》，在当年第6期发表了颜廷君的小说《玫瑰情结》。该作品在轻松幽默的对话中透析了异性之间的爱情心理，结尾处却不露声色地触动了人性的泪点，令人心中生出暖意。作家的另一个短篇《萍聚》，次年在《钟山》第3期面世，叙述了一个土豪办大学的故事，幽默的笔调一如既往。而充分显示作家探索都市喜剧成果的，是上海人民出版社新近推出的颜廷君的中篇小说集《爱到不能爱》。收入书中的四部中篇新作，幽默的叙述不时闪烁着智慧的光泽，欢快的笔墨随处渗沥出善意的调侃，笔墨锋芒总能直抵读者胸臆间最柔软与敏感的穴位，不仅光大了《军规》与《玫瑰情结》等作品中的喜剧因子，而且为当代小说如何在青春迷局中开掘都市喜剧的蕴涵提供了多个维度的思考。请让我们具体分解。

一、作家以戏拟与揶揄手法，对都市白领的青春迷局作了"撕破"式解耦。

所谓青春迷局，是指青年男女在情爱领域里的纠结、困扰与两难；而都市喜剧，是谓作家以都市生活为背景，以白领情感纠葛为题材，以喜剧涵蕴为审美对象所进行的小说创作，借用鲁迅先生的话说，是将都市白领们"无价值的撕破给人看"①。值得注意的是，鲁迅先生说"悲剧将人生的有价值的东西毁灭给人看"，用词"毁灭"，所言甚重；说"喜剧将那无价值的撕破给人看"，用词"撕破"，与"毁灭"的所指与能指显然不同。这样的叙事分寸，作家在小说中到底要如何拿捏才算恰当；这样的艺术火候，颜廷君到底要如何把握，才能体现鲁迅所期望的审美尺度？

小说集中收入的首篇作品《爱到不能爱》，堪称作家作品中具有都市喜剧意味的代表性作品。故事倒并不复杂：富二代金成龙在总裁联谊会上对大三女生艾米一见倾心，遂开始实施猎艳计划。经过一番密谋，"英雄救美"的闹剧成功上演。这一心计本来是想隐去家世背景以觅得真爱，却因其拙劣使自己吃尽苦头；终于"找到真爱"后，又让美满姻缘命悬一线。

构成《爱到不能爱》喜剧格局的，是金成龙与三个都市女性七荤八素的情感纠葛，而作家为女性们安排的落局却很温婉。女主角艾米不消说，马骢骢与孩子的生父丹尼尔终成眷属，马娅重新走向恋人张琦怀抱。即使她们都曾经为金家的钱财芳心摇荡。倒霉的是金成龙，即使已痛定思痛，洗心革面，仍然屡遭艾米拒绝，只能盘坐在马路边绝食了。这不是作家心狠，而是心软，因为给了男主角救赎自己的机会。不唯男主角，也可以说同时给了读者产生阅读代入感的机会，而且是从爱情心理学与接受美学双重角度提供的唯一机会。因为无论对于艾米还是读者，金成龙的绝食赢得的不止是同情，还有"浪子回头金不换"的形象。这样，当初他力邀艾米夜游的居心叵测、设置住店圈套的非分之想、与艾米分手的付费行为，甚至那出荒唐

---

① 鲁迅：《再论雷峰塔的倒掉》，见《坟》，漓江出版社 2001 年 8 月版。

的"英雄救美",都已不再那么可恶、可憎,而变得有些"情有可原"了。毕竟他爱着艾米,毕竟曾经被打成熊猫眼,毕竟虽不会游泳却跳海救人,毕竟分手实属无奈……通过了艾米好友岳纪的"测试"后,他被谅解也就顺理成章。当然,将这出都市喜剧推向高潮的,不是金成龙婚礼上500个学生如何撑场,而是曾经受命制造"英雄救美"闹剧的张探长一干人等前来贺喜。艾米报警。110到了。"金成龙欲哭无泪"。作家颜廷君戛然而止,停止敲打电脑键盘。心已向善的富二代曾经的小伎俩摧开的"恶之花",最终结出的是不是苦涩的果子?作品将喜忧参半的未知留给了读者。

这样的故事,如果不是作家对于小说叙述艺术充分自信,如果不引入后现代小说中戏拟揶揄手法作为参照背景,也许小说开篇的"英雄救美"都会被认为是作家的冒险。因为一望而知,金成龙与张探长密谋的小把戏似曾相识,而常见是新颖的天敌。但是作家颜廷君的叙事匠心,恰恰体现在这里。因为戏拟与揶揄,是后现代小说要义之一。俄裔美籍作家纳博科夫,曾以一系列作品将戏拟与揶揄手法推向巅峰。如长篇小说《黑暗中的笑声》,男主角欧比纳斯对电影院引座员玛戈一见钟情,本来阔绰、有家室、广受尊敬的一位绅士,一生就这样毁掉了。原因是"他爱那女郎,女郎却不爱他"。这种常见的三角故事本不值得特别书写,但是纳博科夫却用揶揄式模拟把它做成了经典。国内的先锋小说家孙甘露,也曾以长篇小说《像电影那样恋爱》,对戏仿手法作过一些探索。颜廷君在《爱到不能爱》中的叙事方法,直抵后现代小说精神渊薮;他笔下的戏拟与揶揄,仿佛与生俱来般天然。借助"英雄救美"这种影视中习见的场面,作家轻松地调侃了金成龙的不学无术与诚心缺失——不仅是典型的啃老一族,而且是读图时代视听至上的受害者。拙劣的影视模仿生活，游手好闲的"富二代"模仿烂剧。作品对金成龙"英雄救美"关目的设计，目的正是为了"将那无价值的撕破给人看"，所谓表现对象的手段与被表现的对象高度契合。这样，在读者视野里，金成龙便无法不成为被讥讽的对象。

与金成龙构成多角关系的马骉骉和马娅们，在作家笔下的待遇并无二致。如马骉骉以腹胎要挟公婆、让兄长苦肉计逼婚达成愿景后，作家为她安排了一个宣布嫁入豪门的庆祝场面。类似的场面在影视中俯拾即是，但在小说中却因为作家戏拟与揶揄的叙述语感而布满笑点，马骉骉与众姐妹在都市中濡染的浮躁与虚荣心理，被表现得起伏跌宕、妙趣横生。再如心动于金家豪奢的马娅，脚踩金成龙与张琦两只船，孰料"劈叉"的结果是自己落水，只能凄惶泅渡东瀛投奔张琦。机关算尽的马娅难防的是金成龙做假信手拈来，赝品青花瓷不过是唾手可得的道具；而张琦以情人的高度敏感，早已识破了昔日恋人以身相许的心理动因。作家用一幕幕类似影视剧的场景，将都市中陷入青春迷局的白领们追时逐尚的"无价值的"心态，一一"撕破给人看"。

当然，最能体现作家揶揄和戏仿匠心的，当属金成龙为摆脱马骉骉逼婚而报警的场面。那堪称"反生活"手法的典型体现。所谓"反生活"，指的是虚拟情境的再现，在后现代小说中，它以戏仿的形式在本质上构成了现实生活的反动。读者不难察知，金成龙报案时编造的与马骉骉相识并致孕的过程，是破绽百出的虚构，因为他描述的情景不乏隐瞒与杜撰。饶有意味的是，金成龙被迫"交代"的，可能恰恰是工于心计的马骉骉姐妹们"套男秘籍"的"成果"。笑料迭出的双重作伪，揭示的正是都市喜剧中近乎黑色的幽默：金成龙受欲望驱使扮演狂蜂浪蝶，殊不知反而成了扑火飞蛾。鲁迅在《再论雷峰塔的倒掉》中谈罢悲喜剧的理念后，顺带界定了"讥讽"，认为它"是喜剧的变简的一支流"。而颜廷君笔下的戏仿与揶揄，不仅成为鲁迅观念的生动注脚，而且促成了自身小说中都市喜剧一脉的风韵。

二、作家以人生智慧与哲理探索，深化了都市喜剧小说的蕴涵。

颜廷君虽然写了不少长、中、短篇小说，却不以作家为职业。他是大学教授，国内知名演说家，清华、北大等多所大学MBA、EMBA 课程主讲人，同时还是上海交通大学公共管理创新研究所所长、《中国经济与管理》杂志主编。知识与学养的后援，使他的小说创作拥有了丰厚的思想武库。中篇小说《流莺时代》中的男主角庄元，是大学管理学院的教授，一直在对误入青春迷局的女主角莫尼卡指点迷津。读者不难颖悟作家与笔下人物的源流关系。而《流莺时代》，同样是颜廷君小说中具有都市喜剧韵味的佳作。

如果说《爱到不能爱》中金成龙的遭际更多地受制于外因——生于豪门、无权支配财富却又要戒惧他人对金钱的觊觎；那么，莫尼卡在《流莺时代》中的际遇，就更多地缘于内因了。对于这位女主角来说，财富的支配权已经不是问题。她是海归人士，原"在一家美资企业做 HB 经理，两年后自己在上海注册了一家公司——上海天志文化传播有限公司"，地位早已超越白领，进入了业界翘楚行列。但在婚恋这道门槛前，她的问题反而更为艰困：曾因妊娠问题夫妻见解不同而离异，却在观念的泥淖中越陷越深——追求幻想中的完美。这是都市精英阶层的"常见病"，多发于尚未察知婚姻壶奥的青年男女之间，也是作家在小说中耕作都市喜剧最为肥沃的土壤。

那么，颜廷君是如何将莫尼卡婚恋理念中"那无价值的撕破给人看"的？相对于《爱到不能爱》，《流莺时代》仿佛是反弹琵琶；前者是都市"高富帅"与多个女性的纠葛，后者是精英"白富美"与多个男性的关涉。那些陷身局中的男士当然不可谓不优秀，却先后惨遭女主角淘汰，个个遍体鳞伤；而自视甚高的莫尼卡，充其量是"杀敌一千，自损八百"，有限的收获唯有心伤。不过，《流莺时代》的故事内核，决不在女主角"伤人"或"自残"的训诫，而是在以莫尼卡择偶的过程透析精英女性的青春迷局，以哲理思考提升当代小说中都市喜剧一脉的品位与蕴涵。

《流莺时代》的主线，是莫尼卡以招聘总经理助理为由挑选男友，辅线是她咨询和请教庄元的交集过程。两条线索和谐地构成一首旋律欢快的华尔兹舞曲，奠定了小说轻松浪漫的都市喜剧基调。沿着主旋律的向度，我们看到莫尼卡弹奏了她择偶的三个诙谐乐章。

第一乐章是她与百里挑一率先入围的3号"芮恩→瑞恩"的短暂姻缘。她本不倾向3号而属意6号，但是庄元推介的"人类学新发现"（所谓"食无比"）与貌似有理的"博弈论"，加上同事华丽丽的误导，3号阴差阳错地成了她谈婚论嫁的对象。出于对男性的多重疑虑，莫尼卡在庄元授意下对3号实施"坐怀"测试，而受命担任测试官的恰恰是中意3号的同事华丽丽，后者乘机暗度陈仓，葬送了女主角本来有可能通向幸福的姻缘。这一乐章中极具谐趣的喜剧桥段是华丽丽对"色诱"3号过程的供述，堪与《爱到不能爱》中金成龙为摆脱马骝骝逼婚而报警的场面媲美。曾在北京电影学院专门进修过导演专业的颜廷君，使用"蒙太奇"手法得心应手，让华丽丽在派出所内以"闪回"方式组接了不同时空的情境，从而使情节中的喜剧意味得到了凹凸有致的彰显。

　　第二乐章，是莫尼卡与 6 号东健的"闪婚"。断送幸福的原因，表面上看是女主角婚姻 AA 制的荒唐做法，锱铢必较激怒了第二任丈夫；但实际上，根源依然在于莫尼卡对男性多疑导致的不信任。如果说 3 号与 6 号疑似女主角所谓"更帅的白马王子"，颜廷君已经以终结者身份为莫尼卡做了不无幽默的了断。事实上，作家也曾借庄元之口，早前建议莫尼卡务实一些："白马不如'驴'（经济适用男）"中用，不料当即遭到后者否定："有条件选白马，干吗选驴？"虽然"白马"与莫尼卡闪婚闪离，绝尘而去，陷入青春迷局的女主角却执迷不悟，誓不妥协，从而为小说将择偶喜剧推向高潮，做好了充分铺垫。

　　第三乐章是《流莺时代》中喜剧戏码的重中之重。莫尼卡将自己的择偶标准人为地逼到了"非驴非马"的境地，用庄元的话说，只有"骡子"符合条件了——周道粉墨登场。作家浓墨重彩地塑造了一位名如其人、十分周到的周道。他顺应莫尼卡意旨，从烹饪到吃相，从眼神到礼仪，俯首听命，任凭调教，努力无可挑剔，堪称八面玲珑。小说叙述文字欢快幽默，将都市喜剧韵味烹调得犹如川味"麻辣烫"，让读者的笑意忍无可忍，欲罢不能。"调教"即将大功告成，莫尼卡做梦也想不到，周道却对她来了个"胜利大逃亡"。写到这里，作家让叙事高潮水到渠成地对接了都市喜剧应有的哲理思考：对于人生来说，终极完美是不存在的；最完美处是无聊，有缺陷或许是美的真谛。尤其是婚恋，无论男女强弱，都应当接受和信任不怎么优秀的另一半，亦即小说援引的玛丽莲·梦露的话："不能接受我丑陋的一面，就不配享受我美好的一面。"

　　主线的戏份做足了，小说与悲剧的距离其实也就是一层窗户纸了。细察莫尼卡的择偶过程，可谓"众里寻他千百度""过尽千帆皆不是"。她在择偶误区中一路走来，从任性到多疑，从防控到调教，再到追求终极完美，终于把自己挂在了婚恋的悬崖上。对于小说喜剧基调的把控来说，这无疑是一步险棋。但是作家颜廷君四两拨千斤，在女主角最危险的时刻，收紧了小说的辅线，令她转危为安。作品让我们看到，莫尼卡选夫的误区，除了在观念上一条道走到黑外，还有一个失误就是"灯下黑"，即她一直没把庄元收入择偶视域。作家就此轻松地将作品推向了这部都市喜剧富有哲理意味的结局——"蓦然回道，那人却在，灯火阑珊处。"

三、作家创造性地运用多种手法，丰富了都市喜剧小说的人物语言艺术。

小说文本的话语系统，不外乎叙述语言与人物语言两个范畴；而人物语言又可细分为独语和对话两个部分。小说集《爱到不能爱》中的叙述语言，相对简约，通常只是交代环境场景，提供人物活动场域空间，较少描述。这一方面与作家近期涉足影视艺术有关；另一方面，也是颜廷君更为重视小说人物语言艺术的产物。书中收入的大部分作品，呈现出多种具有颜氏风格的人物语言特别是对话方式，令人印象异常深刻。

第一种手法，是错位隼接法。所谓错位隼接，指的是作家利用人物对相关事物或概念理解的不同进行的对话，虽然建立在"误解"基础上，但作家总能以智慧促成双方的交流与沟通，从而使对话过程中的喜剧色彩得到彰显。我们来看几个例子。《流莺时代》中，庄元与莫尼卡一道赴杭州讲学，前者劝后者别开车："坐你的车，我心跳会加速。"莫尼卡高兴地说："教授，你可真会赞美人！我有那么大的魅力吗？"庄元说："除了魅力，与你开车的技术也有点关系。"原来他曾搭乘莫尼卡的私家车去张家港，其间险情不断，令庄元心有余悸。但作家笔下的庄元很绅士，出语点到为止，既维护了莫尼卡的面子，又将原因含蓄地暗示出来。莫尼卡在路上讲她与前夫汤姆婚后的情形："为防止意外，戴安全帽是必需的，我批发买了一百多个安全帽，第一年他还配合，第二年不想戴了……"庄元打断莫尼卡："你老公是搞建筑工程的?""他在电视台工作。""那买一百多个安全帽干吗?"莫尼卡白了庄元一眼说："不戴安全帽怀孕了咋办?"庄元明白了："你所说的安全帽应该是安全套。"莫尼卡不耐烦地打断庄元："别较真儿了，一个意思!"但对于庄元来说，较真儿既是个性，也是专业习惯，甚至是职业操守。

这种令读者生出阅读快感的错位犀接对话，如果细分，还可以梳理出两种情况。第一种是当局者迷，旁观者清。如《流莺时代》中莫尼卡择偶受挫后，庄元建议她"开发右脑"。莫尼卡说："我付你一千元的心理咨询费，你给我讲讲。"鉴于第二天还要上课，庄元掏出手机看时间，发现夜已很深，说："我不想要你什么心理咨询费!"莫尼卡机警地问："你想干吗?"庄元说："睡觉!"莫尼卡吃惊地问："跟我?"庄元忙解释："我所说的睡觉，是纯粹的睡觉!"莫尼卡继续误解："别描了，越描越黑!回宾馆!"庄元只好羞愧退却："我……肾亏。"这样的错位犀接，既符合人物性格，又突显语境中的喜剧情调，很见智慧与匠心。再如《爱到不能爱》中，金成龙问马骉骉找他有什么事，马答："大姨妈不见啦!"金成龙说："奇了怪了，我又不认识你大姨妈，找我干吗?"马骉骉瞧了金成龙一眼，拍拍肚子："两个多月啦!"原来与他有染的女子已经怀孕，"大姨妈"是青春期女性对于月经的别称，不明就里的金成龙却一头雾水。第二种情况是当局者迷，旁观者也迷。如前文所述马骉骉怀孕的事情，使本来逢场作戏的金成龙顿感麻烦。他掏出一万元钱放在马骉骉手中："流掉!"马骉骉脸色铁青："孩子不是你的!"金成龙一怔，盯着马骉骉，随即迅速地把钱抢回来。"不是我的，干吗要我陪你做检查？有病啊你?!"马骝骝说："孩子不是你一个人的，是我们两个人的！你想流就流啊？"原来如此。作家成功地诱使读者陷入了主人公的误解陷阱，待到明白马骝骝语义后，不免感到心情的起伏无限接近了金成龙。

第二种手法，是两难选项法。所谓两难选项，指的是对话主动方提供选项，让从动方选择；而无论怎么选，都左右为难，尴尬立显。这种两难选择也有至少两种情形。一是两难相权，只能就范。如《流莺时代》中的莫尼卡一有困惑便约庄元："想跟你喝杯咖啡，聊聊。"庄元："不要动不动就喝咖啡！"莫尼卡："那我去你办公室，还是你来我办公室？"庄元想了想说："还是咖啡馆吧。"读者不难体会庄元面对选项的无奈感。喝咖啡固然是老调重弹，缺乏新意，但仍然强似大学教授与业界"白富美"在彼此办公室大谈人生。二是跳出两难选项，突显人物个性。如《爱到不能爱》中的金成龙，在医院证实马骝骝确实怀孕后，一言不发。下了两层楼，马骝骝停下，转身问金成龙："老公，你希望是男的还是女的？"金成龙停下脚步，恶狠狠地说："我希望是假的！"他跳出了对方设置的两个选项，因为无论男女，都不是他的心理愿景。

当然，颜廷君的小说作品，不唯对话写得好，很多人物语言极富幽默个性，韵味独特。如《爱到不能爱》中金成龙的父亲金昌盛临终前，孤独凄凉，连喝口水都没有人倒，只能寂寥地向"蟑老弟"倾诉心声，之后一掌拍死蟑螂："你知道得太多了！"令人喷笑之余，又备感酸辛。将遗嘱交代完毕后，这位垂死的巨商对助手朱可说："这些年死去活来好几次，这次是真死，再不死都不好意思见人了。"这种自我调侃与解嘲，类似黑色幽默，堪称人物个性化语言的神来之笔。

中篇小说《爱到不能爱》和《流莺时代》等作品，差不多构成了都市青年男女的"爱情宝典",不仅让读者受到婚恋哲学与人生智慧等多重启发,而且还收获了富有喜剧生趣的阅读体验。而小说集中收录的四部作品,在题材空间上也呈现了一种有趣的序列性,即"城市→城乡接合部→乡村"。如果将青春迷局作为观察该书的入视角,则不唯身处都市的金成龙与莫尼卡,表现乡村城镇化进程中人物生存状态的《鸟的天空》,与表现远乡少数民族生活的《灵魂的歌声》,人物于青春迷局亦多有涉及。《灵魂的歌声》中的吉格与依娜,先后陷入了难以摆脱的情感困局:一个以负疚心理面对恋人离世噩耗,一个以隐忍心态掩藏被毁真容,忍痛实施姊妹易嫁想法。当妹妹依莎当真爱上吉格后,姐姐依娜没死的真相也次第揭开;依莎只能含泪相让:"姐姐把我害死了。"《鸟的天空》中的颜小芹,面对表姐曹明霞带来的都市诱惑,表现出强烈的青春叛逆姿态,与父母对立起来。但是,如果说书中探索的题旨皆涉青春迷局,那也只是观察角度带来的视网膜效应。实际上,小说集《爱到不能爱》中收录的四部作品,旨归各异。从爱情角度,你可以读出吉格对依娜的纯情与誓死相守;从励志角度,则可以读出颜子义的执着与有志者事竟成。特别是颜子义,是小说坛近年来难得一见的草根喜剧形象。在女儿颜小芹的刺激下,他立誓"一个月卖出十份保险业务",从而揽下了一桩"不可能完成的任务"。之所以"不可能完成",是因为颜子义不仅是业务新手,而且只有初中文化程度,业已 55 岁,腿又不好,推销保险业务,形象殊为不佳。因此他对女儿所做的承诺,几乎不可能兑现。事实上不唯颜子义,这部中篇对于作家而言,叙事难度同样极高,因为最终要搞定一个"不可能的故事"。但是颜廷君赢得了挑战,由于开篇蓄势得力,情节随后风生水起,一波三折,悬念迭出,笑点频现,不仅为 2012 年第 6 期《钟山》贡献了一部出色的励志喜剧，而且小说人物颜子义也赢得了评论界好评："颜子义这个艺术形象塑造得很鲜活，几乎没有大话套话，由他而引发的对真情和良善的追求都让我们感动万分。"①

最后需要强调的是，尽管小说集《爱到不能爱》呈现出颜廷君作品特有的都市喜剧格局，助推了当代小说在喜剧审美领域的发展，但都市喜剧不过是颜廷君小说的主题系统之一。他2010年在《钟山》杂志B卷中推出的长篇小说《彼岸》三部曲，做足了人与自然、人与人、人与自身的大文章，题旨复杂丰厚，风格雄浑悲壮，呼应了1987年的作品《风雨古河道》的精神脉搏。那篇书写船佬们大运河上的行船艰辛与生死关口人格考验的小说，笔触苍凉、遒劲，很见力道。作品中的张老大与刘队长的人格对峙，展示了前者在生死考验中不惧牺牲的精神，揭示了泛政治对后者人性在危困关头的扭曲，堪称惊心动魄；同时，作品还以"秀才"对生命的体悟成就了复调审美，使那篇小说成为当年中国东部一座沿海开放城市不可多得的佳作。从早年的《风雨古河道》《军规》，到晚近的《玫瑰情结》与《萍聚》，再到中篇小说集《爱到不能爱》与长篇小说《彼岸》三部曲，跨度之大，不仅是空间上的从乡村到都市，从平原到江海，从悲剧、正剧到喜剧，还有时间上二十与二十一世纪的分野。这一方面是社会生活的沧桑风雨持续洗礼着作家；另一方面，题材旨归的嬗变，也意味着作家颜廷君的人生已经化蛹为蝶。无论苦难怎样历历在目，他都从未向命运屈服。被他揖别的海州湾波涛与长江口风浪，都转而成为他俯瞰人间的背景、思考人生哲学的资源，特别是艺术创作的武库；而一直

---

① 周其伦：《新华评刊：看〈钟山〉2012年第6期》，《新华网·新华副刊》2012.12.29。

不变的，则是他对小说艺术不懈探索的初心。写到这里，作为对作家了解较深的评论者，我的文字可能已经偏离理性思辨的轨道，滑入了情感喟叹的湿地，就此打住。

在现实风情中开掘人性渊薮

李建军初登文坛时，无疑与先锋小说有染。他的作品不乏先锋小说语言路数上的超脱，却不似先锋小说那样过多追求文本的翻空出奇。他笃信沈从文、汪曾祺所肯定的依重生活而又能拉开梦幻般的距离的创作观念，一直与何立伟、苏童、叶兆言保持着神交，有文化色素，也讲究意象，却更重视在风情、风俗的氛围中开掘人性的渊薮。他在"情感遭遇、文学目的、感知方式、叙述手段等方面"，理所当然地让自己走进了一片新异的荒原；在这里，大师的巨翼尚未投下浓重的阴影。

作为连云港市饶有实力的青年作家，李建军初涉小说，就带有比较鲜明的个性特征。有理由相信山林葱郁的北云台与波平风轻的五羊湖在这位青年作家少年时代留下了深刻记忆。这个军人的后裔，自小远离了父母寄托于外祖母家的"蟹脐沟"，以致这方风水弥漫了他的大部分小说作品。这情形有点类似马孔多之于马尔克斯，枫杨树故乡之于苏童。《哦，蟹脐沟》使他在《紫琅》脱颖而出；《狐狸谷》在《北京文学》问世后，青年作家李建军获得了评论界与读者的一致好评。此后，《掌心丹》《簸上的秋天》《该死的盐》《寻访记忆》《下乡纪事》和《最后一个伏天》等作品，陆续在《青春》《金城》《新华日报》等报刊登载。《下乡纪事》还在首届江苏省报刊优秀作品评奖中获得大奖，为连云港市赢得了声誉。这些作品，或者触及生命本原的诱惑（《最后一个伏天》），或者再现泛政治年代里生命遭受的戕害（《簖上的秋天》），或者在操作状态与叙述语言上直逼新潮作家（《随风飘去》）。不仅《北京文学》《紫琅》为他刊发过专门评论，《新华日报》《青春》对他的作品更是推重。这种创作上良好的势头，可以上溯到他作为江苏省作协举办的文学创作班成员的时候。当时，大学毕业不久的李建军，与刘本夫、丁可、王心丽、曹剑等人一起，优游于名山大川与文学的莽原之间，领略了人生哲学的熹微。老作家艾煊、海笑对青年作家李建军的聪颖悟性与隽美文笔十分欣赏，而他后来的短篇小说集《寻访记忆》，证明了师长的见地是准确不谬的。

对文学的天赋般的敏感使李建军对小说创作态势始终关注，而博览群书又使他能够在创作上保持着对文学脉搏的准确感应。社会、历史、血缘、家族势力、官本现象、民俗风情，都被他统摄于人性的深潭中加以观照。所以他的小说总是能够祛除时间局限的投影，走进读者的内心世界撩拨心弦。从《狐狸谷》到《最后一个伏天》再到获得首届"连云港文学奖"的《随风飘去》，溅起的无不是人性的新波旧澜。人是生而自由的，却无往而不在枷锁之中，也许是这篇获奖作品的文学要义。当然，李建军对于人性的思考不是抽象的，而是占据了相应的生活质地。因此是否可以这么说，生活是李建军小说创作的原野密林，人性的观照则是进入密林深处的蹊径。我们相信，在这种小说状态下的李建军所写出的作品，读者们是能够通过小道的跋涉，豁然看见一片更加宽阔壮丽的景象的。

时间仿佛以跳跃的方式进入二十一世纪，这是针对作为作家的李建军而言。2013年12月中国文联出版社出版了他的中短篇小说集《亲爱人间》；2014年1月，内蒙古出版集团内蒙古文化出版社出版了他的纪实文学作品集《爱的风景》；2014年6月，中国书籍出版社出版了他的散文集《一路走来》。这些喜人收获先是把李建军送入江苏作协二级作家职称序列。接着，2015 年初，小说《借粮》《进步》，先是入选卢翎博士遴选的《2014 中国微型小说年选》（花城版），接着又入选中国小说学会和《名作欣赏》杂志联合推荐的《2014 小小说选粹》（北岳版）。而他的新作《小村风流（三题）》，也在吉林《短篇小说》（原创版）"乡镇风情"栏目中推出。列举李建军这些新的文学成果，想要传递的是一个实力派作家在小说坛复出的信息，意味着生活粗砺的风刀霜剑不但未能削平他执念于文学的意志，相反，还为他的创作积蓄和开拓了更多的矿藏。他曾经辞别众人艳羡的国家机关，用十多年时间"下海"经商，开过广告公司、歌舞厅，为拓展业务千里走单骑，自驾于莽莽苍苍的大别山区；也曾作为《家庭》《知音》《民主与法制》等众多知名杂志的专栏作家，采写大量纪实文学作品，在忧伤乃至愤怒中走进主人公的内心世界，以文字抚平当事人的心灵创伤，以作品弘扬人间大爱。李建军以纪实作品桥接了自己的文学创作，使他的小说新作的问世，变得特别值得期待，一如我们当代小说进入 21 世纪后，不会辜负读者的期待一样。

小说的现实与现实的小说

一部小说，一方水土，若干人物，升沉起伏，生死歌哭，对于喧嚣的物欲世界自然很难构成什么影响。但当《乡镇党委书记指南》（见《钟山》2009 年长篇小说 B 卷）来到 2009 年深秋的小说界，我们依然欣喜地关注它，是因为作者张宜春先生的名字几近陌生；陌生的作家带来了人们并不陌生的题材，展现的却是一幅令人不安的现实图景，给当代文坛带来了某些新质和若干思考。

首先说说小说环境与现实磁场。这部小说的题材是棘手的基层现实。基层现实之所以棘手，一是因为其与作家的距离貌似很近实则甚远，个中原因具有自明性；二是因为公众经验对于作家几乎全覆盖，突破甚难。熟悉关仁山、李佩甫、张平等作家的读者，对于他们作品充分逼近现实的特征十分熟悉；但当文学作品对于现实问题的解耦实际上力不从心时，雷达先生所指称的"现实主义冲击波"，近年来也渐趋式微。文学与现实的距离究竟应该多近才算适宜，也许永远撕扯不清了，因此我们宁愿以取消问题的方式解决问题；作品中的现实永远是伪现实，是虚构的产物，而作家所创造的"现实"怎样表现与折射了现实，才是人们应该瞩目的。正是在这个意义上，《乡镇党委书记指南》中的潢源县与龙潭镇，霍大海与焦紫光、蔡文华与刘赛义、林白与林中飞、梁彤与秦瑟等人物，才开始显现出文学的价值。

虚构中的潢源县，自《乡镇党委书记指南》开始，进入了中国小说环境。在读者视界中，潢源县比起福克纳先生笔下的约克纳帕塔法县，也许大不了多少；但它所负载和折射的中国当代基层社会运行的信息含量却很丰富。特别是小说主人公霍大海工作的龙潭镇，无疑从作家笔墨中汲取了乖张的生命力；当天灾与人祸叠加时，更显得水深难测。当然，潢源县不是卡夫卡式的城堡，而是虚拟中的中国东部沿海某个县域；同样，时间也迷失于世纪之交的某个年代。

尽管年代语焉不详，读者也不难发现，那是 GDP 幽灵使中国基层暮色四合的岁月。张宜春先生使我们相信，潢源县的各级干部，大多患上了经济发展焦虑症。在官场效应影响下，症状不仅无从缓解，局部已告不治。经济运行机制实际上成了"干部经济"和"压力经济"：指标层层分解，压力逐级传递，而千条线，万条线，都穿乡镇一根针。主人公霍大海正是处在针眼位置的乡镇党委书记，应付千头万绪，想不千疮百孔，必须智勇双全、能屈能伸、讲原则、懂应变、扼制欲望、良知不泯。这样的界定，几乎是快要走向圣坛的人物了。霍大海能否做到，只是问题的一个方面；另一方面，乡镇党委书记面临的，又是怎样的现实磁场呢？经济发展焦虑症无序蔓延，官场显规则与"潜规则"交叉渗透，社会网络盘根错节，道德沼泽异性出没，草根愿景艰辛生长……张宜春先生是善于布设小说环境矩阵的作家，他让主人公霍大海在这样的磁场中既要坚守信念，不失节操，又要建功立业，确证价值，其结局走向何方，对于文学和现实的确不能不构成双重意义。

其次说说人物抉择与复杂个性。我一向认为，小说塑造出个性复杂的人物是应有之义；更重要的，是如此这般的个性在矛盾漩涡中演绎出怎样的人生图景，昭示了怎样的命运及思考。《乡镇党委书记指南》中的霍大海，面对现实磁场的吸附奋力挣扎，不断抉择。就职横山镇前，读者看到的霍大海不是习见的主动请缨、勇挑重担，而是与组织叫板，希望大幅减缩财政收入额度。但人们很快就明白，此人之所以敢对县委书记蔡文华说"不"，恰是因为有实事求是的精神，因为沉重的摊派使"农民喝药上吊以死抗税的事时有发生"。而面对突发事件和复杂问题，读者看到的则不是讨价还价的霍大海：硕丰县与龙潭镇渔民械斗，他奋力化解；风暴潮来袭，他冲在一线。这位经验丰富的乡镇党委书记，在工作中时常表现出过人智慧：在汪仙霞恶人先告状造成被动后，反而借机整掉了"一汪水"等横山的地方恶势力；在龙潭镇五林村吴雄以四万元"敲门"后，不仅未落入圈套，反而对症下药扼制了上访态势；面对计划生育困难户、"有理的刺儿头"高强，不仅不罚，而反因势利导加以奖励，从而破解了计划生育困局；借建港修起"龙王庙"，更见出此人的前瞻意识和循环经济头脑。

但是，张宜春先生笔下的霍大海，性格与做派不止一个面，甚至不是一个智勇无双、马到成功的英雄。表现出一定灵活性的同时，在读者面前难以遮掩的却是更多的无奈：虽然识破了《西部时报》记者熊向远的新闻讹诈，还是被讹走四万元"正面新闻"钱；为筹集海堤达标款求亲告帮，最后也只能向镇干部集资；被任命"工业园拆迁总指挥"动员老百姓鱼塘放水，只有往死里喝酒感动村支书；募集放水赔偿金不够，只好倾家抵押贷款；在女友梁彤与妻子昝行之间难以平衡，只有吞咽苦涩；在长官意志干扰商务谈判的劣势中，为了给老百姓嫌一个自来水厂，只有上演悲情戏；年终岁尾外资验收，只能饮鸩止渴"买数字"；尽管选举人气甚旺，但组织谈话后只好放弃民选机会；为了坚定林白投资信心，只能收下具有政治风险的寿山石雕"杜陵黄冻"……霍大海众多的"只能""只有""只好"和"只得"，将基层干部夹缝中求生存、两难中求平衡的窘状，镌刻得毫发毕现。

作品中现实磁场的强劲吸附力，就是这样使霍大海的行状几近苍蝇试图摆脱捕蝇纸；即使挣扎着飞起来，也不过是扑向玻璃，疲惫于看不见的障碍，最终陨落于一片光明的窗下。霍大海戛然而至的"惨淡出局"是必然的、悲凉的和令人震撼的。此人不是夏伯阳和李云龙；他们在文学天平上，至少是一些"有毛病的英雄"。在公众视野里，也有毛病的霍大海甚至算不上英雄。当然，霍大海怎样心存正义、为民请命，并不是读者阅读的期望值；他做了而又因何未能做到，才是令人不安的，才蕴涵了更加深邃的文学与社会学信息量。

第三说说公众经验与共同立场。"新写实主义"带来的"一地鸡毛"，公众可以品头论足；"三驾马车"裹挟而至的"现实主义冲击波"，公众一样可以直陈好恶。这是因为作家提供的生活图景，并未逸出公众经验的范畴。张宜春先生的《乡镇党委书记指南》进入当代小说视野，并不享有特别的话语权。在中国政治体制中，乡镇党委书记的位置基本处于末端，因此作品也可谓取了基层视角。既是基层视角，作品在晾晒我们的时代生活中许多具有反讽意味的世象时，就必须与公众建立共同立场。从这个角度来说，我们可以理解张宜春先生何以将霍大海作为叙事入视角。不然，面对前来进行组织考察的孙部委冒充经济内行，这位乡镇党委书记虚与委蛇时，送给市水利局长卫星两万元以求得工业园建设与海堤达标博弈成功时，读者在心理上是难以倾向主人公并且理解他的无奈的。

公众经验的可贵之处在于，当作家写到上访真伪、新闻讹诈、外资操弄、经济虚热、国共恩仇、政治赌博、晋升黑幕、仕途凶险、道德冲突等世象的生发时，读者可以理解为作品对于现实曲折的观照与揭示，并且可以借此考校作家对生活的熟稔程度、开掘与提炼的力度。余华曾说福克纳"写下的精彩篇章让我们着迷，让我们感叹，同时也让我们发现这些精彩的篇章并不比生活高明，因为它们就是生活。他是这个世界上为数不多的始终和生活平起平坐的作家，也是为数不多的能够证明文学不可能高于生活的作家"。人们时常慨叹作家创作的作品不如生活来得奇妙诡异。的确如此。因为作家写作，是人在创作；而生活，那是上帝在创作。在这个意义上，《乡镇党委书记指南》在当代小说界显现出了特别的价值。据了解，作家在五个乡镇做过二十多年乡镇长和党委书记。对于文坛来说，他的确不是人们熟悉的作家；但对于所写生活内容来说，他无须"体验"，他就生活在其中。所以他笔下坚实的生活图景呈示给读者的，都是"干货"，令你无从怀疑作家拥有富矿，采撷的都是生活岩层中最有说服力的标本。

在此基础上，《乡镇党委书记指南》还面临着一个终极使命，那就是写出主人公霍大海几乎被挤压到边缘，对于政治良知也不愿意放弃的坚守："我知道我干了些什么，我也知道我该坚守什么。我只是不理解，想为老百姓做点实事怎么就这么难呢？"生出感慨和苍凉的不只是霍大海，必定还有《乡镇党委书记指南》的所有读者。为了完成表达霍大海坚守良知的使命，一方面，张宜春先生让主人公因坚守而边缘，守得艰难、辛酸、令人叹息；另一方面，又写出霍大海因边缘而坚守，并且戮力守住，这就不能不与公众取得共同立场。因此，作品中基层干部的工作智慧、扎实作风、责任心、老百姓的质朴、老党员的觉悟、人伦亲情的辛酸温馨，都成为霍大海坚守的背景和参照系统，使读者看到，主人公的坚守虽然悲怆，却是有基础的、令人信服的。已经滑到边缘的霍大海，最终坚守住了。这也是作家为读者、为国人、为生活、为良知，留下的最后一线希望；令人扼腕的坚守，将成为永不消失的光波，使人类在前行途中不至是一片无边的黑暗。因为精神品格在人类精神图谱中，永远是呈序列状态存在的，任何时代的作家都不会漠视。张宜春先生在对我们感同身受的时代生活作了深入反思之后，以自己的作品揭示了主流社会体制与机制内部的两难现象、矛盾症结和二律背反的尴尬，指向却不是归咎于执政党，而是在揭示生活演进的逻辑与规律，昭示种种世象生发的必然性。

最后说说批判意识与小说伦理。自从方方的《桃花灿烂》接通了《沉默的羔羊》的脉搏，人们日益意识到弗洛伊德与荣格学说二十世纪东渐中国，已经不只是心理学界的事情；作家们对于人性的复杂性参悟日深，表现渐广。这种现象对于张宜春先生的创作心理也形成了有益影响。尽管作家十分看重霍大海这位一步步走向苍凉的乡镇党委书记，从他的视角叙事，借他的视野看人，与他同喜共悲，却并没有把小说主人公作为理想代言人。在这个意义上，作家超越了他的叙事角度。霍大海再重要，也不过是人物之一；主人公也是小说角色。张宜春先生懂得人物塑造的辩证法，赋予了主人公以充分的认识与审美功能：霍大海性格乃至人性的弱点是什么，是谁、又是什么以及怎样把他推向了悲剧人生？

霍大海智勇双全，委曲求全，何以在政绩展示与仕途升迁中屡屡败走麦城，输给一个八面玲珑、会做表面文章的肖俏？他的同学赵伟的话不无参考价值："你的是非界限太清，爱憎太过分明，有时也未必全对，何苦呢？"这位乡镇党委书记最终政坛失意的原因，表面上看，与他心直口快、直言犯谏以及令人难以招架的冷幽默不无关系；实际上，乃在于政治布局中的"帕金森定律"已经罩定了他，朱时的晋升轨迹便是旁证。作为"这一个"主人公，霍大海有思想、有智慧、有文才、有魅力、有个性、有办法，守土有责、心怀百姓、顶天立地、敢说敢做、敢怒敢骂、口即是心、不矫饰、能吃苦、够冷静；作为男人和基层负责人，是比较成熟的。但是，张宜春先生也没有让他逃出权利异化的魔障。选举在即，组织考察，他人性的软肋一样被击中，忍不住犯了"请客送礼"大忌；组织部谈话之后看工业现场，他又组织制造工地繁忙景象。这还不算，作家在不经意间，也流露出对于龙潭镇党委书记虽然理解却难以认同的潜意识：水利局长卫星以工业园开工与水利工程土石方量套国家淮委，他霍大海也以土地复垦套国家黄淮海开发及以公贷赈扶贫项目；梁彤以情感胁迫，他便低首下心向县委书记代为要官；对妻子昝行虽然心怀愧疚，情感上依然扼制不住对秦瑟的心驰神往。作品表明，霍大海利用官场"潜规则"打开工作局面时，内心是苦涩的；因为即使此人胸中存有不谋私利的底线，他也不得不承认自己已经向"潜规则"低了头。张宜春先生对霍大海的情感是复杂的，因为后者不是玩偶，已经是有血有肉有灵魂的人物，要按自己的性格、意志和情感行事，即使作家本人也奈何不得。到这里，作家借助并超越了主人公个体，对于经济过热、官场腐败等现实生活表达了鲜明的立场，发出了质疑的声音，从而将批判意识指向并覆盖了当代社会肌体。

小说伦理的话语近年来鲜有论及，也许与前文所述的弗氏理论相关。但在我看来，精神分析学说对于塑造个体人物有益，摆脱了道德羁绊，可以深入洞穿人性；但对于形象体系评价无助，因为人类不可能完全弃置价值判断。在这个意义上，小说必须持有自身的价值伦理。霍大海虽然复杂，张宜春先生还是让他固守着某种底线：心仪秦瑟，终于未敢越雷池一步；面对蔡文斌这种官家弟子，他不惮冲撞；对于刘东南重官位不重民生的做派，他尤为反感。在全书的高潮部分，作家将霍大海推向了震撼人心的风暴潮大劫，浓墨重彩、酣畅淋漓地写出了这位龙潭镇党委书记在海堤决口抢险时临危不惧的精神品质与人格境界。但台风过后，创造了"三项主要经济指标一跃位居全县第一"政绩的霍大海，却被市纪委召去进行了几近"双规"的约谈，使读者不能不在震撼之余，生出悲凉之慨。黄子平、陈平原、钱理群先生在24年前指出：二十世纪中国文学的基调是悲凉。现在是二十一世纪的初始十年，文学中悲凉一脉仍不绝如缕。张宜春先生以《乡镇党委书记指南》，加入了印证三位学者1985年秋季谶语的行列。这意味着他并不想给自己的第一部长篇小说安上一个光明的尾巴。福楼拜曾经认为，给作品安上光明的尾巴，那是透视的虚伪，它给人带来错觉，而实际上的情况并不如人们所看到的。当人们说他们只相信看见的，事实上反而受蒙蔽于自己的视觉。

欲望时代的表象审视与深度质疑

现代城市中告别了衣食之忧的族群，并没有把心理烦恼一起告别。相反，正因为温饱不再是问题，情感与精神的问题才会浮现。但这些范畴的问题，既受性别文化牵引，又受社会地位左右，还被道德舆论钳制，往往成为现代人两难的沼泽地带。而透过沼泽地带的表象审视现代人的两难，进而质疑他们在欲望时代的行为指向，成就了中短篇小说集《玻璃晚霞》的主要旨归，彰显了作家匡民探索与思考的重心与方向。

列为小说集首篇的《羽毛划过空中》，表明了匡民对于这篇作品的看重。主人公余三，一直渴望与一个叫小白的发生"一夜情"。按照作家的设定，余三对于小白的迷恋，初源于肉体，终止于肉体。待到艳梦成真，乐极生悲，令女子一命归阴，方知她实名肖茹，并且深爱着他。从肉体欲望出发的余三，遭遇了精神层面的爱情；逆转构成的反讽，令他愕然，继而崩溃，最终"像一片雪白的羽毛，从电视台十八楼上飘然而下"。匡民的这篇作品，从两个角度向读者揭示了欲望时代男性的性取向尴尬：一、从精神分析学的角度看来，猎艳是他们对性能力确证的有效通道；余三的行状，作为男性文化中心主义诱发的传承性扩张，并不承载道德焦虑。二、肖茹的手机短信令余三震动，表征爱情使人性复苏，肖茹拯救了余三，使他免于沦为低等雄性动物，结局却是他羽化而亡。这看上去是个悖论：拯救和毁灭他，竟在同一瞬间。然而我们知道，被救的是余三的灵魂，毁灭的是余三的肉体。这篇小说令人动容的地方在于，作家暗示我们，余三用自己的纵身一跃，保护了爱情的纯洁，使之免于被其肉体玷污或一同沉沦。

《羽毛划过空中》中表达了作家对爱情与肉体如何兼容的思虑，为小说集《玻璃晚霞》审视都市男女性取向所蕴含的人性的复杂性，拓开了沼泽中的路径。沿着这样的路径，匡民开始进一步探索男性心理意识中的晦暗地带。《马桶里的金鱼》中，一个"不太得意的小说家"高玉才，深夜接到一个濒危女性刚通话就断线的求救电话。谁在求救？高很茫然。小说到这里变得饶有意趣了。男主角的大脑开始"拉洋片"，像亿万次计算机一样依次排查与自己有染的女性：柳？胡？吕？白？均难以确证。猜完女人猜男人，最后认为可能"是一个骚扰电话，一个装神弄鬼的性骚扰电话"，而恶作剧者极有可能是朋友章程，继而引发了一系列鸡鸭纠纷。谜底最终揭晓，章程是冤枉的，原来求助者是高邂逅的一个发廊女强小小，已经妊娠三月，因高未及时搭救跳江身亡。又是一个悲剧。和余三坠楼程度不同但性质相似的是，悲剧女主角是爱看《收获》的文学爱好者，高玉才向她推荐过普鲁斯特的《追忆似水年华》，因而内心格外怅然。当然，这篇悬念迭起的小说，重心不在谜底，而在猜谜的过程：借助真相的寻找，将都市文化族群中男性隐秘的心理世界一一展示出来，供读者剖析。

高玉才被展示的内心世界，在小说《鞋子》形似"库尔贝"的男主人公那里，则变得更加繁复纠结，蕴含了更多性别文化与人伦心理元素。"库尔贝"自认为本质上"应该算作一个好人，血液里漂荡着传统的因子"。不过，虽是已婚男人，却整日思谋艳遇，并归因于妻子佩的性冷淡。与彤约会时，此人同样没有道德焦虑，慨叹"偷情真好！"后因彤爽约，不经意间沉入梦乡。到这里，《马桶里的金鱼》中高玉才式回忆抵达不了的都市男性内心世界，作家以梦境的方式让我们一览无余：原来"库尔贝"的心理"内存"，全是淋漓尽致的男性幻想；女性作为幻想对象，不过是纯粹的性伴侣而已——婚外的彤与婚内的佩，无一例外。女性视角中景观如何呢？作家笔锋一转，让我们看到了人性的正能量。原来彤的爽约，是因为道德羁绊："情人决不能是你，因为你是佩的。假如佩和你离婚了，我会立刻投入你的怀抱……"作品如果就此止步，可能沦入道德训诫故事的窠臼。但匡民以心理分析作为桥段，转向开掘都市男女渴望出轨族群的共性心理。男主人公把彤因为心理戒虑未赴约会视为"心理较量"，认为只在表面上"打败"了自己。作家诱惑读者误读的是，心理煎熬使彤最终像"库尔贝"向她发出邀约一样，向"库尔贝"发出了邀约。而实际上，彤对"库尔贝"的呼唤，不过是明白了自己正在抗拒的是爱情，因而不愿意将所爱的男人拱手相让，才下决心突破道德壁垒罢了，完全是爱情排他性的产物。

作品写到这里，以爱情的名义，将真正的考验推到了"库尔贝"面前。正如读者所知道的，并无道德焦虑的"库尔贝"准备赴约。小说由此来到了关键地方：擦鞋女一句话惊醒梦中人，唤回了男主人公心底残存的柔软的人性："大哥一看就是位好人，挺恋旧的。孩（鞋）子还是旧的好，插进去舒服……""库尔贝"方寸大乱，连鞋子左右都穿颠倒了。按照文本提示，小说结尾是"库尔贝""赤足在灯影变幻的大街上漫游"——挣脱了家庭、道德与异性的牵绊，暂时拥有了自由。如果真的像鲁迅指出的那样，"娜拉"走后不是回来，便是堕落，问题倒也并不复杂。但我们相信匡民给出的结局绝不止两种。"库尔贝"的深夜"漫游"，同时也是在人性的复杂性里徘徊：可能走向彤，倒向欲望；可能走向佩，倒向责任与道德；可能回到小说开篇，重新守望与幻想着新艳遇；当然，也可能永远徘徊和漫游下去……

余三的痛苦，高玉才的茫然，"库尔贝"的纠结，有着大致类似的轨迹：初始蠢蠢欲动，继而超越道德焦虑，以出轨方式满足"生理—心理"需求；但最终，或自杀，或不安，或愧疚，或自责，或忏悔，或彷徨，无一例外地承担了猎艳的后果或恶果。因此，我们有理由认为，作家匡民用《玻璃晚霞》中的序列性作品，对欲望时代都市男女溢出传统后性取向的行状，作了审视与质疑：男性猎艳与不猎的焦虑，无关爱与不爱的宏旨；女性对于真爱的吁求，才是拯救和提升人类性灵的福音。

而小说《侍歌的诗歌一样的生活》与《自在龙》等作品，则转换了视角。作家笔力所向，不是写城市男女如何被欲望裹挟，滑向浮躁和表浅，而是写主人公对时代的抗争。侍歌，有点非主流，有点艺术气质，有点形而上学，时常口出格言，与现实格格不入，特立独行。就其命运轨迹而言，不可谓不丰富：他写过诗，画过画，入过党，做过推销，考过机关，做过"牛郎"，干过实业，办过教育，热心公益，如日中天，最终却因为找不到活着的意义而精神崩溃。这些表象，在作品中无一不是为了揭示侍歌这个时代的精神病患者人格分裂的最终原因，即喧嚣的欲望时代对他的紧紧钳制。有关这样的时代特质，作家余华曾说："那是一个伦理颠覆、浮躁纵欲和众生万象的时代，更甚于今天的欧洲。"① 察及世相，我们几乎无法驳诘余华，只有提升接受这种判断的勇气。所以当读到匡民写侍歌人格分裂症候的妙笔，我们不由不佩服作家"戏仿叙事"的力量：侍歌像民国名士一样，大白天打着灯笼在地上寻找什么；当被问及

---

① 余华：《兄弟·后记》，上海文艺出版社 2006 年 3 月第 1 版，封底。

寻找何物时，侍歌说："这世界太黑暗了，什么东西也找不到。"最终，侍歌为"人为什么活着"的无解天问而自杀于 36 岁。小说《自在龙》，同样写了一个乡间非主流青年蛐线，他青春期的混乱无助惹上无数风流孽债，最终逃离了人们的视界。匡民笔下这一脉作品不少，大多都对欲望时代人格分裂者或特立独行者的命运作了深刻揭示，从而构成了《玻璃晚霞》主题系统的又一个向度。

《侍歌的诗歌一样的生活》在叙事方法上的"戏仿"色彩，令人不难想起孙甘露《像电影那样恋爱》和纳博科夫《黑暗中的笑声》等作品，表明匡民对小说艺术的现代性濡染甚深。而小说《羽毛划过空中》的题目，举重若轻，与先锋作家张亦辉小说《人是怎么长出翅膀来的》堪有一比。那也是一篇表现死亡主题的作品：巨型吊车司机程度，因为职业的特殊性偶然窥视了歌山与史雯的两性隐秘，便开始了两个男人之间意志与智慧精疲力竭的对峙与较量，结局是程度从吊车上"像一只夸开翅膀的鹰一样飞进了黄昏的天空"。这两篇作品的主人公身份不同，结局类似，或因占有欲，或因窥视欲（一种介入式占有），导致暴力与死亡，显现了同样具有先锋意识的匡民对欲望、性、暴力和死亡主题的偏好。作家本人这样戏言，《玻璃晚霞》"几乎篇篇小说都与性有关，与情爱分不开，泛滥着浓厚的性意识"。① 而性与情爱，我们知道，几乎是现代都市文学永恒的母题。鲁田贝克曾说："性是人身上最难控制，故而也最需系勒的力量。"或许在此翁看来，二十世纪初的美国与本世纪初的中国并无质的区别："除了几个有着苛刻的超我，律己甚严的上一代

---

① 匡民：《玻璃晚霞·后记》，线装书局 2012 年 8 月第 1 版，第 263 页。

残存者之外，性之表达已被视为当然。男人理应是色迷迷的，中产阶层的女性理应对性有反应，甚或乐之不疲。""几乎性行为的每一细节都任由小说家自由自在地处理。"①20年前，贾平凹在《废都》印行时，曾于扉页发表过这样的"声明"："情节全然虚构，请勿对号入座；唯有心灵真实，任人笑骂评说。"20年后的今天，补全删节本的《废都》已经在互联网上披露；庄之蝶以放浪形骸演绎的精神蜕变，早已成为文化族群在中国社会转型期的典型表征。实际上庄之蝶的集大成表现，甚至可以说浓缩了文化族群的梦中之梦。这样看来，匡民笔下的男女、欲望、暴力、死亡等元素成为其小说叙事的重要表象，也就不难理解。匡民对于欲望时代男女行状表象的表达，应当是作家为审视与质疑而搭建的靶场。

与此同时，或然性，偶然性，乃至荒诞性，作为作家作品的又一种表象，在《玻璃晚霞》中星罗棋布，同样令人深思。在作家笔下，城乡均为欲壑，男女皆有欲望，乃至经济、政治、社会，都被欲望烧得变形失常。小说《鼠市》中大鼠沟乡"新任代理乡长"苟小锄，因赴广东考察，在花都宾馆吃到250元一道的"老鼠心肝"；出于新官上任的"三把火"，回乡养鼠、杀猫、围剿黄鼠狼，"杜绝造成鼠儿人为死亡的一切药物和器具"，终致鼠患为害，一片狼藉。"苟小锄因犯有贪污罪、赌博嫖娼罪、教唆杀人罪三罪并罚，决定执行无期徒刑，剥夺政治权利终身"。作品在以荒诞讽刺了经济过热的同时，也对欲望导致的人性变异作了力透纸背的揭示。

乡村在向城市迈进，城市在向欲望燃烧。那么，除了审视、

---

① 鲁田贝克：《性学三论·引言》，《爱情心理学》，弗洛伊德著，林克明译，作家出版社1986年2月第1版，第7、8页。

讥讽、揭示和质疑外，作家有无可能为欲望时代的城市男女找到精神的生天呢？小说《城市的脸》，或许可以理解为作家寻找出口的积极尝试。不难发现，城市作为演绎人性变异的平台，在作家塑造的另一族群视野里，基本上是负值。"黑丫"跟五叔进入城市后，曾经错认夜间花团锦簇、变幻无穷的霓虹为美丽的晚霞。但很快，被误读的城市景观便成了见不得阳光的象征。"黑丫"与城市的关系，无法不是从属和边缘化的。他进入黄老板椰树林休闲中心的桑拿浴室后，搓背兼照看锅炉，因无意间的窥视，邂逅了马莉（马三花）——一个身心备受伤害的KTV小姐。她也来自农村，同属城市底层，或曰草根，被城市作践、蹂躏，屈辱备尝。阴差阳错间，"黑丫"与马莉惺惺相惜，逃离了城市，到乡间过纯朴的生活去了。《城市的脸》试图暗示读者，城市是欲望的染缸，人性的泥潭。欲望时代的男女面对城市，要么畸变，要么逃离。我们不得不说，这样的方向虽然不乏善良，不失浪漫，却也有苦涩与无奈的一面。因为城市化的进程几无逆转，最终令人无从逃离。

中短篇小说集《玻璃晚霞》的丰富旨归，注定不会由前文完全涵括。择要而论的代价，便是忍痛割爱。最后要补叙的是，20年前的1993年，是"新表象"小说元年。那一年之前，北村、吕新、述平和李岩炜等人，陆续写出了《张生的婚姻》《南方遗事》《晚报新闻》和《说完了的故事》等作品。那些作家差不多都在将欲念或感觉的片断，作为作品的表象使用；他们都热衷于表现生活外在的形态。"新表象"小说在当时的中国构成了一股难以漠视的潮流，以至今天面对《玻璃晚霞》时，我们惊讶地发现，20年前那股小说潮汐的形成，作家匡民不仅参与其中，推波助澜，而且还将对欲望时代城市男女行状的审视与质疑，贯彻至今。这无疑是令人欣慰的。

关于叙述者的叙述

关于本书叙述者的叙述，说法这么绕口，根本无法与这部新颖、简洁、优美的著作匹配，更别说做序言的题目了。但不这样拟题，我一时还真找不到更准确的表述，只能像怨妇那样诿过于本书著者张亦辉先生了：这个狠角色。

狠角色，是我们对某人在某领域独步的惯称。张亦辉先生对小说叙述之道的研究，便是如此，因此频获施战军、宗仁发诸先生赞赏。能够这样，本书自序披露了两个原因：一是阅读，二是写作。我敢斗胆承诺为本书写序，也是缘于对张亦辉先生的阅读与写作比较了解，自觉能够给读者提供些有益的背景材料。

张亦辉先生对中外小说的大量阅读，始于1980年秋天杭州大学一个物理学本科生的自我犒赏；大量数理作业完成后对自己的慰问，是急切地捧起小说，就像捧起恋人的面庞。热恋般的阅读，让手中的作品时常被汗水或泪水打湿，那些佳作也由此感应到了知音的心跳。但是，阅读小说的机会弥足珍贵，以至本书著者当年对图书馆里有些人翻阅文学作品时的随意，感到十分困惑："你们作业做完了吗，在这里看小说？"回答是："看小说就是我们的作业。"原来世界上还有这样的作业，看小说；原来自己隐秘的精神大餐，竟然是人家的家常便饭。听那些语言文学专业的同学口吐莲花，初始不免倾心；但当对方习惯性地将契诃夫与莫泊桑、欧亨利并称后，本书著者当即得出了苦涩的结论：他们身在福中不知福，对小说的阅读过于漫不经心。好小说不该被那样阅读，好作家不该被那样谈论；或者说，那样的阅读无从颖悟叙述之道，那样的谈论必然混淆天壤云泥。

　　缘于热爱的阅读，让本书著者长期浸润在大师巨擘的心灵世界里；创造理性的油然生长，使二十世纪八十年代后期中国先锋作家方阵中，必然出现张亦辉先生的名字。当然，他小说创作的原因，不唯阅读时对叙述之道的探幽入微，还与他心灵的漂泊和生存的艰辛有关——那也许是成就一个作家的另外两个因素？我不能肯定；能够肯定的是，1984 年秋天，我的故乡——中国东部的一座港口城市，在日本人修建的旧式火车站里，迎接到一位包里装着物理学位证书、怀里却揣着文学梦想的浙江东阳人。那以后的十八年里，身为高校教师的张亦辉先生，在异乡烟火的炙烤中，毅然以走向内心的姿态——大量的阅读和写作，疏离滚滚红尘。差不多是踩着他的脚印，后来我也从北师大调回那座沿海城市；不久即因编辑小说的缘分，结识了张亦辉先生。当时，他用自己的处女作——中篇小说《螺峰的故事》，叩开了《连云港文学》编辑部的门扉。最早发现这位青年作家过人才华的，不是我，而是编辑部的刘晶林先生。他敏感地注意到小说作者的叙述语言生动而又富有生活质感，兴奋地推介给我；自那以后，编辑部与我家里的大门，便永远向张亦辉先生敞开了，无论白天黑夜，不避雨雪风霜。某个冬季的雪夜，张亦辉先生造访寒舍，我家炉子里的煤球很不争气，无论怎么倒腾，都无法阻止它奄奄将熄。后来我索性扔掉手里的火钩，展读张亦辉先生的小说新作，渐渐地，感觉煤炉表现如何已经并不重要；因为手里稿纸上的小说以每页 300 字的频次生出热量，足以抵御阵阵袭人的寒气，让读者与作者的脸颊同时兴奋到泛红。

　　隔三岔五的畅谈，令我对张亦辉先生小说阅读的质与量十分服膺；对他小说创作的新异品味极为喜爱，感觉作者对当代人陷入生存与精神困境那种茫然、恍惚和不适感的表现，尤为别致深刻。由于已经负责杂志社工作，我开始不断为张亦辉先生小说发布头条、推出小辑和配发评论；同时，又专设了《作家看作家》专栏，定期发表他研究纳博科夫、尤瑟纳尔、莫迪亚诺和卡佛等当代外国作家作品的文章。正是在那些视野广远、发现独到、见地不凡的文章中，读者见识到了张亦辉先生的小说创作与研究，"南山与秋色，气势两相高"，代表了那座沿海开放城市的文学高度，使他在二十世纪九十年代初，即与韩东、朱文、毕飞宇等并称江苏文坛，被引领中国文学潮头的《作家》杂志和《北京文学》《小说界》等推重，直至如今的《人民文学》。

　　《人民文学》和《作家》杂志联袂推举张亦辉先生关于小说叙述的研究，是二十一世纪初始十来年的事情。此时张亦辉先生已经离开了我的故乡——那座依山傍海的城市，回到素有人间天堂之誉的杭州，执教于浙江工商大学。似乎是命中注定，我也在几年后别离故土，追随他来到钱塘江畔；重新为邻，正好见证本书著者的治学进入黄金时期。近年来，张亦辉先生《小说研究》《穿越经典》等多部专著相继问世，同时结集出版了中短篇小说集《布朗运动》。因此读者不难发现，本书著者实际上是一位作家型学者，或者说学者型作家。不仅如此，从他小说集的命名到本书第三辑的研究维度——"叙述动力学"，读者一定能够透析出学源与专业对他创作和学术的影响。这一方面见出梦想牵引的力量是何等强韧，让张亦辉先生跨越本科物理学与硕士管理学的天堑，登上宿命的文学之岸；另一方面，整合思维的全新方法，也为文学，特别是小说，带来了不同学科的清新空气，从而推进了中国当代小说关于叙述艺术的思考与研究。

如今，张亦辉先生数十年来对心仪作家的热爱与心契作品的迷恋，都集结到了这部题为《叙述之道》的新著中。作家不论中外，作品无分古今，都因为本书著者的心智与心血，凝结为吉光片羽般的段落与文字，优异而轻灵地来到读者面前，呈示出小说叙述艺术各种维度与各个层次的魅力。张亦辉先生对小说的阅读，心态不是审视，而是鉴赏，不是甚解，而是会意。这就像踏访山川，优游江河，大千世界开眼入心；或者像流连花圃，细览名卉，匠心被你顿悟，壶奥为你敞开。因此，《叙述之道》中的五辑文章，于叙述，是发现，阅千剑而识器；于读者，是分享，心语皆是福音。全书二十五篇文章，呈现的是叙述的神妙，揭示的是叙述的精髓，探测的是叙述的动因，展示的是叙述的谱系；支撑的个案，则是现当代已经进入和必将进入经典序列的中外作家作品。尽管张亦辉先生自谦本书为"体系的碎片式戏仿"，甚至有意规避体系的建构，但我相信，熟谙悖论现象的读者依然能够从全书篇章构成的矩阵中，感受到本书对于叙述之道的构建，是系统的、自洽的和富有创见的。

在这篇机会珍稀的序言里，我原本想细陈张亦辉先生对于叙述艺术的洞察之独特，以及他对于叙述之道的叙述之美妙；但是，面对全书闪烁着宝石般光泽的文字，我蓦然意识到这种"原本想"，无异于"剧透"般的鲁莽的冒险，而且注定"有险无惊"。我于是毅然决然地放弃了这个念头。相信读者会因为阅读本书后的惊讶、会心、愉悦和禅悟，发现我的放弃是明智的。

文学叙述谱系的构建

1984 年夏末或秋初，有个 20 岁的年轻人，提着轻便的行李，从杭州大学启程，登上了开往中国东部一座沿海城市的火车，到那里的一所高校任教。行李轻便，是因为梦想沉重；或者说，年轻人用相伴终生、如影随形的梦想，加重了那座海滨城市在文坛上的分量。因为他的小说创作，文学界对那座中等城市的评价远超中等；《作家》《小说界》《北京文学》《世界文学》等杂志，都知道先锋作家张亦辉，即该书著者，就生活、工作在江苏省的连云港市。那样的影响，持续了十几年，直到张亦辉调回阔别的故土——自古繁华的浙江省杭州市，进入浙江工商大学执教。38 岁的张亦辉重游西子湖畔，业已不再年轻；但在 10 年之前，他的辞别依然成为连云港市文坛的失重事件，给人留下了难以磨灭的印象。许多作家和诗人伤心欲绝，有人当场号啕大哭；以至 5 年以后，有人甚至辞官不做，追随张亦辉来到钱塘江边，在浙江工商大学附近安了家，这见证了张亦辉精神上巨大的吸引力量。

　　说起来匪夷所思，三十多年前，张亦辉获得的学士学位，是物理学；之后不久，读取的硕士学位是管理学；高级职称定位的学科，是经济学。而他执教的学科与专业，却既非物理学，亦非管理学或经济学，而是文学、是小说、是写作、是人文经典。为什么会是这样？跨度的确令人惊讶，但这却昭示出张亦辉人生追求的定力和清晰的方向感。他 2005 年出版的专著《叙述之道》，透露出答案的些许蛛丝马迹："生命中有过多年的小说创作经历，始终倡导先锋文学的《作家》杂志曾让我体验到写作的成功大约是怎么一回事。"情况差不多就是这样。事实上，张亦辉的社会影响，正是缘于其先锋小说的创作成就。在江苏省，他与毕飞宇、韩东、朱文等作家齐名；在《作家》杂志，他的小说不仅被推为头条，还刊发过"个人小辑"——同期登载中篇小说《布朗运动》、短篇小说《上楼或者下楼》，并配专题评论，从而奠定了他在先锋作家行列的中坚地位。

　　以小说为梦想，以梦想为天马，既打造了张亦辉在中国东部那座沿海城市的传奇色彩，也铸就了他在这个意义不断被消解的时代中令人费解的价值取向：对金钱和地位的漫不经心甚至无动于衷，对于文学及叙述艺术近乎古怪的激情与挚爱。在我们所处的世界上，拥有类似执拗个性的人，不是没有，却不是很多：玛丽·斯可罗多夫斯卡是，豪尔赫·路易斯·博尔赫斯也是。张亦辉，显然行走在他们这一脉人当中。他曾说："对我而言，文学既是梦想又是宿命，给过我狂喜也给过我绝望，但不管怎样，我依然认为文学永远是让拘束纠结的内心完全敞开的最好方式或途径。在这个喧哗与骚动的世界上，我始终觉得只有文学才能让人真正体味到生命的充实和宁静，在这样的宁静里，你方可听见灵魂的声音。"

　　张亦辉新近出版了一部对中华传统经典解读的著作，题为《穿越经典》。在我看来，经典固在，在图书馆的书架或书房的书橱里，在互联网的电子文库中，安静地等待着；它们是人类先哲的精神，是期待对话的灵魂，而不是静候解剖的标本。作为作家的张亦辉观照经典，能够在"生发学"机理上，与创造经典的前贤拥有更多的思想契合与情感共振；而学者看待经典，通常会先行构建视角，再用放大镜甚至显微镜，按照理论体系自身的方法，上三下四，左五右六，寻找与其观点相洽的关目，然后或六经注我，或我注六经，最终写出一摞批评学意义上的自说自话——尽管也自洽和不无道理。这样的区别，对于厘清"作家型学者"复合体中先"作家"而后"学者"的顺序，意味是深长的。

　　时间被标注为二十一世纪的今天，张亦辉淡出江苏省连云港市文坛，已经十几年了。在钱塘江畔执教期间，他先后出版了文学论著《小说研究》、中短篇小说集《布朗运动》和理论专著《叙述之道》，基本完成了一个先锋作家有关创作实践与理论思考的"互文"，将小说创作与叙述之道、作家作品与思潮现象的探索，系统地展示给了读者。《人民文学》一再推出张亦辉的《叙述》系列文章，更是见证了该书著者对于叙述艺术的深切感悟与思考。然则一个以汉语为主要武库进行小说创作的先锋作家，转身以学者眼光打量中华人文经典时，会有怎样的气象，就有理由成为人们的期待。特别是张亦辉在中国东部那座沿海城市结识的朋友们，期待尤甚。张亦辉知道这样的期待，一如他知道对于熙来攘往的世界，经典同样期待被激活，渴望重生。他没有辜负这份期待，用了 5 年时间，遴选了部分华文经典，进行了"创造性阅读"："那些整体意义上的情感共性与精神原型，以及内部与细部的魔力与神性"（著者语），不仅被他发现，而且获得了深入、系统的阐释。《穿越经典》五章十七节，拜读之后，令我忆起厄普代克对于博尔赫斯的评价："他的小说具有论辩的紧密质地；他的批评论文则有虚构作品的悬念和强度。"我的感受则是：张亦辉的小说为汉语写作创造了"一种难得的'阅读—省察'性"；他的理论著述则体现了"作家型学者"在审美精神领域充分的理性自由。

有关《穿越经典》著者的信息，只是本文补缀的维度之一。而书中涉及的经典，即呈现给读者的为什么是《诗经》《论语》《庄子》《史记》与陶潜诗文，的确令人思量。以我的浅见，上述经典文本，几近勾勒出一千五百多年前中华人文精神的一个图谱。研究华文经典，儒道当为首推，故《论语》《庄子》以两极入围，乃是应有之义。南怀瑾先生曾谓儒为"粮店"、道为"药店"，虽为调侃，或许从某个角度道出了孔子与庄子哲学的分野。但无论入世出世，其世相最终都要通过历史中人来谱写，故该书又将《史记》纳入观照范畴。而华人精神序列所衍射的丰富图景，修齐治平、仁恕孝悌，抑或养生主、逍遥游并不能够穷尽；至少，用德国诗人荷尔德林的说法，还有一个"诗意地栖居在大地上"的问题。中国是一个诗的国度。"六经"之中，《诗经》居焉；有诗，而后可以"诗意地栖居"。因此，该书从《诗经》介入，便疏浚了华人精神世界的源头，亦即探赜到了灵魂的家园。说到这里，我想起英国作家爱·摩·福斯特试图给小说下定义时的一个有趣的比方，大意是小说是两座山峰之间的一片沼泽。福斯特比方的缺陷我们姑且不论，他所说的"两座峰峦连绵但并不陡峭的山脉"，即指的是"诗"与"历史"。张亦辉同样是小说家。在他的视野里，诗与历史，正如中国古典哲学中的儒、道一样，想必也同样处于两极。因此，将《诗经》与《史记》一并辑入该书，也就顺理成章、不难理解。作为绾结该书的典型个案，张亦辉选取了陶潜诗文，大约缘于此人儒道咸宜、亦官亦民，但却真正体现了"诗意地栖居在大地上"的境界。这样，该书中涉猎的经典文本，就中华人文精神图谱而言，虽非巨细无遗，却也择其概要，算得上是撷英咀华了。

当然，描绘出中华人文精神图谱的全息影像，殊为不易；如果在更大尺度的时空坐标中扫描，读者或许觉得该书似有遗珠之憾。在这里，我得说，对于中华人文精神图谱的大致勾勒，实际上是我对该书所涉经典文本的粗浅认知，并非张亦辉著述初衷。特别是，张亦辉以陶潜诗文绾结全文，还有更为重要而又隐秘的意图，这一点我们将在后文述及。而该书的治学方法——"穿越"，张亦辉倒是有意为之，从而构成了该书与众不同的特质。

"穿越"的含义和语境，读者不难在张亦辉的"自序"中廓清；该书中对经典文本以什么方式和做了哪些"穿越"，开卷即可察知，拙文不便饶舌。张亦辉之所以能够在螺旋时空和不同学科之间从容穿越，可以从诗歌、散文、小说、电影等不同的体裁之间自由进出，并且在古今中西的诸多经典作品里信步往返，这样的"穿越"，推想起来，当与他跨越物理学、管理学、经济学和文学等多种学科，进而形成了复合型知识结构不无关系。这是其一。其二，能够如此"穿越"，可以认为该书具备了一定的方法论色彩。实际上，春秋以降至于秦汉，中国的文、史、哲并无明显分野：一部《论语》，哲学、文学、政治学、伦理学、教育学等多种学科，几乎都可以从中追根溯源。按门类、学科和专业对人类早期的知识集成分门别类，是工业文明带来的"科学思维"的产物。因此必须承认，从混沌到有序，并非事物本身主动按门类与学科作了自我区分，而是人们在认知过程中受"科学思维"影响生成的错觉。由此看来，张亦辉对华文经典所做的"穿越"，上穷碧落下黄泉，众里寻他千百度，以作家的创造性思维为主导学理机制，其渠道融通诸多领域，其方法贯通各种学科，突破了理论体系之间的壁障，无疑是一种富有活力的研究方法。而假如学科之间壁垒森严，角度与方法鸡犬之声不闻，经典中那些貌似无关、实则神秘存在的联系，即张亦辉所说的"那些整体意义上的情感共性与精神原型，以及内部与细部的魔力与神性"，便有可能被切割、肢解、腌制、风干，审美客体只能失去耦合状态下的整体鲜活性。法无定法，张亦辉的方法，浑然而又灵活，庶几可以抵达真谛的最大临界值。

既然我们知道混沌是事物的自在状态，既然我们不难承认张亦辉的研究方法新颖有益，那么，现在，也许是面对该书发现的时候了。作为全书压卷的《无弦之琴》，无疑格外值得关注。张亦辉在充分阐释了陶氏文学叙事的"缄默诗学"的"忘言、不言、互文"等要义之后，腾出笔墨，写了一段"尾声或高潮"的文字。正是这段文字，道出了这部专著选择《诗经》《论语》《庄子》《史记》和陶潜诗文入书的初衷或曰最终意图：借助上述人文经典，著者发现并建构起了"文学叙述谱系"——文学写作的"极大值→中间值→极小值"表达序列！这是全书最为核心的理念，亦可以理解为张亦辉以此书打造的汉语写作"叙述之道"。读者读罢"尾声或高潮"后蓦然回首，会发现此道在全书中"一以贯之"，即从庄子的"极限表达"到陶潜的"缄默诗学"，足可系统整合、梳理诸多表达范式，诸如微言大义、寓言述道、春秋笔法、互文见义、言此意彼、异位移植、细节制胜、心理还原、形象说事、话语现场、虚词连缀、复沓、累叠、比、赋、兴等，均可以像梁山泊英雄一样，顺利地在叙述谱系中一一排定座次。在这样的基础上，张亦辉让我们信服了为什么《诗经》是汉语修辞的发轫、《论语》是微言大义的富矿、庄子是极限表达的至尊、司马迁是中国文学的叙述之父、陶潜是沉默诗学的达人。

　　当然，该书的发现星罗棋布，文字行云流水，论述纵横捭阖，剖析游刃有余，引证左右逢源，真正体现了"作家型学者"著述的风采。任何文字，都应"行于所当行，止于所不可不止。"这篇序文也不例外。在文末句号出现之前，我想告诉读者的是，当年在张亦辉饯行宴会上情不自禁、号啕大哭的人，是作家李建军先生；后来追随张亦辉来到钱塘江畔，并在浙江工商大学附近安家的人，是我。张亦辉曾说，我们的友情不受时空的磨损。因此，李建军先生无须为当年洒泪而赧颜，我却为自己延宕了五年才辞官不做而羞愧。

复活生命的维度

李雪冰的散文集《梦花落原乡》，即将由江苏凤凰出版集团江苏文艺出版社推出。作者让我写篇序言，令我既惶恐，又难以推脱。惶恐的是我虽然从事文艺研究与创作多年，但为本书作序，自觉分量不够；难以推脱是因为我较为了解作者，且书中大部分作品在作者博客贴出时，我都及时读过，并做了一些点评。既然承蒙看重，我只有勉力为之，写下一点粗浅认识，就教读者方家。

在我看来，《梦花落原乡》最值得关注之处，是作者书写自己的生命原乡时，能够让时间停下，让空间展开，从而复活了自己留存其间的生命维度。人的生命都是有时间长度的；由于生活空间的变化，生命过程遂被切为若干时段。当我们回眸来路，大多希望承载记忆的事物尚在，以此确证生命不虚。但是，逝者如川，不舍昼夜，许多东西渐行渐远，比如乡村文明。这无疑令人伤感。有些回顾乡村的文章，虽然梦绕魂牵，却无从摆脱时间因素的干扰；特别是那些以事件为回忆支点的作品，由于时间始末因素的影响，不得不令回忆走向终结，从而加重了那份伤感。这样的现象，既受霍金"时间箭头"的左右，也与我们的日常经验有关。因为从古至今，从小到大，从生到死，伤逝如斯，无一可逆。即使普鲁斯特的《追忆似水年华》，也没能摆脱时间的魔咒。这使我们很难从生命的现象流程移开目光，渐渐地，也就习惯了对于生命的线性表达。我写作多年，受故事情节的牵制或驱动，着实无法让时间不再"前进"，时常扼腕。然则生命最本质的东西，便会由于时间的"前进"而难以留存。你挽不住时光，也就留不住生命，这是令人纠结的地方。

　　但是，李雪冰的《梦花落原乡》让我感到，作者在发展中的文学图谱上，又朝前进了一步。她捐弃了时间叙事的方式，转而从生命的空间维度上做文章；不再借重故事和情节，而是执着地打开多维空间，让时间无法"前进"。这样，读者就能够从容地打量作者童年和少女时代的身影，怎样以全息的影像活跃在那些不同的空间里。其中，有父亲的故乡鲁南郯城，有母亲的故乡苏北赣榆，也有动乱逃难的异乡海州锦屏。继而，你会看见生命的众多延伸维度：父亲的亲族一脉，母亲的亲族一脉，同胞兄弟姐妹一脉；更远的，是乡邻的同辈乃至长辈一脉。这还没有结束，作者还大量书写了她与村镇中的诸多事物、动物、植物、田园、河流乃至大自然的阴晴圆缺、雨雪风霜之间的密切关系。在那些真切、灵动、细致、温情的文字里，你能够看见民间风情，看见时代印迹，看见贫富世态，看见生活情趣，看见人格胸怀，看见童稚心理……作者的童年际遇和少女情愫，差不多构成了二十世纪 60 至 80 年代的少女个人心灵史，其中有喜悦、欢欣，有感恩、忏悔，有童趣、幽默，有羞涩、委屈，有辛酸、沉重，有惊悸、忧惧，有梦想、憧憬……那便是生命的多重维度，是被复活的生命自身。

　　当然，《梦花落原乡》的文字表达，语感鲜灵，意境隽永，也颇可称道。作者脉承了中国现代散文传统，文字既有谢冰心的细婉，也有朱自清的生动；但更多的，还是作者自己独有的韵致。这种韵致主要体现在三个方面：第一，作者在写景和状物时，文字里神奇地葆有童年的心理与视角特征，使许多现象和事物仿佛拥有了鲜活的生命。细察起来，一则也许在儿童视野里，那些事物与现象原本都是有生命的；二则作者在童年确实能够读懂小动物的眼神，听懂它们的言语；三则是作者对童年心理印象深刻，以笔力复活了当时的记忆。第二，作者无论写故园、写土地，还是写母亲，对许多情节与场面的处理，大多能让笔墨节制，让文章留白。话不说满，读者就有审美空间；凡是读者能够颖悟的，尽量含蓄，留出想象空间，因而许多篇什的结尾，余音袅袅，很见匠心。第三，无论写现象、写事件、写情绪、写感悟，作者都善于通过方言俚语的解耦，营造出别致的语感韵味来。方言俚语是文化多样性的基因，其中蕴涵的乡村原始密码，不仅能够给文章带来悠长回味，还具有人类文化学的标本与文献价值。

最后，我想介绍一下本书的作者。《梦花落原乡》的作者，也许会让读者略感讶异。她是高校教授，同时是公安部第 11 届"金盾文学奖"长篇小说奖获得者；她是江苏警官学院指纹博物馆馆长，同时是省首届公安优秀女警官；她是学院首届教学名师，同时是省巾帼建功标兵；她有众多课题成果和学术论文，同时还在《钟山》《雨花》和《扬子晚报》等报刊频繁发表作品。

她令我自豪；因为，她是我妹妹，我是她书中几次提到的"三哥"。

我有两个妹妹，长相酷似，曾长期令人难以区分，因为她们是双胞胎。如今，一个已经成为江苏省知名作家，获得过江苏省第 8 届"五个一工程奖"、第 5 届"紫金山文学奖"和公安部第 11 届"金盾文学奖"，名叫李洁冰；另一个，即警界荣誉加身并与她的妹妹共获"金盾文学奖"的本书作者，李雪冰。

两个妹妹如此出众，功不在我。如果追根溯源，父亲首先应当进入视野。他 1928 年出生，15 岁参军，背包里捆扎的稀罕物件，竟然有读私塾时的"文房四宝"。但在八路军的武装工作队里，父亲打仗并不怯阵，敢于冲锋在前，以致过早负伤，成为荣军。父亲博览群书，对我们的青少年时代影响甚深，书中多有记述，自不待言。需要同时向读者推重的，是我们的母亲。母亲比父亲小4岁，16岁参加革命，是经典电影里常见的剪着齐耳短发、腰间扎着武装带的妇救会长形象；与父亲婚后，育有三儿三女。说到这里，读者会很快悟到，我们家的情形与一部韩剧的名字相似——《六个孩子》；不消说，生活状况，也与那部韩剧内容相近。在"三年困难时期"和"文革"中，一个八口之家，活着尚且成为问题，遑论其他。但是，在二十世纪中后期最艰困的若干年里，我们兄弟姊妹六个不仅一个不少地活了下来，而且除大哥14岁参军，后来成为著名剧作家外，其余五个，全部在恢复高考后五年间陆续考入大学，成为那座县城不多见的佳话。母亲是怎么做到这一切的？她对自己的六个子女特别是本书作者，又具有怎样的渊海影响？书中的"春晖篇"，会让读者读出温暖的答案。

中国散文最优秀的传统，是书写作者的真性情。《梦花落原乡》中的篇什，不仅是李雪冰对故园、对土地、对母亲的真实情愫的记录，也是她生命维度的真切展示。作者曾向我表示，生如夏花，逝如秋叶；叶落归根，自然是生命的轮回与延续，而回眸过往的生命，除了瞩目远去的故园，还有梦中的朝花夕拾。所谓秋叶知生意，梦花落原乡。相信阅读本书，你会看见二十世纪60至80年代中国北方的乡村，不仅没有"行走在消逝中"，而且与李雪冰的文字怡然相伴，正款款向你走来。

月意象与精神家园

马永娟将自己区别于其他作家的特质，是散文中如影随形的"月意象"原型、对性别角色的序列性思考和不失幽默的微观叙事。作品中时或流露的对于工业及后工业文明的质疑与焦虑，既缘于现代科技"双刃剑"的属性，也源于作家童年记忆在正向迁移过程中参照系统的陌生化。这一现象覆盖了众多作家，显现了人类在寻找与建设精神家园进程中的两难；而马永娟的善良、率真和理性自觉，则使她作品的思辨与审美空间获得了有效拓展。

一、"月意象"与女性生命的律动

散文《走进春江花月夜》和《唐诗中的月亮》，谨慎地透露出马永娟对于"月意象"的偏好。在作家结集出版的散文集《给自己点支烟》中，这两篇作品被分别置于首尾，推测与她想以此来绾结全书的意图有关。

1. 关于"月意象"原型

马永娟毕业于南京师范大学中文系，就学源而言，自然少不了六朝古都中"秦淮明月"的濡染；我凭直觉猜想，《唐诗中的月亮》可能脱胎于作家的本科毕业论文。因此，说起月亮，任何试图阐释其中国美学精神的人，面对马永娟，也许都应该放平心态，看一看在那篇长达六千余言的文章中，作家是怎样从七个方面，对中国文学自神话以降，特别是唐诗中有关月亮的表意系统进行梳理和阐发的。当然，马永娟文中的分类方式可以探讨；但作家在她所擅长的虚拟情景演绎中，对进入"月意象"范畴的理念，诸如至善至美、冰清玉洁、清澈澄明、超凡出尘、禅趣清境、乡愁旅思、思亲怀友，以及团聚与孤独、圆满与缺失、和平与战乱、高洁与污浊、永恒与短暂、天上与人间等，都做了系统和富有深度的剖析，从而构成了对于作家与读者的双重意义。

对作家而言，"月意象"在她的文本中具有原型意味，可以作心理→精神层面的分析。荣格在他的人格面具学说中，认为男性心灵中有女性一面（阿妮玛原型），而女性心灵中有男性一面（阿尼姆斯原型），这是针对集体无意识中的原型交叉渗透而言的。而马永娟散文系统中"月意象"原型的频繁出现，表征的也许是作家性别角色自我认同的意识。因为月亮、夜晚等意象，在中国传统哲学与审美经验中，与女性、母性相关，在旨归上几乎是全方位契合的。马永娟喜爱"月意象"，对月夜情有独钟，或许表明她不惮认同自己的性别定位——虽然她时或在作品中写到自己"全不顾及半点淑女形象"（《脱下高跟鞋上羽山》），证明着荣格"阿尼姆斯原型说"的不谬——同时也是中国传统文化在作家心理深处积淀的产物。如此烦言不要的说法，换成简单的表述，即女作家喜欢"月意象"原型，也许正是其人格力量的对象化。

对读者而言，则可以从文本中见证作家心迹。先说"性别角色自我认同的意识"，我们看《午夜听潮》中作家对大自然的体察："夜是母性的，海也是母性的，我在这双重的母性中找到了安全感。"再看作家如何认知自我："星月交辉，潮去潮回。思绪轻舞飞扬，不如不归。潮啊，今晚，请让我来做你的新娘。""做新娘"的话语方式和角度，是典型的女性意识表征。而作家对"月意象"的青睐，在作品里俯拾即是。《走进春江花月夜》是散文集《给自己点支烟》的首篇；置于篇首，表明马永娟毫不掩饰对"以孤篇压倒全唐"的《春江花月夜》的钟爱。作家以虚拟手法，跨越时空，幻化出"一袭青衫的你"作为主体形象，分四章来解读、阐释与演绎张若虚的长诗。其间有意境再造，有心境融入，有联想，有感喟，有对时光永恒的感悟，有对现代生活的反思，写得丰沛、从容，显现了作家的创作才华。《月光不锈》同样体现了马永娟对"月意象"的喜爱与作家的创造性。我们曾经对李白诗句"长空月落飞明镜"

的想象力钦羡不已，但看马永娟此文标题中一个"锈"字，依然不由得击节称赏；细看文本，"从空中到地上，一片白刷刷的亮像极了流逝的时光，固然有些陈旧，却是永远都不会生锈的"。想象与感悟融合，与"二八月圆之夜，飞镜重磨"等话语互文，其意念的链条十分完整。后来我在友人诗句中兀然见到"阳光不锈"的字样，对其东施效颦的做派哑然无语。

马永娟珍爱"月意象"，在许多作品中不惜浓墨重彩加以抒写。写月升，是"嫦娥刚刚出浴"（《月光不锈》）；写月光，其"照耀下的海，多了几分妩媚，少了几分沧桑"（《午夜听潮》）；写月夜感受，是"月，宁静，淡远。在这个超然静美的氛围中，一种久结的情思自心底冉冉升起，一份温馨的回忆从脑海中层层涌出"（《却道天凉好个冬》）；写月亮对于人生的启示，是"相拥着走出小店，外面月光如水，如水的月光把我们的心空洗得晶莹、清亮，纤尘不染"（《英子》）。在通过散文创作进行审美体验的过程中，作家除了让"月意象"的境界与情怀"温暖和滋润我们焦虑的心灵"，同时完成了自我的精神力量的对象化。

2. "女性生命的律动"

月与夜有关，月夜与女性有关；而女性相对于男之为阳，属阴，是"第二性"，这是传统思维的产物，东方尤甚。而在西蒙·波伏娃和李银河看来，女性不同于男性，仅此而已；没有理由将阴阳、冷暖、主次、内外、强弱等价值理念硬性分配给上述两种性别，并演绎出一系列话语权力。在这个意义上，我们说马永娟散文中"月意象"原型，表征的"也许"是作家性别角色自我认同的意识，这是因为：一方面，我们必须警惕方法论在行文中带来的"视网膜效应"；另一方面，说明我们对作家之于"月意象"原型的确证，远不如对她文章中"女性生命的律动"的指认，来得那样肯定。

这是确定无疑的：马永娟在散文集《给自己点支烟》中，从女性的向度，解析和表现了一个首尾衔接的生命序列，这也是马永娟与读者分享的最可宝贵的心路历程：她怎样走过童年、如何理解父母、怎样嫁为人妇、如何面对家庭、怎样理解男女友情、如何认识爱情、怎样初为人母、如何养育女儿……这是真切的、完整的"女性生命的律动"。就其现象学意义与实证价值而言，远胜诸多文学作品的虚构想象和经院哲学的烦琐考证。

作家对自己作为女童的回忆，我们留待下文分析；这里先看她如何从血缘角度来体察父母的艰辛。《平淡的母亲》告诉我们，相夫教子的母亲虽然平淡，但在子女心目中"是一位好老师""母亲的电话于我，是寒冬里的一炉炭火，盛夏里的一荫清凉"（《母亲的电话》），其内容不只是母亲对女儿的嘘寒问暖，还包含了女性之间的通感：对于女儿与女婿的吵架，老人家有如先知；宽慰之后，次日清晨便带来了棉套与女儿最爱吃的三鲜面疙瘩汤。这些细节所传递的袍泽女性的生活况味，确实动人心扉。在散文结集出版时，马永娟将《父亲》一篇排在母亲后面，不经意间昭示了自己的价值取向。作家记叙了一位平淡的父亲，但十分可贵地完成了从"小我"到"大我"的转换："放眼四周，尽是父亲一样的人们，他们用他们的真诚和平实，支撑着一个个家庭，也支撑着整个社会。"由父母的血脉上溯，《清明的忧伤》为读者寻觅了作家的根系。作家面对祖父母，"清明的表达，如同那野坡上灼灼的桃花，闪烁着不灭的光华"；面对先人的坟茔，马永娟书写了脉系传承，旨归却不全在自我："明天，我们会在坟里，而我们的孩子以及孩子的孩子会在坟外，这既是人类相同的归宿，又是人类生命的延续。"

自然，最令读者心旌摇荡的，莫过于作家再现离开父母嫁为人妇后的篇什。我读《嫁日》时，不由得想起25年前听过的小柳留美子首唱的《濑户的新娘》，内容是即将嫁到濑户内海某座小岛的新娘的心情及其对新生活的决心。两相参照，可以帮助读者深入理解何谓"初嫁心情"。《嫁日》以女儿对母亲倾吐心声的第二人称角度与口吻，写期待、紧张、恐惧、猜疑；写烦躁、忐忑、担心、失落；写六神无主、信心和决心；写得情深意长。而《初为人母》更甚，连续写了"八个"切肤感受，表达了作家从女子到母亲的复杂滋味：牵挂、疼爱、自豪、辛劳、耐心、紧张，百味杂陈；当然，更多的是面对新生命的喜悦。我相信，这是女性作家的优势，是"男人止步"的领域，正所谓"纸上得来终觉浅，绝知此事要躬行"。

在以家庭为细胞的社会机构中，嫁为人妇、生儿育女之后，女性生命律动的艰辛才真正开始。马永娟以《夫心难测》《母亲的电话》与《警嫂》等作品展开了对于夫妻生活的苦与乐、爱与恨的挖掘；以《我家有女初长成》和《母亲的期待》等篇章对生命延续的欢乐、母女一体的通感、孩子的天真烂漫、养育子女的辛苦以及母亲对女儿宽严两难的尴尬，描述出一个饶有意味、令人会心的生活链条。在这个基础上，如果我们对加西亚·马尔克斯"男人们在破坏世界，而女人们在收拾世界"的说法表示认同，如果我们对《百年孤独》里终生辛劳的乌苏娜记忆犹新，那么看《女人的唠叨》和《女人的手》等作品时，会显得格外动容，因为它们具体入微地展现了家居生活中女性的酸楚与困窘。前者有发现，有思考，阐述了"唠叨"的历史源流、社会土壤与生成的心理基础，令人信服地道出了"唠叨"是艰辛外化的结论；后者细节的力量令人怦然心动：当女人以手抹去女儿脸上雨水时，"女儿捂着脸说：'我自己来，你的手碴人'。"女人的手从《诗经》中的"柔荑"蜕变为生活中的

"硌人"，或许可以使某些男性读者幡然服膺女人的"唠叨"。

当然，我们说马永娟对于女性角色作了序列性的思考与表现，更重要的，是缘于作家的以下作品，它们构成了作家有关爱情观念的体系，表达了对于女性人格与价值尊严的探索。《为自己点支烟》中的"女人遇上爱情，就像一支烟遇上了火，注定了化为灰烬的结局"，可以理解为马永娟关于爱情的核心理念：全身心投入、毫无保留的牺牲。"留下或长或短的躯壳，诉说着曾经的慷慨激昂，曾经的低吟浅唱，曾经的完美精彩，曾经的执着疯狂"。这是马永娟式的富有浪漫才情而又不失辩证理性的认识，敏感而又别致的表达。本篇引出的潜在问题是，如果人生如烟，你点燃还是不点燃它？思辨的空间瞬间扩大，而此问题恐怕也成了天问。《围城之内》对于钱钟书先生的"围城观"无疑有所突破："钱老先生不知道，在这声色诱惑比比皆是的社会，想出来的多是男人，女人却疲于奔命。既要防想出去透透风的男人，还要防想进来观观景的女人。守城成了女人婚后最不容失败却又最易失败的任务。"此文对于男女犬牙交错的婚姻关系的描述，是全景式的，可谓女性面对婚姻问题时的"心理路线全图"；读者在解读了女性婚姻心理的同时，也可窥得世相斑豹。《怕老公的女人》先揭"怕"的真谛根源于"爱"，而后从性格差异、职业差异、爱好差异道出了夫妻间的情感辩证法，并给了读者一个沉重而又温馨的结尾："生日的时候，他手捧十一朵玫瑰走进家门时，她便开心得只想唱。虽然为了这一天，她得忍受一年。"《短信情缘》以成熟的心态表达了信息时代所谓情缘适宜"发乎情，止乎理智"的观念，属参透了世间事理的价值判断。而最有意味的莫过于《圈养 VS 放养》。不会有读者去较真马永娟的"女权主义阴影"，宁可把标题理解为作家善意的幽默："在爱情生态环境如此恶劣的今天，对男人圈养抑或放养，这是一个问题。"文章在畅谈女人攻守之道的同时，顺手将辜鸿铭先生男女关系应似饮茶壶杯比例的观点调侃了一把；在剖析了"圈养"与"放养"的利弊之后，作家也给出了一个辩证结论："圈养也需要自由，放养也需要限度。"这不由得令人想起《围城之内》结尾的理念："有了独立的自我，才能活出自己的尊严。"事实上，我们相信作家本人也知道，对于帷幕厚重的人性来说，对于摇曳不定的现实来说，情感与婚姻的问题复杂而又深邃，绝不是哪一位作家哪一篇作品，能够用表达剀切的书面文字廓清和解决的。

二、关于精神家园的焦虑

散文集《给自己点支烟》中收录了作家 80 篇作品，其中有不少抒发热爱故乡情感的文章。我们在浏览马永娟笔下山水风物的过程中，不难觉察"谁不说俺家乡好"的心理，怎样驱使她在赞美故乡时不吝笔墨。《苏马湾的空气》以活泼的文笔，将中国东部的一座生态海滨浴场的空气，描述得那样清新、浪漫、优雅和富有灵气，令人心驰神往，以至相信"走进苏马湾，你就走进了心灵的伊甸园"。《独坐涧边看桃花》表明，因为有了经典如《诗经》、诗人如李白的后援，哪怕是故乡山涧边的几株桃花，也会绽放出异乎寻常的文学光彩。而《写给黄窝》《风景这边独好》《春满宿城云雾香》和《渔村风情》等文章，对于以农耕文明为主要特征的故乡的热爱，表达得或清新欢快，或一往情深，令人虽不能至，心向往之，对一杯云雾茶或一碟海鲜生出渴念。但是，这只是我们介入新问题的入口。

1. **质疑与焦虑的两个参照系统**

如果说一部作品集是一个文本系统，上述讴歌家乡山水风物的文章，也许可以理解为马永娟铺陈的某种底色。因为紧接着，面对不断变化的时空，作家不绝如缕的质疑和焦虑开始淋漓其中。生成这些质疑与焦虑的参照系统有两个：一个是工业及后工业文明的背景，一个是作家童年的记忆。而我们需要甄别的是，这两个参照系统对于马永娟散文创作的旨归，分别构成了怎样的意义。

　　先看第一个。面对工业文明的整体推进，作家时常忧虑："我凝望着她（指月亮——笔者注），竟看出些忧伤和悲悯，她的忧思随一阵微凉的风浸润着我：小村蓝蓝的天空也会被钢筋水泥浇铸的物体切割吗？皎皎的月华也会被工业文明的黑烟熏染吗？人们迟早会用有形和无形的垃圾怪手窒杀这一片净土吗？"（《月光不锈》）在"窒杀净土"的进程中，作家也曾遭遇拆迁，像被抄了窝的鸟，站在别人的枝上："站在秋天的枝上，我们像那只鸟一样，带着乡愁、带着感伤，四处观望，寻找家园、寻找故乡。"（《枝上的鸟》）家园和故乡在哪里？"蔚蓝的大海被拦腰截断，碧绿的青山被开采炸平；一个个桃李荫檐的村落被拆迁，一块块沃土肥田竖起了高楼；一件件高科技高副作用的产品走进了家庭，一样样反季节转基因的蔬菜瓜果摆上了餐桌……我们被阻隔在青山绿水之外，不闻松涛鸟语，不见月朗星稀。"（《别太忙》）面对后工业文明中现代科技表现出来的"双刃剑"属性，作家异常焦灼："妄自尊大的人们常常忽略其他生命存在的合理性，越来越多的杀虫剂、除草剂、洗涤剂等化学物质，通过食物链，毒害了所有与之接触的生命……我们危害它们的时候，也直接或间接地危害着自己。过剩的欲望，过多的贪婪，蒙蔽了我们的本性。在自然的废墟上，在其他生灵的血泪里怎样建立起人类的天堂？"（《想起蛐蛐》）面对市场经济潮流中人类对自身欲望的不思扼制，作家更加困惑："潮，簇拥着雪浪缓缓涌来，仿佛在伤心地发问：谁在酷渔滥捕，戕

害与人类血脉相连的海洋？谁在睁大钱眼，缩小网眼，吃绝子孙后代的口粮？潮声不断，我心迷茫。"（《午夜听潮》）

必须承认，自从维·阿斯塔菲耶夫的《鱼王》在33年前问世，生态意识在世界文学广袤的土壤里已经落地生根；在文学理念系统中，人类与动植物共生已经不是一个问题。问题在于，市场经济全球化的潮流，现代科技文明推进的趋势，看上去似乎都难以逆转。前者不惮于表明自身在追求利益最大化，后者则以智慧助推和扩张着人类欲望，它们共同铸造了一把高悬于人类头顶的达摩克利斯之剑。虽然觉察到维系剑柄的马鬃已经岌岌可危的，绝不只是作家；政治、经济与科学界早已注意到，但作家们的惊呼声最高，却是不争的事实。

令人不安的是，2009年末的哥本哈根气候峰会，最终没有达成具有法律约束力的协议，足见在利益牵制下，人类的理性仍然难以铸成统一意志。博弈还在继续，意味着达摩克利斯之剑的分量日益加重。马永娟以工业及后工业文明背景为参照系所表现出来的质疑与焦虑，加入的正是吁请停止铸剑的呼声。其价值与意义，我们可以用作家在《也说好人》中援引的英国诗人约翰·堂恩的诗句来确证："谁都不是一座岛屿，自成一体；每个人都是广袤大陆的一部分……任何人的死亡都使我受到损失，因为我包孕在人类之中。"这几句诗也曾被海明威题在长篇小说《丧钟为谁而鸣》的扉页上，正好说明马永娟栖身其中的作家队伍，面对人类的整体非理性没有失声，因为他们也"包孕在人类之中"，并发出了质疑与焦虑的声音。

关于第二个参照系，我们来看一篇正面观照故乡城市化进程的文章《在开发区，我寻觅》。作家说："站在连云港东部滨海地区规划图前，我寻觅，寻觅'一体两翼'，果然如鲲鹏展翅，'翼若垂天之云'。"但作家同时寻觅的，还有"那条窄窄的洒满月亮清辉的小路，还有那一轮轻轻擦过我的嘴唇的红月亮。月亮下的瓦屋草垛，打麦场上嬉耍的小伙伴，还有母亲唤儿夜归的声音"。寻觅过程使行文也变得忧心忡忡起来："我触摸不到冬天里裸露的山川田畴，触摸不到多年前具体而真实的影像。这如水的时光里藏有我绵绵的清愁。"究竟是什么给了作家如此深重的影响，使她面对"扶摇而上九万里，渐入佳境"的城市建设进程，依然生出"绵绵的清愁"？前文未及评述的反映作家童年生活的作品，给出了问题的另一部分答案。

在布谷鸟鸣声里，我们看到了作家的老家小村，"麦浪卷雪，棒身翠苍，果林滴翠，桃红杏黄"（《小村之恋》）；依稀听到了慈母的呼唤，"三儿——耳畔那低回暗哑的声音仍在呼唤，无论走到什么地方，我永远走不出老家那深沉慈爱的目光"（《老家》）；看到了作家童年在后山放羊时，如何通过左角上的红圈来辨识自家羊只（《后山》）；听到了一声爆米花的闷响怎样引爆她童年的记忆（《爆米花》）；明白了将槐花的快乐怎样被窖藏在作家童年心灵的一角，"第一把槐花我们都不急着往篮子里放，而是先放到嘴里尝一尝。那白茸茸的花，嫩黄黄的蕊，吃上一口一直甜到心里头"（《难忘槐花香》）。

童年是可爱的，因为在父母庇护下，人类的天性可以率性伸展，因而与率性伴生的童年记忆注定是美好的。作家余华在回忆故乡海盐时说："最美的不是现在的海盐，而是留在我童年记忆中的海盐。随着我年龄越来越老，我越觉得它美。"信然。马永娟也有类似慨叹："年华易逝，童年不再，就像那只老鹰风筝一去不复返了。童年也因为永不复返，而显示出了永久的魅力。"（《又是一年三月三》）问题在于，以童年记忆作为参照系统，作家表达出的质疑与焦虑，如果仅仅是拒绝接受和认同现实，表达今不如昔的"冬烘"观念，才真正是令人质疑与焦虑的；而马永娟的散文创作，另有旨归："在经济发展突飞猛进、城市化进程空前迅速的今天，我们更需要建立好一个精神的居所，去安放我们的灵魂。住宅是家，住宅环境是家园，我们更需一处诗意的栖居地，以改变现代科技文明造成的'无家可归'的命运，从而进入精神的家园。"（《想给灵魂安个家》）。

这才是问题的实质！寻找和建立精神家园，安放我们的灵魂，这样的旨归使马永娟散文摆脱了一般层面的怨艾，从而进入了对于人类灵魂观照的层次。

2. 童年记忆与精神家园

但是，同时，我们必须说，马永娟散文的这一旨归，也触及了人类的两难。因为灵魂往往与记忆伴生，而记忆以往事为载体，无不打上时间的烙印。时间并不因为史蒂芬·霍金虚拟了方向的箭头，就变得可以操控。作家曾经这样慨叹："哦，我的一起度过了困窘岁月的兄弟姊妹呀，往事像小鸟一样不会飞回来了。我们也永远没有机会弥补各自的'私'处了。"（《往事悠悠》）时间之河在向着未来流淌，逝者如斯，灵魂随生命一道前行；而记忆却不愿随波逐流，它在时间正向迁移的过程中拒斥新质、拒绝改写，有时甚至宁为玉碎，不为瓦全，以使主体失忆的方式淡出时间序列，正如历史不接受假设一样。这样，当演进的时间撕裂了灵魂与记忆的孪生关系，其失落与痛苦就是必然的了。

值得注意的是，灵魂面对"生离死别"的记忆，特别是渐行渐远的童年记忆，哪怕它当时是苦涩甚至是苦难的，反而会倍感其美好。这也就是为什么人们常常乐于回忆（而不是体验！）苦难的原因。在《往事悠悠》中，作家回忆自己当年因为饥饿想在饭盆里多捞一点山芋干，"挨了姐一记响亮的'生姜拐'"，以至泪洒餐桌，"终于没吃那顿稀得照人影的饭"。而生成于父亲晚年生日宴会上的这次回忆，内容是贫苦，带来的却是笑声，尽管大姐"笑的时候分明泪流满面，我笑的时候，泪花也在眼里直转"。

灵魂需要安顿，记忆是最好的家园。日暮乡关何处是，烟波江上使人愁。是因为人在旅途，眼见的都是与故乡记忆相左的陌生。而变化中的现实正是这样，它们不断地侵扰甚至试图改写记忆，这就必然使灵魂焦虑和不安。精神的居所、灵魂的家园在哪里？"众里寻他千百度"，对于马永娟来说，现实里几乎没有；"那人却在灯火阑珊处"，在记忆里、特别是童年记忆中。因为童年记忆是儿时印象的凝固，凝固意味着不接受新质和难以改写。当然，你可以把它理解为记忆的惰性，但你面对这种惰性往往束手无策，这才构成了人类的两难！只要精神家园与童年记忆联袂，对于马永娟来说，如果她注重精神生活与灵魂慰藉，那么她的焦虑便须臾得不到缓解，问题将永远难以解决。

难以解决的问题，是否可以用取消问题的方式破解？由于时间的不可逆属性，人类是以世代更替的方式延续的。如果不从马永娟的个体记忆出发，而从集体记忆的角度，是否可以说，作家这一代人的质疑与焦虑，随着不可逆的时间也终将成为记忆；所谓精神家园问题，会随着这一代人的消失而消失？实际上，答案并不那么肯定。虽然每个人都有自己不可更改的童年，但每一代人却有着相似甚至相同的记忆。当世代更迭时，一方面，这些集体记忆会以各种固化和非固化的方式留存下来，甚至进入集体无意识，继续传承；另一方面，这些记忆中还存在着一些共性的东西，或曰共识，因袭下来。《春江花月夜》告诉我们："人生代代无穷已，江月年年只相似。"正是"江月"缔造了张若虚的"月意象"，又是马永娟为"月意象"梳理出冰清玉洁、乡愁旅思以及阴晴圆缺等情感意识，而这些意识与情感，无一不与古今中外人类的精神与灵魂共振。

因此，在这个意义上，我们必须说，每一代人赖以生成的精神家园，都与他们储存的童年记忆有关。在马永娟记忆里和心目中，"只有老家小村的月光，才称得上是真正的月光"（《月光不锈》）；而"在林立高楼中，在通衢大道上，我们找不到回家的路，工业文明的黑烟熏染了城市，也还会蚕食乡村院落"（《枝上的鸟》）。这样的记忆，这样的感受，有属于马永娟的私密性和个人倾向性，也有属于人类共通的元素。如果我们把作家的上述记忆与感受，与上海见证 2010 年世界博览会的万千少年儿童相比较，会发现很有意趣的现象。这一届世博会主题是"城市使生活更美好"。经历此届世博会的少年儿童，会将其主题凝固在自己的记忆中。在未来，当他们寻找并打造精神家园雏形的时候，童年记忆会作为参照系统发生作用，"城市使生活更美好"的主题必将会闪烁在他们脑海中，这一点自然与马永娟散文作品对城市化进程的感受迥然异趣。但与此同时，张若虚为我们奉献的"江天一色无纤尘，皎皎空中孤月轮"作为共性元素，也有可能出现在上海世博会一代少年儿童的精神家园中。这种现象，正是一代又一代作家们对故乡、对自然、对生命的热爱和咏叹，对戕害自然与生命的质疑，对精神家园缺失的焦虑及其表达进入了集体记忆，甚至化作集体无意识积淀下来的结果。

当然，最终，尽管每一代人的精神家园都具有某些共性，却必须被个体心灵接受和认同下来，才可以安顿自己的灵魂。在这里，我们愿意用马永娟《走进春江花月夜》里的说法作为本文的结语，是因为作家说出的声音更接近真相："其实，每个人的心空都有自己的一轮明月，那是每个人精心构造的精神归宿，寄托魂魄的家。"

英雄史诗与民族精神

如果不把英雄史诗作为文学史范畴、文学体裁而是作为作品属性看待，则这一脉作品在当今文坛并不多见。我们民族的历史中并不缺少诞生英雄史诗的土壤，而是缺少以英雄为题材去创作具有史诗性作品的作家。当然，作家们较少创作英雄史诗性质的作品，或许与复杂的文化生态有关。但是，当我们把目光投向反法西斯的二战背景下的苏俄，再反观中华民族经历的伟大的抗日战争，必须承认，我们缺少的并不是英雄，而是史诗，是《岸》《热的雪》《未列入名册》和《一日长于百年》。从这个角度来说，一个作家，甘于用十年时间，进行田野调查与深入采访，潜心披阅、甄别海量文献，宵衣旰食，殚精竭虑，数易其稿，终于在抗日战争胜利 66 周年前夕，出版一部具有史诗属性的作品，对于这个时代而言是多么不可多得。这位作家名叫王成章；这部 65 万字的长篇报告文学便是《抗日山——一个民族的魂魄》。

苏北有个赣榆县，赣榆有座抗日山。作品告诉我们，在中国大地上，这是唯一一座以抗日命名的山，虽为沂蒙山余脉，却与我们的民族精神等高，因为它开建于抗日战争最为艰苦的 1941 年。自罗荣桓所部一一五师教导二旅政治部在抗战硝烟中开建抗日烈士纪念塔，时光已经流逝了整整 70 年。70 年来，长眠于斯的 3576 位八路军、新四军烈士，"死后依生前战斗序列集结"，伴随着他们爱戴的滨海军区政委符竹庭将军、新四军三师参谋长彭雄、八路军一一五师教导二旅旅长田守尧——这些在平型关大捷中威震敌酋的将领，一起注目苏鲁大地，在共和国沧海桑田的巨变中，迎来了早该属于他们的文学形式的复活。

王成章笔下的英雄，其悲壮生于必然，其崇高拒绝矫饰。在21世纪的今天谈论英雄史诗，无论从形式、理念还是审美的向度，都与欧洲中世纪初期与中期的英雄史诗，特别是古希腊时的荷马史诗有较为明显的异质。首先是我们如何理解英雄。在荷马史诗中，人神同性；在中世纪早期的英雄史诗中，甚至有较为浓郁的神魔色彩和巫术氛围；因此，那些作品中的英雄，大多异秉于常人。而在当今文化生态中看待英雄，王成章理所当然地不会再持那样的视角，而是将英雄还原到人本的层面：在生理上，他们与常人无异，负伤挂彩会痛，流血过多会死；在心理上，他们七情六俗皆备，甚至偶有失误。但在精神上，他们意志信念坚定，理想视野远大；在行状上，他们胆智超凡，怀柔苍生；生当人杰，死为鬼雄。这样的人，根扎大地，有如参孙；来自民间，形同你我。他们是共产党领导的八路军、新四军队伍的中坚，抗击敌寇的滚滚铁流中的弄潮儿。《抗日山》中的英雄，无论是军区司令员还是机枪射手，都是这样的人。而这部作品中塑造的最为令人动容的英雄，是滨海区军政委符竹庭将军。

在王成章笔下，符竹庭将军不仅令人感佩，而且让人叹惋；这既是史实使然，也是作家笔力所致。作品告诉我们，出任滨海军区政委兼党委书记时，这位年青的八路军高级将领只有28岁。但让人难以释怀的是，将军却在31岁时英年早逝，且死法令人感喟。关于符竹庭殉难的原因，历史上有三种说法，一说为掩护群众撤退时死于敌人流弹，一说为马上回首时后脑撞在圩门门框上，一说为惊马坠镫将军被拖曳时脑袋撞在屋山墙上。第一种说法显然比第二、三种悲壮，且有文献佐证，但经实地访谈，王成章还是给予了审慎的否定：健在的目击者向作家确

认了第三种死因。虽然看上去和听起来，那样的死法确实不够
悲壮，甚至充满偶然性，但对于将军之死，究竟该怎样认识？
《抗日山》向我们揭示了一个全新的认知视角：对于符竹庭来
说，不在于他怎样死去，而在于他怎样活过。

通过贯穿全书的众多章节，我们知道了符竹庭出身贫寒，
16 岁参加红军，19 岁成长为红军第十九团政委并指挥鸡公山、
雪山岽阻击战，20 岁担任红一军团第一师第一团政委，与团长
杨得志共同指挥闻名全军的"三甲掌战斗"并获得二等红星勋
章，走过两万五千里长征，是"红大一期"高干科学员，在平
型关大捷中将星闪耀，挺进冀鲁边反日伪"蚕食"，以"翻边战
术"拓展鲁苏抗日根据地，亲自指挥赣榆战役，并以抗战必胜
的信念主持修建了抗日山烈士陵园。掩卷沉思，我们便会明白
作家的匠心：在文本结构上，符竹庭的行止是主线；在故事中，
是牵引情节走向的引擎；在人物序列中，将军是作品的核心；
在价值理念系统中，则是全书的灵魂。

具有英雄史诗属性的作品，如何理解与塑造英雄，对于作
家而言，必然是第一位的。王成章恰当地处理了艺术的辩证法，
将悲壮与崇高的重心，放在展示英雄何以成为英雄的必然性上，
从而将悲剧意识纳入厘正史实的轨道，使作品步入了不事矫饰
的当代文化语境。

《抗日山》中的史实，其严谨源于尊重，其发现意在还原。
在辨析了作家对英雄所持的当代意识之后，就英雄史诗的属性
与《抗日山》的关系而言，历史，理应成为我们探测作品的第
二个维度。对待历史，王成章的态度是严肃、严谨和严格的，
从作品还原符竹庭死因的努力可见一斑。史实固在，按主观愿
望任意改动的做法，作家不取；而对真相追求最大临界值的原
则，则被秉持。王成章是作家，同时是记者。职业操守使他在

"介入历史的力度、潜探历史的深度"方面，不仅尊重史实，而且有所发现，并赋予了作品以宽广的视域和历史纵深感。

翻开《抗日山》，我们不难发现作家在叙事艺术上采取的是宏大叙事方式。山东与滨海军区建造抗日山，是作品轴心，从轴心辐射出来的抗战生活界面，构成了全书内容。这样，不只作为全书主线的符竹庭将军，被作家专章叙述的，还有时任新四军政委与华中局书记的刘少奇、新四军三师参谋长彭雄、教导二旅旅长田守尧、爱国县长朱爱周、"钢铁战神"何万祥、"外国八路"汉斯·希伯和"抗日山樱花"金野博；列入专节的，也有孤胆英雄宋继柳、便衣排长齐玉发、青口巷战"十八勇士"……进入章节的历史人物，王成章大多不吝篇幅，对他们作了革命生涯、心路历程和精神世界的纵深表现。而大部分章节都述及的山东军区司令员罗荣桓、八路军一一五师代师长陈光、政治部主任肖华、教导二旅旅长曾国华等，作家的叙述也力戒扁平化，赋予了人物以具体性格与情感特征。总之，有名有姓的抗日军民，被作家精心镌刻描绘的，不下百位。而为数众多的人物，上至高级将领，下至平民百姓；巨细陈列的事件，大到平型关大捷，小到符竹庭在打篮球时怎样撞坏了罗荣桓的近视镜、后来又如何还了个老花镜，王成章都在披阅不同版本、不同种类的文献资料时，相互参照，细加甄别。如该书第56页写到被俘日军拒降时吱哇乱叫，作家除在第89页周立波写田守尧的相关文字中找到平型关大捷时日军拒降的出处，还在有关徐福的史学研究中找到了拒降日军冒出的一句"打到咸阳回老家"的依据。在对报纸、杂志、书籍和碑刻中的人物与事件探幽钩沉的同时，作家还栉风沐雨深入基层，进行了长达十年的田野调查与走访，力求多层次与多侧面地确认相关史实，使进入作品中的人与事尽可能地、审慎地做到了有出处、可佐证。我们认为，作家的这种创作心态与做派，体现了对史实尊重、对报告文学中"报告"的真实性高度负责的精神。

当然，还原历史，是一个终极梦想；人类对已经逝去的历史迄今为止所做的所有努力，不过是最大限度地抵达"还原"的临界值而已。王成章知道，由于"时间久远，当时的情况又极其复杂，而各人的回忆因囿于环境和时空只能是事实的某个侧面，故而疏失之处在所难免"。因此，作家面对历史，应该持有的态度是给予尊重；可以作为的空间，是有所发现。王成章在《抗日山》中表现出的思辨力量，使作品呈现了令人欣慰的发现。很多读者开卷阅读，可能会对作家为什么要写符竹庭、彭雄、田守尧等将领投身革命的早期经历以及载入军史的战绩给予理解，但对作家为什么要宕开笔墨，浓墨重彩地抒写冀鲁边根据地大生产、思想整风、谍战策反、军民鱼水情乃至抗战时期的爱情，表示困惑不解。而在我们看来，作品中正是因为有了那些波澜壮阔的画卷，党在抗战艰苦卓绝的时期领导军民在敌后的不平凡作为，才可能得到立体展示，抗战必然胜利的深层原因才能够得到有力揭示。抗战不只是抗战，那是在民族危难的时刻，一个优秀的政党在引领人民生存下去并且走向光明；发现并且综合地表现这一史实，历史才有可能得到最大程度的还原。

《抗日山》一书，有着浓郁的诗性。它以想象激活往事，以诗意引领关怀，令人印象深刻。报告文学，定语是"报告"，逼近史实是其质的规定性；中心词是"文学"，表现形式与叙事手法必然关涉艺术创造。王成章兼记者、作家、诗人于一身，曾有长篇小说《森林》和历史抒情长诗《徐福》行世。而徐福恰恰是中国东渡扶桑、止王不来的"奥德修斯"，其行状几乎具备了荷马史诗中那位历险十年终回故土的英雄所有的审美元素。

因此，考察具有英雄史诗属性的《抗日山》时，诗性的维度，应当成为我们的第三个角度。不难发现，作家在作品叙事布局中，表现出了鲜明的故事化审美取向与诗性思维特征。

报告文学中的"报告"元素，只能生成于固化的史实；而如何激活它，使之成为具有文学属性的情节故事，必然构成对作家创造性想象力的考验。王成章经受住了这一考验。他用三种方式，使历史进入了文学的叙事语境。一种是循着典籍提供的史实脉络张弛有致地叙述。如《将星闪耀平型关》，作家以文献资料中对符竹庭、彭雄和田守尧在平型关大捷中的相关记载作为进出该战役史实的关节点，既展示了大捷过程，又表现了三位将领的英武神勇。第二种是按照叙事策略，拆散、打乱历史事件的线性时间链条，进行重新组合，如符竹庭、彭雄与田守尧之死，前文多处提及，后文再设专门章节叙述。第三种是祛除文献资料关目，将史实完全故事化，如《肖华、符竹庭、邓克明挺进冀鲁边》《小沙东海战之血色航线》等章节，让读者像看情节跌宕的影视剧一样身临其境，几乎闻到了硝烟中的硫黄气息。这样的叙事布局与技巧，既体现了作家驾驭史实的逻辑理性，又彰显了感性的想象与创造力量。

而诗性思维特征，则是王成章提升《抗日山》文学品位最为有力的特质。这种诗性思维，或者表现为忧伤，或者表现为空灵；时而是奇异的幻象，时而是某种关怀与安抚。我们来看作品的"引子"与"后记"：前者题为"活下去，并要记住"，来自俄罗斯作家拉斯普京的同名长篇小说，该作品将痛定思痛的反思与省察，表现得如怨如慕、如泣如诉；后者题为"走过的人说树枝在长"，取自顾城的诗歌《墓床》，传递了逝者对生命、人世与时光的思悟，意蕴静谧而又安详。它们以首尾呼应的方式，表达了作家对民族精神在时间长河的峰谷中起伏的忧患意识，以及对昔日英雄的缅怀与祝祷。再看作品框架中的一二级标题，诸如"一座山的诞生""在岁月的帷幕里穿梭""一粒麦子的光芒""一群振翅飞向圣地的鸟儿"等，无论所指与能指，均生动空灵，在血火交迸的抗战硝烟中，飞升起来的是乐观而又壮美的诗意。特别是第二十一章的符竹庭之死，更是显现了作家出色的创造异秉：将军弥留之际的幻觉，表现为灵魂飘升的轻飏，令人百回千转，感慨系之。有时候，甚至不经意的一行字、一个歉意，也会透析出作家的温婉情怀："有一种怀念的方式，叫伤痛。对不起，葛继侠、陶文广、陶文柱、陶淑云、陶立英、贾永启、陈万立，笔者让你们在回忆中再次咀嚼痛苦。"

英雄史诗性的作品，按李建军的说法应该属于"正极性写作"。因为它"就是以健康的态度表现正直、善良、勇敢等积极的人性内容，通过塑造美好的人物形象，将人的精神向上提升"。《抗日山》正是这样。王成章以这部现代英雄史诗，登上了文学中的民族精神高地，意在启示我们，纵然当今文化生态错综复杂，我们的民族也不能失魂落魄；而民族精神的武库，就在有关一座山的记忆里。作家通过一部长篇报告文学使我们相信，无论登上书里书外哪座山，你都能够走进民族精神的家园。感谢王成章，一位有良知与使命感的作家。

他们在苦熬

伴随着泪水阅读，在我五十多年的经验里并不多见。但是，凤凰出版集团江苏文艺出版社推出的陈庆港纪实摄影文学《十四家》，作为"中国农民生存报告"，却让我数次泪水难抑。读罢全书，脑海里最终浮现出李文俊译介福克纳《我弥留之际》

时所写的一篇文章的题目：他们在苦熬。是的，呈现在这部作品中云南、贵州、山西与甘肃四省的七个村里的十四户农民，在苦熬。你可以认为他们涵盖不了中国农民——有些地方的有些农民，确实过上了"体面而尊严的生活"；但是，你却无法把陈庆港作品中的十四户农民作为孤岛来看待，他们早已与中国农民这一大陆板块联结为一个整体。因此，这不是一个单纯的数学问题；如果是，他们也可以从概率角度成为中国农民的缩影。面对这样客观存在的缩影，即使流着泪水，你也无法不正视它；良知使你转不过脸去。这正是陈庆港《十四家》的震撼力量。

这部作品第一个令我感动的是，它能够在正视中揭示生存苦难的真相。以非虚构文本观照当代社会生活，正在成为各类艺术中最有力度的形式。当"走基层"声音接替"三贴近"要求在媒介上潮汐又起的时候，陈庆港早已身背照相机和笔记本，用长达十余年的时间，行程几万公里，跋涉在中国西部的山川沟壑之间，与那里七个村的十四户农家，吃住、劳作在一起，聆听他们的诉说、体察他们的艰辛、见证他们的悲喜，用镜头、用文字、用心血、用泪水，记录他们的生存状态，思考他们的命运流变。透过《十四家》，我们感受到陈庆港执着与坚忍的同时，更深切地体悟到了艺术家的悲悯与大爱，这便是对于中国农民生存苦难真相的正视。

直面真相让我们看到了什么？2000 年，车应堂 69 岁的母亲杜徐贵仍然要出门讨饭；车换生患病的妻子包明珍，稍好后也要出门讨饭；连五元钱一双的鞋子也买不起的张玉萍，目送儿子李根泉穿着破鞋去学校过六一儿童节后，与大女儿李双环要继续出门讨饭；65 岁的郭霞翠与 43 岁的儿子张国云，即使过春节，依然要讨饭。讨饭，是读者翻开《十四家》后，接触到的中国西部农民生存真相的第一关键词。作品告诉我们，讨饭在当地还有另外的说法，叫作"讨生活"或者"出门"。或许有人认为，出门讨生活，也许是当地人谋生甚至致富的手段。随着阅读的延伸，相信读者涌起的类似念头会像肥皂泡一样消弭。因为我们看见，史银刚饥肠辘辘的两个儿子已经为争夺一只窝窝闹得不可开交；王天元衣不蔽体的两个女儿，正在为一块补裤子的蓝布补丁争得面红耳赤。车换生家里饭碗不全，妻子包明珍随手将喂猪的塑料盆擦擦，递给丈夫为自己盛饭。很多人家里吃了上顿没下顿；来了客人，甚至要到邻家去借被子。

　　贫寒不是因为中国农民不勤劳，而是因为西部劳动力价值超低。车换生和车应堂进城拉车，一天能挣 2 元已经算是幸运。车应堂因为少吃了半块馍，车子把控不住，所拉的砖轰然倒下，压伤了自己，令人不由得想起杰克·伦敦的著名短篇小说《一块牛排》；但《十四家》不是虚构。李文福和李文定哥俩合伙买拖拉机为客户拉石头，山石滑坡滚落，把拖拉机砸成了废铁。外出打工情况如何？一是收入少得可怜；二是被骗或受伤害后，合法权益得不到保护。史银刚的儿子史东平，12 岁即不得不去县城饭店打工，月薪不足百元。王五午死后，孤儿王想来支着病腿跟牛喜叔四处打工，挣下 1000 元全部用于治腿；但钱花完了，腿并没治好。李文福被工头骗到黑砖窑，苦熬了四个月，分文未得；幸亏天降暴雨，砖窑停产，才逃出人间地狱。车锁军等一批青年农民到山东打工，讲定年薪万元，却遭遇年末老板卷资逃逸、政府打官腔、职能部门不作为、只能空手而归的不幸结局。最悲惨的是村民田兵红，他甚至连一只完整的手也未能带回家：他的手指被编织机轧断，本来可以接上，却因需要多花医疗费，"厂长从车锁军的手里拿过那截断指，朝着黑暗中扔了出去"。车孝军打工运玻璃伤了手，就此失去活动能力。

翟益伟服务的老板本无驾照，硬要自驾，导致车翻，重创翟益伟；要钱治病，老板却数次"人间蒸发"。

够了，重复展示作品所追踪人物的不幸，不是本文的重心与目的。活着或生存，本来就是一本艰辛的大书。陈庆港《十四家》的震撼力量，不仅在于他直面农民生存苦难真相的勇气，还在于他在书中构建了多维认知的角度，探索和挖掘了中国西部农民的生存何以如此艰辛，症结究竟在哪里？生存的真相固然触目惊心，作品的思辨却更令人瞩目。

《十四家》令我感动的第二个特点是，在忧患中挖掘生成困局的根源。受急于发展的心理煎熬，GDP 的幽灵正在中国大地徘徊，因此中国承受工业及后工业革命后果的速率，绝不逊色于世界上任何国家。近年来，大气、海洋、河流、湖泊、森林、耕地不断恶化，极端灾害性天气由反常逐渐演化为常态，洪涝、干旱、荒漠或沙漠化现象，对于中国西部生态已经构成严重影响。制造后果的，反而拥有了不承受后果的条件；恶劣生态环境的受害者，只能是中国西部农民。《十四家》中追踪的人物罗文秀，在给女儿王大妹孩子讲的故事中，透露了当地人朴素的自然观："天是人的皮肤变成的，地是人的肉变成的，地上的草是人的汗毛变成的，山上的树是人的骨头变成的，岩崖是人的牙齿变成的，风是人呼出的气变成的，溪流是人的血变成的……"因此一切自然，皆源于人。在罗文秀看来，"因为人的头上可以冒出血，所以才会山有多高水就有多高……"但是，正像她与孩子蓦然警觉的那样，山上已经没有水了。不但山上，坡上、地里都没有水了。2009 年以来，云贵川干旱已经达到百年一遇。这样，即使蒋传本将水窖打得再深再大，也是无用功。干旱缺水，庄稼自然歉收乃至绝收；退耕还林、恢复生态本意良善，但农民无地可耕或收成不好，政策补贴又不足以糊口，以讨饭谋生便势在必然。这是《十四家》为我们揭示的中国西部农民生存困局的根源之一。

作品认为，中国农民生存困局的根源之二，是因病致贫，是医疗问题。在中国西部，农民生不起病，有病只能扛着：车虎生的妻子杨素花犯了病，即使痛不欲生，也只能以头碰地；而丈夫的视若无睹不是不关心，而是无奈并已经习惯了无奈。张国云的母亲郭霞翠，卖牛是为了治腿病；病未治好，耕地反而需要借牛。蒋传本的儿子蒋厚忠，生癫痫病十几年，一直无钱医治。王五午患糖尿病，卖粮疗病到无粮可卖；他的儿子王想来腿部患病背粮背水吃力，老人心疼儿子，卖了原想用于娶亲的古木换了一匹马；但为了治他的糖尿病，儿子最后又把马卖掉；王想来的母亲王琴花得了肺病，无钱医治直到死去。高发银的母亲李志英生阑尾炎无钱治疗；女儿来探视，只能垂泪喂母亲一口糖水减轻病痛。车换生儿子车锁军捡了个青霉素眼药水瓶，包明珍便掺上清水晃晃，抹在孩子和自己的眼睛上。作品中多次提示，农民在外地打工挣的钱，大多用来医病。人有病，扛着；家禽、牲畜生病，更加无奈：车虎生妻子杨素花，早上、晌午、下午、傍晚，看见自己养的猪一只只死去，连死50头，只能手足无措，以泪洗面。

生存困局的根源之三，《十四家》将我们的目光引向了教育问题。在作品中，陈庆港追踪的人物王实明，成为揭示问题的入口。这位拥有30年教龄的民办教师，几乎代表了中国西部农村教育问题的渊薮：环境艰苦，必然导致师资不佳；师资不佳，必然引起教育水平下降；水平下降与生存艰辛，只能诱发生源加速流失；而真正能够坚守清贫、忠诚教育事业的，恰恰是许多像王实明那样的民办教师。是他们在劝学，是他们在奉献！但"民办转公办"政策的"一刀切"，使王实明不仅失去了考试资格，还将失去饭碗，黯然出局，彻底成为政策的牺牲品。在这样的背景下，我们再来看这位工资虽然只有公办教师1/10甚至有时只能用一根木头充抵工资的民办教师，依然认真地为学生削铅笔头，让他们写《未来学校的畅想》；依然让女儿郭冯燕承继父业，每月只领公办教师工资的1/26，你不由得不为王实明父女忧伤。如果连这样的教师也最终流失掉，结果只能是无文化的农民越来越多，他们出去打工，也将像王大妹的公公等许多人那样，失踪在广州或其他地方，原因只有一个：他们是文盲。

那么，国家"三农"及其他政策的曙光，有没有照到中国西部？《十四家》告诉我们：有。2004年，农业税和附加费不用再交；2007年，老人低保，每人每月90元；农村合作医疗政策推行后，每人每年交10元，可报销药费20%。"5.12"地震后，车应堂家盖房，还获得了政府1万元补贴；参加过解放战争的一等功臣李建堂，每月均有60元津贴。科技扶贫和捐赠，也让史银刚家第一次见到电视机。但是这些，对于艰辛生存的西部农民来说，毋庸讳言是杯水车薪。《十四家》中揭示的农民生存困境的根源，远非本文所列的几点；正如社会变革所带来的农民问题，不会由一部作品揭示殆尽。但是，《十四家》提示的问题症结，不是虚构和想象的产物，而是陈庆港长期追踪、深入体察的结果。作品启示我们："三农问题"在中国西部已经互为因果，长期存在。

在酸楚中展示天伦人性的美好，是《十四家》令我感动的第三个原因。生存的艰辛与苦难固在，作品无从回避，只有直面和探究。与此同时，作为一位心怀悲悯与大爱的艺术家，陈庆港在《十四家》中，还深入开掘与展示了中国农民在艰辛生存中保持的那份天伦的善良与人性的美好，对于幸福的向往和追求，从而使作品显示出人文的厚度与人道的力量。

让我们特别瞩目于《十四家》中追踪的三位母亲形象。史银刚的妻子冯凡梅，计划生育一再失败，生了五个孩子，手术后一直出血，无钱治疗，终至病亡。她的临终嘱托令人心碎：一是叮咛丈夫不要打娃，因为娃挨打会想娘；二是嘱咐地里收的粮食要匀着吃，以备青黄不接；三是提醒家里有了衣服，要先尽大了的女儿穿，不能让她露胳膊露腿；四是关照小女儿还小，实在养不了，让丈夫送人。果然就送了人。史苏娟被送当天，乡亲关门闭户，没人忍心观看生离死别的辛酸景象。翟益伟的妻子李萍会，跟随丈夫到浙江拣矿，在矿区边商店，为留守在家的女儿翟莎、翟兰看好了两件衣裳，最终无钱购买，只扯了三尺彩带：自己扎头发用了一尺，留给两个女儿二尺。但直到被倒塌的矿井掩埋，她给女儿扎彩带和买衣服的心愿都未能实现；与儿女阴阳两隔，心愿竟成遗愿。王天元的妻子罗文秀送小女儿王小妹出嫁时，万般辛酸，因为王小妹嫁人，没有一分钱陪嫁，也没要男方一分钱财礼。送亲那天，罗文秀送女儿、女婿一路沉默无语，走出很远，直到看不见一对新人的身影；她又买了一块钱的红头绳追上去，为小女儿扎了个蝴蝶结，而后说："走吧。"可怜天下父母心！青天有眼，大爱稀声。这些酸楚的场景，陈庆港写得如怨如慕，如泣如诉，令人几度落泪。

天伦亲情，在陈庆港眼里是那样美好；即使贫寒人家百事哀，《十四家》还是记录了许多令人唏嘘扼腕的情节与细节。罗文秀听说小女儿王小妹生产，带了 20 只鸡蛋前去探视；离开小女儿家时，又拿走 3 个。因为她想念大女儿王大妹家三个孩子；前去看望，不能两手空空。蒋传本与妻子汪继英、女儿蒋原孝外出打工，提前一个小时坐到空车上。但蒋原孝一直望着车外烤摊上的油饼咽口水；在车开的刹那间，汪继英奔下车去买回一只。孤儿王想来在一只铁盒子里珍藏着母亲的照片，因为照片能够唤起童年的一次美好记忆：母亲带他去外婆家，在开遍白花的洋芋地里以土坷垃逗小鸟，母子一起开心欢笑。最令人感慨系之的，是车应堂为母亲杜徐贵送葬。母亲讨饭在外，客死他乡。车应堂运母亲遗骸回家，不仅付不起殡仪馆冷藏费用，而且眼看乘客在车内通道上踩着母亲遗体打成的包裹，只能噤声无语。运尸期间两次撞车的过程起伏跌宕，令人切实体会到了车运堂内心的疼痛。但最终，车运堂还是让母亲穿上了新衣入土。

民间伦理与风俗，时常产生一种凝聚力量，这也是中国农民虽然历经天灾与人祸诸多磨难，却始终能够以群体方式生存延绵的重要原因。一是信用禁忌，决不亏欠他人。郭霞翠与儿子张国云为治病卖了大牲口，耕种时只有借牛；为让牛主人同意，张国云先默默为邻家削了一天红苕。外出打工，牛喜总能够信守承诺，即使负债也不欠薪。郭霞翠讨了一辈子饭，临终用讨饭攒下的钱为自己买了一口寿材，并且做了十年来的第一次新衣，不给病重的儿子张国云增添一点负担。李子学为儿子李文福与李文定分家，一个可分房屋，一个只能分地基。为避免纠纷，他用抓阄方式来了结。在贫困中能够信守言诺，令乡邻敬重；在市场经济中人性异化，则令村民不齿。做了"先生"的高发银，后来又做收费员。他被非议的原因不是由于做了"先生"，而是因为收了昧心钱。二是血脉禁忌，不可数典忘祖。史苏娟送人六年，养父去世，女儿回家，史银刚先带她给母亲冯凡梅上坟，重新认同血脉。王光有上祖坟时，面对一排先人坟茔，一丝不苟、无一遗漏地做好所有祭祀纸幡。看到这些，我们不难明白，陈庆港所追踪的人物的这些细节，是在昭示读者，农民长期以来的禁忌与风俗，既是乡村存在的伦理基础，也是他们生存的自救手段。

当然，《十四家》里的十四家，也并非一味黯淡，看不见一丝曙光，听不到一声欢笑。乡村也有乡村的快乐，比如陈庆港浓墨重彩地抒写的杀年猪的场景，那是乡村和农民的节日，那是对于苦难生活长期隐忍的酬谢；而盖房、买车、娶亲，则更是农民艰辛生存中的奔头，是火红的希望。所以，当我们看到李德元的长女李双环最终嫁了好人家，过上了宽裕日子，我们会从内心深处发出笑声，为李双环们祝福。因为我们知道，天道人伦，生息繁衍，假以时日，总会有悲欢离合生成，唯有祈祷悲剧远离人类，不叹苍天不公。

当然，作品在探索中创造新型艺术的范式，也令我十分欣赏。《十四家》是陈庆港十几年追踪采访、拍摄与写作的心血结晶。在远山远水追踪采访与拍摄一家农户不难，难的是追踪与采访十四家；追踪十四家农户一年不难，难的是追踪十四家农户十几年。十几年的春夏秋冬，十几年的雨雪风霜，陈庆港关注书中的每个家庭，每个家庭中每个成员的命运流变。在这个过程中，《十四家》不仅让我们真实地了解中国西部农民的生存现状与生死歌哭，这部20万字的书还打造了文学的一种新形式，即纪实摄影与纪实文学互文的形式。

在这里，我们愿意谨慎地将这种形式命名为纪实摄影文学。所谓纪实摄影文学，中心词依然是文学，但它与通常意义上的报告文学不同，因为作品含有艺术家原创的大量纪实摄影作品；纪实摄影虽为定语，但作品文章决然不是图片注解，而是独立成篇，因为书中每幅摄影均自配文字说明。需要说明的是，陈庆港创造的这种纪实摄影文学，给读者带来的是一种复合性审美，即在阅读纪实文学作品的同时，又品鉴了艺术家的摄影作品：书中的图文相互呼应、映衬、渗透，是艺术家审美创造特质的统一显现。《十四家》中的文章与照片不仅以互文相得益彰，而且源出一人，这或许只有为数不多的艺术家才能做到，陈庆港无疑是其中的佼佼者，因为他是第52届国际新闻摄影荷赛金奖得主，同时还是《中国慰安妇》《丽嘉则拉》与《朝圣者》等卓有影响作品的作者。他会让作品中的图像与文字水乳交融，而不使之成为配以摄影插图的报告文学。这样一来，我们便可以对艺术家作品中表现出来的异秉细加考校、条分缕析了。

陈庆港从事纪实摄影和新闻摄影之前，曾写过许多中短篇小说，对现代小说语言的熟稔，使他在纪实摄影文学创作过程中，表现出扎实的笔力：语言节制，不事雕琢，富有质感；叙述节奏起落开合，控制得富于韵律感。他也偶或使用象征手法，传递意境情愫；意象营造或轻灵或凝重，均服从于审美表达需要。在《十四家》中，复沓手法似乎受到陈庆港偏爱。如杨素花早晨、晌午、下午和傍晚喂猪时发现猪陆续死去，艺术家以四段基本相同的文字，表达了杨素花一次比一次沉重的心理撞击、无奈、茫然和束手无策；车锁军打工被骗，工友投诉无门，《十四家》再次出现复沓，用四段相同的人物语言，将职能部门的烦冗、冷漠、心不在焉和农民工的郁闷、绝望、弱势无助，表现得力透纸背。陈庆港还善于用准确、精当的细节表意，虽然未加议论，但思辨尽在不言中，旨归涵蕴得以突显。全书结构纵横交错，起承转合暗流于作品脉络之间，颇见匠心法度：纵有时间线，十年夏秋冬春；横有十四家，每家成员多寡不等，但每人在通向自己历史的同时，均联结他人，从而共同构成了一幅中国西部农民的生存长卷。

在这部由文字构成的西部农民生存长卷中，陈庆港镜像中的黑白世界，往往成为点穴之笔。那些照片中透析出的粗砺、残酷与柔软、温馨，因为广角效应引入的神秘光线，往往给读者造成强烈的视觉冲击与情感震动。当我们看到照片中坐在炕上的包明珍、拉架子车的车换生、站在卧室前的王天元与罗文秀；看到被领的木头"工资"压弯了腰的王实明、茫然地坐在窗前的孤儿王想来、在山坡上刨地的郭霞翠；看到蹲在炉子边的罗文秀、王光有和王天元及其全家的合影……我们会想起梵·高那些表现底层平民生存图景的油画。可以肯定地说，陈庆港这些纪实摄影作品，将随着《十四家》的行世，永远镌刻在中国农民生存史的底版上，为后世研究者长久地提供着具备文化人类学价值意义的具象资料。

纪实摄影文学《十四家》给我们带来的，不应只是复合审美的课题。陈庆港在作品中，多处甚至时时地在为那十四家农民算账。算账，表面上看是数学问题，但对于我们这个社会、我们所处的时代来说，则应该是经济学问题，乃至政治经济学问题。当我们读罢《十四家》，把目光抬起来的时候，我们最该做的，也许是瞩目中国的西部，那里，陈庆港关注过的十四家，和由那十四家所代表的中国西部农民，正像本文开头所提到的李文俊一篇文章题目所说的那样，他们在苦熬。苦熬，有的专家认为译文词汇里被动的意味多了些，谓福克纳《喧哗与骚动》末句中的意义，有积极的一面。实际上，李文俊翻译那部经典作品末句的译文是：他们艰辛地活着。确实积极了许多。中国农民，艰辛地活着。

篇幅之殇

我所写的短篇小说，被朋友称道最多的是《十月》发表的那篇题为《三个深夜喝酒的人》的小说，不到五千字，说的是三个失意男人，秋夜喝酒，弹吉他，回忆往事；话都不多，酒喝了不少。他们一直喝到天亮。但是，清晨清扫马路的女工，只看见路灯下酒瓶躺了一地，店里店外，却一个人影都没有。小说的结尾是——

　　这些喝夜酒的男人，就知道糟蹋卫生，从来不打扫。一个年长的清洁女工说，他们到哪里去了呢？

　　一个正在清扫的年轻女工听了，俏皮地一笑，说："他们呀，飞上天去了。"

　　他们当然不可能飞上天，这是常识告诉我们的。但是在小说里，他们确实飞上了天。是我做的好事。我先让他们醉酒，再让他们互相拥抱，接着是转圈子；后来，他们越转越快，渐渐飞升起来……最后，看见了天堂的景色。

　　在那篇小说里，我成功地将现实和幻想的壁垒打通了。那以后，我曾有一念之闪，想把现实和幻想嫁接起来，再写几个短篇。当然，我没做到；因为离开文坛，做传媒去了。按昆德拉的说法，传媒的即时和趋同的价值观，与小说复杂的和延续的价值观，是相反的。那以后大约十年，我没写过一篇小说，遑论长短。

　　重回高校的驱动力之一，是再做小说。但适应高校机制——教学、科研，做班主任、做系主任，又耗去四五年。2013年，因为妹妹李洁冰的启发和建议，我试着写了一个短篇，叫作《蝴蝶斑》，一万六千字。这个字数，正是上不去、下不来的篇幅。当短篇读，长了；当中篇读，分量似乎不够。2014年，我打算再写一个短篇，题为《砂子》。写了八千字，觉得有些长。给朋友张亦辉看时，我表示要压缩一下，做成五千字。张亦辉也认为，这个篇幅可以了。结果我"压缩"之后，变成了一万八千字。虽然这篇作品在《钟山》2014年第5期发表后受到关注，被《长江文艺》当年第12期、《新华文摘》2015年第5期全文转载，但是坦白地说，作为短篇小说，它的字数确实有点多。

我知道，我已经患上了一种病，叫作不加节制，放纵篇幅。不管是一万六千字，还是一万八千字，事实上并没有非写这么长不可的理由。那是一个让杂志主编和读者都很为难的篇幅；需要浪费他们多少爱心，小说才能被放生呢。小说活得艰难，是作者生它们的时候，生得不够俊秀。结果，招人不待见的情景，出现了——

2014年11月19日，中国计量学院人文社科学院有个换届选举。唱票需要时间，组织者没有安排个电影什么的放放。同事虞华君博士见我手里有《钟山》，《钟山》里有《砂子》，被置于"短篇"栏下，便想读小说打发时间。他看得很投入。但小说没看完，票唱完了。他只好把杂志还给我说，太长了，看不完了。我很遗憾。但这样的遗憾，难道不是我放纵文字的后果？次日，学院统计"科研成果"，作品在列。我到文印店去复印。复印的小伙一边忙活，一边咕哝：怎么这么长？连复印员都觉得长？！这让我汗颜，让我心痛，也让我猛醒。

这里，我要把这篇文章真正的主角请出场了，就是俄国作家伊萨克·巴别尔。我托侄子网购了他的全部作品，其实只有两本——《红色骑兵军》和《敖德萨故事》。被博尔赫斯赞为"无与伦比"的《红色骑兵军》，我已经看了《泅渡兹勃鲁契河》《家书》《战马后备处主任》《萨什卡·基督》《盐》和《千里马》，篇篇震撼。特别是《盐》，让我明白了小说之殇，在于篇幅无度。《盐》还让我明白了，为什么他的作者被尊为卡夫卡之后又一位伟大的犹太作家。

1916 年，伊萨克·巴别尔走投无路，带着自己 15 岁开始用法语写的小说，去见高尔基。那年 11 月号的《年鉴》上，高尔基发表了 16 岁的投奔者的几篇小说，在带给他幸运的同时，也追加了刑责的噩运。伊萨克·巴别尔接着投奔的，是哥萨克骑兵军生涯七年的残酷洗礼。1923 年，他说："我终于学会了怎样明了地表达我的思想，而又写得不太冗长。那时我重新开始写作。"

令人悲伤的是，1937 年，伊萨克·巴别尔被捕入狱，三年后被秘密枪决，斯大林亲自签的字。他并不知道自己死后 54 年，还医治了我的篇幅病。

我将重新开始写作。

已列入史册

前天，2013 年 3 月 11 日，瓦西里耶夫去世。昨天，夜里，看到消息心中一沉，好像有个重物坠落下去，一直沉到深不可测的地方，还没有停止那种下沉。今天早晨，起床后依然不能释怀。我就知道，是写下这篇文字的时候了。

1980 年，瓦西里耶夫的作品进入我的阅读生活，是因为 1979 年我考入了北京师范大学中文系。次年 6 月，湖南人民出版社出版了王金陵翻译的中篇小说《这里的黎明静悄悄》，不仅让我知道了瓦西里耶夫的名字，还让我对名字产生了敬意。虽然读到《这里的黎明静悄悄》时，距离作家发表作品的时间已经过去了 11 年，但我还是无法掩饰自己的惊异。因为那是在《平原枪声》《烈火金刚》等抗日小说被视为"经典"之后，我第一次接触到苏联表现二战题材的作品。瓦西里耶夫叙述着绝境中的"不可能",却令你深信不疑;语言有一种与生俱来的幽默,在快乐的叙述中流淌,更让你爱不释手。一边阅读,我心里也在一边生成对比:在中国抗日作品中,日本鬼子都是畜生,八路军流血不流泪;而在瓦西里耶夫笔下,红军女战士却任性、浪漫而又脆弱,德国军人反而表现出极佳的职业素质。再看众女兵中的男主人公华斯科夫,显得那样木讷、笨拙和腼腆,内心却又是那样温情、体贴和珍惜,与我们熟知的《红色娘子军》里党代表洪常青也大不一样。作品临近尾声,瓦里西耶夫凄美、悲壮的风格显现出来了:十六个武装到牙齿的德国士兵,被打死了十二个、俘虏了四个,最终没能突破华斯科夫部署的防线;但是,准尉狙击小组里的五个女战士,也全部香消玉殒。不断闪回和穿插在红军女战士脑海里美好的和平生活场景,让我们对战争的残酷开始无法接受:姑娘们本来美丽、青春而又活泼,充满了对美好生活的憧憬;如果不是德国纳粹背着枪支和炸药来袭,她们一定会恋爱、结婚、生儿育女,成为幸福家庭的女主人。但是,一天一夜的阻击战,把一切都毁了……

很长的时间里,对丽达、冉妮娅、李莎、索菲娅、嘉丽娅等红军女战士的叹惋,对华斯科夫木讷表象下坚毅的敬重,甚至对那些德国士兵训练有素的高看,我都不能够放下。我知道自己的价值观可能出现了一些紊乱,但那样的感喟挥之不去,最后只能用"如果不是战争……"这样的假设,让自我解脱出来。是的,如果不是战争,俄罗斯的姑娘、德国的后生,会在同一片阳光下恋爱,在不同的教堂里完婚;如果不是战争,中国人、日本人,也不会结下如此难解的死结。战争,纵有一万个理由,因为其摧残生命、毁灭美好,就一个理由也站不住;战争,绝不是政治的最高手段,只能是政治家的黔驴技穷。穷兵黩武，最终让二战始作俑者希特勒命丧地堡、东条英机和墨索里尼曝尸绞架；而以战止战，也使中、俄、法、英、美乃至日本伏尸百万、流血漂橹。和平，是这样的来之不易，又是这样的步履维艰。

我读大学二年级时，湖南人民出版社又请裴家勤、白春仁翻译了瓦西里耶夫的长篇小说《未列入名册》，在 1981 年 7 月出版。那依然是一部表现二战题材的作品，说的是刚刚授衔的中尉普鲁日尼科夫，奉命前往布列斯特要塞报到；但抵达后，却被一片硝烟战火逼进要塞的地下工事，无法找到隶属部队履行报到手续，因而成了"未列入名册"的军人。正是这个没有番号的军人，独自在要塞的地下工事里，与一个集团军的德寇周旋了十个月，令他们寝食难安、魂不守舍、损失惨重，难以向俄罗斯纵深移动一步。直到弹尽粮绝，普鲁日尼科夫才被迫走到要塞地面。在作家笔下，中尉的脸上闪过一丝奇异的胜利者的冷笑，对德国集团军司令说："怎么，将军，你现在知道一俄里有多少步了吧？"随后，德军战地卫生员试图把他送上救护车。双目差不多已经失明的普鲁日尼科夫，跟跄着迈动浮肿和冻僵的双腿，坚持自己走。这时候，令我惊讶的一幕，在瓦西里耶夫笔下出现了："突然，德军中尉把脚跟一碰，一只手举到帽檐上……士兵们都挺胸肃立。"普鲁日尼科夫用坚毅的军人品质、令人难以置信的一个人的战争，从精神品格上赢得了职业军人应得的礼敬。多年之后，这一幕竟然被中国电影与电视剧竞相模仿，令人齿冷。

我毕业留校后，在"大学语文教研室"任教。教研室的吴则林，原来曾在校苏联文学研究所做翻译。1983 年 9 月的一天，我和吴则林从教研室所在的六楼爬上八楼，去拜会校苏联文学研究所的潘桂珍老师。我知道北师大在苏俄文学研究方面，走在全国前列；潘桂珍老师开设的"苏联文学"选修课，即衔接了傅希春先生讲授的俄罗斯文学。她告诉我们，瓦西里耶夫的长篇新作《不要射击白天鹅》，国内已经在着手译介，估计不久即可面世。我问是谁在翻译，哪家出版社出版。潘老师说，是李必莹翻译、湖南人民出版社出版的。

又是湖南人民出版社。在国内众多出版社中，这家出版社似乎保持了对苏联文学界的最大关注。仅是瓦西里耶夫，他们就推介了《这里的黎明静悄悄》《最后一天》《依万诺夫快艇》《遭遇战》《未列入名册》《不要射击白天鹅》等一系列作品；并分上、下两册，出版了《瓦西里耶夫小说集》。在二十世纪八十年代，喜爱瓦里耶夫的我，对湖南人民出版社时常心生感动。由于上过潘桂珍老师的选修课，对与瓦西里耶夫齐名且并称"三夫"的艾特玛托夫和邦达列夫，我也爱屋及乌。艾特玛托夫的《白轮船》《一日长于百年》，邦达列夫的《岸》和《热的雪》，我都十分喜欢：他们大多有经历二战的背景，除对战争文学拥有特别发言权，还因为对人性的参悟传承了俄罗斯文学深厚的传统。当然，苏联文学还有两位重量级作家不得不提：一位是拉斯普京，他的《活着，但要记住》，让我对道义与人性冲突导致的悲剧，纠结得差不多快要"此恨绵绵无绝期"；一位是阿斯塔菲耶夫，《鱼王》以其对于文学史的非凡贡献，让我明白了人与人、人与自然之间的关系，完全可以是我们非常陌生的关系。这些人，个个是作家中的翘楚，对于中国文坛产生了旷日持久的影响，一直持续到西方文学思潮东渐中国，魅力依然不减。

阅读瓦西里耶夫、艾特玛托夫、邦达列夫和拉斯普京的作品，使我很长一个阶段对中国表现抗战题材的文学作品心生不满，直到莫言在1986年写出《红高粱》。当我看到"一个鬼子兵慢慢向奶奶面前靠。父亲看到这个鬼子兵是个年轻漂亮的小伙子，两只大眼睛漆黑发亮"这样的句子时，原先的阅读经验被全部被颠覆了。莫言令人信服地让读者明白，日本兵也是人，甚至可以长相"漂亮"，尽管他们的行径属于"鬼子"性质。自莫言始，中国抗战作品已经开始像苏联二战文学一样，逐步地接近文学真昧。近日读冯仑先生博文《台湾抗日剧与大陆的五大不同》，对文中所涉五点相异之处，即城乡角度、身份选取、国恨家仇顺序、抗争出发点，特别是阶级与人性的分析，深为赞同。虽然冯仑先生委婉地认为台湾、大陆两地抗日剧可以互补，但孰高孰下，相信读者可以立判。联想到近年来充斥荧屏的武侠化、偶像化、脸谱化抗日题材影视剧，正以狂欢方式面对中国在第二次世界反法西斯战争中的抗战，消费着"一寸山河一寸血"的艰苦卓绝，深感人性深度已经在民族情绪中淡出的无谓。

瓦西里耶夫走了，俄罗斯人很沉痛。据媒体说，普京向作家的家人表示了"诚挚和深深的哀悼"。梅德韦杰夫致电莫斯科作家协会说："他（瓦西里耶夫）的作品激励了数百万人，教会人们同情和善良。"的确是这样。此刻，我想起先锋作家张亦辉说过的一句话："从终极的角度，枪杆子里打出来的是恨，作家笔杆子里淌出来的是爱。"明天，也就是 2013 年 3 月 14 日，瓦西里耶夫的葬礼即将举行。虽然作家虚构的普鲁日尼科夫中尉，到死也"未列入名册"，但作家本人——请允许我郑重地说出他的全名，鲍里斯·利沃维奇·瓦西里耶夫，已经永远载入了文学史册。

艺术的看法

艺术现象

红色谍战题材思维趋同的危险信号

谍战剧是一种类型化作品。中国谍战剧也不例外。类型化的特征是题材的同质性与生产的流程化。但类型化并非注定会滑入模式化的泥淖。而现实情况却令人忧虑。如果为中国谍战剧划一条质量曲线,其运行轨迹显然是波动中有所下滑。波动是由于《潜伏》《借枪》《黎明之前》《悬崖》与《风声》等好剧时或出现,下滑则缘于大量平庸之作泥沙俱下,使中国谍战剧质量攀升乏力。尽管画出下滑曲线的方法可能是机械的,但中国谍战剧的常态是优秀剧目稀少,一般化作品乃至"烂剧"居多,却是不争的事实。这种现象之所以令人心忧,是因为大量影视资源被空耗,必须引起业界警觉。

枚举中国谍战剧模式化现象,假夫妻首当其冲。假夫妻的创意,或许始自1958年王苹导演的故事片《永不消逝的电波》。

在那部反映我党地下斗争生活的作品中，原型李静安（李白）的地下工作经历，为编剧林金提供了有力支撑：我军延安电台政委李侠临危受命，前往上海恢复建立遭受敌人破坏的电台，与纱厂女工何兰芬假扮夫妻。半个多世纪后，同名电视连续剧问世，是为纪念中国人民抗日战争暨世界反法西斯战争胜利65周年量身定做，观众自然无从要求智磊改变李侠与何兰芬的假夫妻关系。但是，广受追捧的电视连续剧《潜伏》生产于2008年，编导有理由在剧中规避假夫妻格局却没有规避。如果说《潜伏》因为孙红雷、姚晨较为出色的演绎，得到了对红色经典剧并不熟知的80、90们认可，让中老年观众找到了历史回声的亲切感，尚可理解；那么，2009年生产的谍战剧《地下地上》，依旧沿袭假夫妻旧制，就令人扼腕唏嘘了。剧中乔天朝与王迎香的关系，无论形神，都和余则成、王翠萍一般无二：二王一律的生猛，一样不谙谍报技巧，一直不断地捅娄子，甚至连出场原因都很相似：派去扮演假夫妻的正主临时遇难，王翠萍和王迎香顶上。甚至连逼近了铁血法则的优秀剧目《悬崖》，在2012年播映时也难逃窠臼，未能免俗：周乙发妻孙悦剑，只能眼睁睁看着顾秋妍与丈夫成为假夫妻，原因仅在于她不会发报。而顾秋妍与王迎香一样，也有自己的丈夫。

与假夫妻孪生的，是冒名顶替。冒名顶替的红色经典母本，可以上溯到1956年曲波的长篇小说《林海雪原》、1957年卢珏执导的电影《羊城暗哨》、1958年严寄洲与郝光执导的电影《英雄虎胆》。但是，仅仅追溯到此显然不够。或许可以认为，冒名顶替导致的错认身份，在文学作品中有原型意味，如"真假美猴王""真假公主""王子与乞丐"等等。但那只是问题的一个方面。问题的另一个方面是，以冒名顶替的方式从事间谍活动，是否已经成为国共、日伪之间常用的谍战手段？答案显然是否定的。如果说电视剧中赵浚凯执导的《羊城暗哨》、李文歧执导的《林海雪原》、陈键执导的《英雄虎胆》尚可用改编自我解嘲；那么，2011年谍战剧《我是真的》中郭晓东、王千源为真假桑义州较劲，同年上映的《密使》中侦察队长于明辉串演孪生哥哥、军事专家于明阳，2012年《蝴蝶行动》中孪生姊妹赵欣梦、北条千代子演绎"影子计划"，就让人觉得，编导如果不是对模仿情有独钟，就是对创新放弃追求了。你是？我是侦察排长杨子荣；你是？我是中国特工赵欣梦！这是思维趋同的危险信号。

双料身份的美女间谍，几乎覆盖了大部分谍战剧，恕不一一罗列。此类剧作摩肩接踵而来，令人恍惚感到，所谓"战争让女人走开"的说法，并不确当。原来她们并没走开，而是被影视编导们装扮一新，送进了谍战剧，并且成为主力军。这种以商业看点为目标的追求，使大量谍战剧热衷于将女性身份符号化，要么是打入军统保密局的机要秘书、电讯股长，甚至行动处长；要么是政要千金、军官姨太，甚至风尘女、交际花。前者以智慧、果敢为手段，后者则以身份、色相作媒介。这种将中国女性身份在谍战剧中标签化的现象，是沿袭性思维的典型产物，不仅掩盖和抹杀了女性在谍战中的实际建树，而且误导和拖累了观众的审美情趣与取向。

此外，玩味酷刑、辨析信仰、虐心恋情，再加上父兄成仇、帮派倾轧、红楼袖招……差不多已经成为"看家菜"，被编导们端进一部又一部谍战剧，令人见头知尾，胃口倒尽，更是中国谍战剧从类型化走向模式化的典型症候，再也激不起观众理性与情感的审美愉悦。

中国谍战剧陷入模式化沼泽，首先与影视制作者缺失原创精神有关。从制作者角度讲，翻拍红色经典，以当代意识重新演绎峥嵘岁月与复杂人性，无可厚非。但由翻拍而戏仿，仅仅通过观摩、借鉴便以剧生剧，在范式内制作，必然导致思维趋同，作品不异。当然，如果仅对影视制作者课以全责，未免失之皮相。因为第二，院线与媒介的供需要求，也是重要影响因子。从产销平衡角度讲，受票房与收视率的制约，影视制作者无法无视院线与播放媒体吞吐诉求，必然导致以流程化生产方式跟风而上，批量制造。对于优秀作品的生成规律，这种跟风戏仿所构成的干扰是必然的。第三，从接受心理角度分析，社会的快餐式消费与快闪式审美，客观上为模式化作品的生成提供了土壤。显而易见，社会意识的平面化和碎片化，均与以"快"为矢量标准的信息时代有关。"信息爆炸"使一切都来得快、去得快，令人无暇静心甄别爆炸的信息中哪些是原创的、哪些是复制粘贴的。这样一来，产销双方似乎都从具有了速度感的文化生态中，找到了新的平衡。

但是，合理性并不一定合目的性。中国谍战剧的模式化具有合理成因，并不表明模式化本身是个好东西，因为它不具备创新基因，是艺术作品的大敌。这是其一。其二是，一个民族在任何时代，都应当有自身的精神高度；一种艺术在任何环境中，都不应该丧失其应有品格。当《美丽生活》走上银幕时，我们知道揭示法西斯的残酷性原来还可以有童心视角；当《天与地》来到观众面前时，我们知道对于战争的反思，还能够从东西方文化差异的角度介入。谍战剧，中国谍战剧，又何尝不是这样。谍战也是战。既为战争，就不是儿戏，必须符合铁血法则。谍战的成败，每次都是个案；既为个案，必然与模式化背道而驰。这既是谍战法则，也是谍战剧编导们必须遵循的艺术法则。说它"铁血"，是因为它不是在跟风和戏仿中，而是在历史与生活中，需要去发现和原创。

谈"红色经典"的再生长

"红色经典"成为经典，有其特定的历史机制与文化土壤。人民翻身解放与共和国创建的历程，使许多人与事产生的可歌可泣的精神力量，感动了一代又一代人。作品中意识形态的"红色"，已经成为当今主流文化的重要构成元素；而随着时间的推移，这些元素在当下的文化生态中将栉风沐雨，再生再长。从这个角度来说，考察"红色经典"，特别是其中的影视作品再生长的轨迹，有理由成为一个民族复兴进程中的理性自觉。

一、"红色经典"是一个历时性产物，其自身便蕴含了自我变革的因素。早期的许多"红色经典"影视作品，如《小兵张嘎》《永不消失的电波》《战火中的青春》与《冰山上的来客》等，能够遵循社会主义现实主义创作方法，按照现实的逻辑与生活的规律创作，塑造的人物虽则好坏分明，却大多朴素真实，观众还是喜闻乐见的。及至我们的共和国进入泛政治年代，文艺创作充分意识形态化以后，"两结合"的创作方法差不多不留死角地覆盖了影视艺术界，"典型化"思维方式逐渐演变为"三突出"，开始强行干扰甚至左右艺术家的灵魂，影视作品与"十七年"依依惜别，不食人间烟火的英雄纷纷出世。湮入"文革"，只谈阶级性，不谈人性，现代京剧《海港》中方海珍是女单身，《杜鹃山》中柯湘是女单身，《龙江颂》中江水英是女单身，甚至殃及龙江村的村主任李志田，为了戏份干净，编导在具体场景中也安排他的老婆"开会去了"。这些"女英雄们"是否为"红色经典"人物，可以商榷，但是她们身上所体现的个体特征，在当代文化语境中却理所当然地成为第一个被反拨的对象：即使革命领袖也有七情六欲，也要吃饭、睡觉，也会摔杯子、骂人，更不要说那些逐渐成长为英雄的普通人了。

二、有些"红色经典"改编后毁誉参半，是接受分析的恰当样本。1962 年诞生的"红色经典"——电影《红色娘子军》，1964 年被改编为芭蕾舞剧，1972 年又改编为现代京剧，2006 年又变身为同名电视连续剧；1958 年出版的小说《苦菜花》，1965 年被改编为电影，2005 年又改编为电视连续剧，作为小说、电影、电视与舞台剧多栖作品，它们应该能够成为接受分析的样本。产生于五十年代末、六十年代初的这两部"红色经典"，显然是备受欢迎的：原作中朴素的生活质感、起伏的故事情节、主人公曲折成长的历程和纯洁的革命节操，无论以语言艺术、视听形象，还是演化为音乐形象与舞剧形式，都深深打动了观众。而现代京剧《红色娘子军》，则完全覆盖在芭蕾舞的阴影里。舞剧中，吴琼华投奔红区后扑向红旗的场景感人至深；而京剧的表现，可谓煞费苦心，捉襟见肘，所以全剧搬演后无声无臭，也在意料之中。但是平心而论，舞剧和京剧的改编，其文化语境还处在"文革"的前后期，与"红色经典"在当下文化生态中的再生长，还不是同一问题。恰恰是两部作品在 21 世纪初改编的电视连续剧，把我们带到了问题的入口。

三、"红色经典"在争议中改编，在改编中争议，其间反映出的某些共性问题，折射出当前文化生态的基本状况。2005 年改编的《苦菜花》与 2006 年改编的《红色娘子军》，两部电视连续剧播出后，均口碑不佳，甚至饱受争议："时下的一些'红色经典'翻拍剧却彻底破坏了原来的人物形象：新版的《红色娘子军》宣称是一部'青春偶像剧'，而吴琼花与洪常青之间的情感纠葛被当成了该剧的主要卖点，剧中更破天荒出现了两人的'吻戏'。《苦菜花》原著的女一号是一位淳朴善良的老妈妈，重新改编后，竟摇身一变成了'中年美妇'，并且与日本特务王東芝还有着剪不断、理还乱的'感情纠葛'……"这种现象，折射出了当今文化生态的基本状况：主流意识形态表现出更大的包容性，艺术创作主体和与客体在理性和情感领域更具有互动性，不然人们便难以理解改编与争议频繁伴生的现象；反映出最新学科成果被普遍认知和应用，受众的审美旨趣和价值观念更趋多元，不然相关人物与故事情节的处理，必然进退失据；反映出草根文化表现出强劲生命力，大众媒介特别是互联网，表现出春风、秋雨乃至"沙尘暴"等多重属性，否则民间的声音不会显示出那么大的干预力量。

"红色经典"在改编过程中遭逢的一些共性问题，令人深思。首先是，它们能否以改编的方式再生再长？这是一个伪问题。因为"红色经典"中的精神与信仰，有理由成为社会主义核心价值观中的重要构成元素。大概除了著作权方面的考量，任何部门都不会对改编"红色经典"出具禁令。第二个问题接踵而至：应该以什么样的态度与改编方法面对"红色经典"？答案在这里便出现了多样性。一是大致忠于原著，只是佐以高新科技手段或强化悬疑色彩，如电视连续剧《野火春风斗古城》，观众基本认可；二是在原剧的基础上对人物、情节使用加法，有所丰富和发展，如电视连续剧《小兵张嘎》，作者虽然觉得尴尬，观众虽然觉得变体不如原作精彩，也还是以宽容心态接受下来；三是只利用剧名、人名和故事背景，差不多等于新创，如电视连续剧《羊城暗哨》，成了一个烧鹅店小老板成长的故事，观众虽则感觉陌生，但由于找不到参照系，也就不便厚非；四是改编成了原作的变体，如《林海雪原》《沙家浜》《苦菜花》和《红色娘子军》等作品，被认为不够"忠实"，难以接受，评价往往毁誉参半；极端的说法，甚至指为"恶搞"。而恶搞，也许可列为第五种态度与方法，乏善可陈。

四、对于第四种改编方式所受的争议，有必要作重新审视与梳理，这对于科学认知"红色经典"在当下文化生态中的再生长，会有裨益。电视连续剧《苦菜花》与《红色娘子军》被打入"恶搞"之列，这样的评价带有强烈的感情色彩。理性地看待和分析观众的指责和非议，大概可以离析出这样几个问题。

第一，在具体情境里，历史中的人会不会产生情感纠葛？情感纠葛到达一定程度，做法可不可以逸出原"红色经典"的表现空间？《苦菜花》小说作者冯德英说，冯大娘在电视剧中之所以没有杀王柬芝，是因为"加入了原作中的细节。我作品中冯大娘与王柬芝有一种情愫，那是一种报恩的心情"。资料表明，电影《红色娘子军》中并非没有洪常青与吴琼花的情感戏份，但梁信与谢晋迫于当时的政治压力，最终删节了相关内容。因此，不能因为电影中吴琼花与洪常青没有情感戏份，便也顺带否认了历史中的人情感的产生与接吻现象的发生；同样，不能因为电影中冯大娘亲手除掉日本特务，电视剧中便也要痛下杀手。原作固在，是它们提供了"红色经典"在剧情改编时的一种新的可能性。

第二，既然如此，新的问题只能是，当今改编"红色经典"的影视作品，可不可以表现主人公的情感戏份？这个问题的答案具有自明性。

第三，如果可以，怎样的表现才算是成功的？必须承认，正是梁谢二人的忍痛割爱，才使王心刚与祝希娟在表现形态上欲言又止，暧昧朦胧；这种歪打正着，反而提供了影视表现手段上佯攻的艺术范例。那么，电视连续剧《红色娘子军》在情感表现上往前走一步，正面强攻；《苦菜花》往后退一步，还原小说意图。这也许不够机巧，但决不至于到了被指为"恶搞"的地步。

第四，事实上更应该引起关注的问题是，正面强攻"红色经典"原有人物的情感戏份或退回小说原作意图，人们是否接受？答案并不是完全肯定的，必须具体问题具体分析。《小兵张嘎》的小说与电影原作者徐光耀说："说来也奇怪，我和身边的一些老同志不喜欢电视剧（《小兵张嘎》），但我发现很多十三四岁的孩子很喜欢，看得津津有味，这很出乎我的意料，我也不太理解。"同样，对洪常青与吴琼花的吻戏以及冯大娘与王东芝的情愫，当今的80、90后们，视若寻常；难以接受的，仍然是他们的长辈。

究其原因，应该说问题不全出在电视剧的表现上，而与受众心理有关。接受心理学表明，"红色经典"不仅以其价值观念与审美旨趣造就了自身的经典性，还造成了一种"红色经典接受心理"。即是说，已经认同了"红色经典"范式的中老年观众，心理审美取向上只接受符合其范式的形象体系，稍越雷池，便会视为"彻底破坏"了原来的人物形象。接受心理学的这种机理，对有志于改编"红色经典"的作者来说，必须高度重视。在当下的文化生态中，宁可在"两难"的空间地带驻足，审慎对待"红色经典"造就的接受群体，兼顾80、90后们的审美情趣，也不要偏向其中的任何一极。

五、"红色经典"中的英雄原本出自凡人。他们被迫走向神坛后，是在当代文化生态环境中才有了返回地面的契机。要珍惜和用好这种契机。电视连续剧《红色娘子军》和《苦菜花》面对"红色经典"的态度与改编方法，是一个"类现象"。对这种态度与方法，可以作两面观。

一方面，必须承认，产生"红色经典"的历史文化土壤中，人类对于遗传学、现代心理学和精神分析学的研究成果，尚未渗透其中；弗洛伊德、荣格与马斯洛们，还徘徊在中国作家、艺术家的视野之外，这使得"红色经典"中次第出现的英雄人物，"人味"越来越少，类型化倾向越来越明显。与此同时，"典型化"的创作方法渐次被推向"三突出"的极端，加之来自意识形态角度的抵触与漠视，人的复杂性与人性的深层渊薮，更是难以得到表现。而当今的文化生态提供了一个契机，这便是借助改编者所获至的当代意识，即对于人的复杂性的深度认知，对于历史运行机理的广角审视，使得"红色经典"的改编，可以从人本理念出发，让英雄走下神坛，落脚地面，返回民间，从而也还原了英雄的人本色彩，使他们有了"人味"，这是一种积极的努力，发点是十分良善的。

另一方面，改编者也应该充分和清醒地认识到，既然是"红色经典"，其题材本身也有相应的制约性，即诞生这些经典的历史机理的约束力。要表现冯大娘，人物造型上即使不"曲云"化，也不要"中年美妇"化；要表现"中国工农红军第二独立师女子军特务连"，即使不"祝希娟、向梅"化，也不要"青春偶像"化。造型艺术不是表面文章，应该持有历史唯物主义态度。同样是红色题材的电视连续剧《长征》，以及电影《集结号》、电视作品《士兵突击》与《我的团长我的团》，在造型上都是尽量逼近原生态，便是出于对历史和艺术负责的态度。也正是从这个意义上说，即使是处理"红色经典"人物的情感戏，也要考虑到一是东方中国、二是历史中人，懂得含蓄，有些分寸感，才符合历史真实，也有益于观众接受。

六、改编的话题，本来沉重；改编"红色经典"的话题，尤其沉重。但是，沉重的话题却永远不会休止。因为今天的原创，也有可能成为明天改编的对象。

改编"红色经典"，不是孤立现象。事实上在世界范围内，围绕着"重述神话"就曾掀起过全球性改编热潮。中国作家人围该项目的有苏童，重写了"孟姜女哭长城"（《碧奴》）；叶兆言，重写了"后羿射日"（《后羿》）；李锐夫妇，则重写了《白蛇传》。其他续写与改编经典作品的作家更是不胜枚举。《哈姆雷特》《茶花女》《悲惨世界》等，都重拍若干次。所以，尽管改编不是原创，可以品头论足，激扬得失，褒贬成败，但只要不存在版权问题，改编事业正如人在旅途，"红色经典"也不例外。2009 年是共和国建立 60 周年，献礼片中恰好有《建国大业》《风声》《南京！南京！》《可爱的中国》《谁主沉浮》《南泥湾》《天安门》《额吉》《扎西德勒》等新中国成立前与新中国成立初题材的影视作品。这正好可以参照对比前一个时期"红色经典"在改编时处理同类题材的得失成败。今年有意改编"红色经典"影视作品的信息，尚未浮出水面，但这并不意味着对于"红色经典"的改编已经式微。因为今天关于建国题材的原创，也有可能成为明天的经典和后天改编的对象。那么，无论在什么背景下，改编什么时期的经典，都要遵循前车之鉴。一要有历史唯物主义的态度，二要占据当代意识的高度，三在艺术表现上要兼顾受众的复杂性，四在精神信仰上弘扬光大而不能缺失。我想，这也是我们检讨"红色经典"在当下文化生态中再生长的轨迹后，应该获至的理性认识。

红色经典给予一个时代的力量

中国共产党建党迄今已近百年。自二十世纪二十年代以来，中国共产党不屈不挠，砥砺前行，力量的源泉是实现民族复兴、国家富强和人民幸福的中国梦。在实现中国梦的进程中，许多可歌可泣的人物与事迹催生了大量红色作品。穿越世纪的淘洗，许多作品已成经典，并赐予我们的时代以持续的力量和影响。

是什么样的力量、动力可以源源不断；是什么样的影响，精神能够历久弥新？

红色经典形成的社会历史机制，与中国共产党为人民求解放和创建共和国的历程同步。因此，这些作品必然蕴涵了以下的旨归与理念：一是主要角色理想信念的坚贞，二是代表历史趋势的群体所拥有的集体主义思想，三是这一群体为达至目标所体现的艰苦奋斗精神，四是他们攻坚克难时表现出来的智慧和勇气，五是他们的奉献乃至牺牲精神。

上述归纳虽然不算完备，但其中任何一点，即使放在当今文化生态语境下，也无法不令人动容。当我们听见《义勇军进行曲》的号角，热血油然沸腾；当我们听见《红旗颂》的主旋律，激情必然澎湃。看了《红色娘子军》和《小兵张嘎》，我们明白英雄会有一个成长的过程，而共产党领导的军队纪律严明，因为它不是在为个人复仇，而是为了解放更多穷苦人。看了《铁道游击队》和《平原游击队》，我们知道英雄也会犯错误，犯了错误就要付出代价，而鲁莽不是勇敢。看了《上甘岭》，我们了解了什么叫作挑战极限，智慧和意志的力量可以使我们对强大对手无所畏惧。看了《烈火中永生》和《江姐》，我们懂得那已经不是什么挑战极限问题，而是一种坚贞不屈的信念和视死如归的气概。这些作品并非完全来自虚构，更不是什么纯文本实验，而是有人物原型与真实事件作为支撑。《红岩》里的江姐之所以感人至深，是因为江竹筠的宁死不屈；《上甘岭》之所以撼人心魄，是因为中国人民志愿军第15军和12军的浴血奋战。是的，红色经典的力量，来自中国共产党和人民群众血肉相连锻造出来的不平凡历程。

红色经典的时代影响表现在哪里？任何时代都是特定的时空，都与漫漶而来的历史机制浑然一体，无法剥脱。从革命到执政，中国共产党面临的历史拷问，看似任务不同，实则使命如一，那就是实现中华民族伟大复兴的中国梦。这个梦想是如此沉重，以至百年已近，任重道远，无疑需要数代人艰苦卓绝的努力。因此，梳理和反思红色经典给予一个时代的力量和影响，有理由成为正在复兴的中华民族的理性自觉。

历史的主体是人民。人民的行为受他们的理性、意志与情感支配。过分夸大文艺作品的影响力量，不是辩证唯物主义；同样，贬低甚至抹杀文艺作品的力量和影响，也不符合唯物史观。如今，80后已经开始"怀旧"。在互联网键入关键词，有关80后"怀旧"的信息，多达2940万条，十倍于40、50后，百倍于60后们。有关怀旧的话题，40、50后也许会说"天凉好个秋"。但是，当你在40、50甚至60后面前唱起"一条大河波浪宽""一束红花照碧海"和"西边的太阳快要落山了"时，当你跟他们提起"三红一创、青山保林"时，你再看他们的眼神和表情，就知道什么叫作怀旧，什么叫作"穿越"，什么叫作百感交集：他们必定沉浸在当年的岁月里难以自拔。那些被勾起的视听记忆，同时唤醒了他们的人生经历。正是那些红色经典作品，感召着他们，鼓舞着他们，把青春、拼搏、奉献乃至牺牲，无私地交给了一个时代，交给了革命和建设。

在那个已经逝去、有待更加理性和科学研究、认知的时代，红色经典产生了巨大的精神力量，使怯懦失去市场，使勇敢得到平台。一代代青年，或者"雄赳赳、气昂昂跨过鸭绿江"，或者"到农村去，到边疆去，到祖国最需要的地方去"，祖国才有了和平，社会才向前发展，北大荒才变成"北大仓"，新疆才出现了"塞上江南"。无论是"铁人精神"还是"红旗渠精神"，都既是红色经典的本旨，也是红色经典通过行为主体施予一个时代的力量和影响。

红色经典应该有怎样的价值取向？随着时间的推移，红色经典在当今多元的文化生态中，正在栉风沐雨。80后的"怀旧"，自我减压的成分居多；40、50后的怀旧，则更接近怀旧的本义。60后无暇怀旧，是因为他们上有老、下有小，已成社会中坚。不同世纪不同年代，人们怀旧的内涵与外延也不同。毋庸讳言，在40、50甚至60后的怀旧心理中，红色是基本底色。这就带来了一些问题：一、红色经典与我们的社会滑向"全国山河一片红"的文革深渊，是否存在某些因果关系？二、在21世纪，红色经典对于市场经济和依法治国是否构成抵牾？提出或回答类似问题，不仅是严肃的，而且是必要的。

从当代文化视角看待历史现象，允许有多种解读。但是，历史无法假设，解读也难以逆袭。对于第一类问题，必须厘清，红色经典与走向她反面的文革作品有本质不同。人们喜闻乐见的红色经典，大多出自"右派"之手，既不"高大全"，也不"红光亮"，因此这些作品在"文革"期间才会被打入冷宫；十一届三中全会后，才会与作者一道成为"重放的鲜花"。所以，这些经典作品与社会滑向文革泥淖，自然不存在因果关系。文革后人们热切捧读和观摩"重放的鲜花"的那种久违感，正说明红色经典对于人性作了基本思索和表现，才会在泛政治的寒夜里成为人们为心灵取暖的烛光。第二类问题的生成，缘于许多红色经典里的武装斗争。这种担忧，与两会期间有政协委员呼吁将古代经典《水浒》列为"禁书"一样，是低估民族文明水准的表现。武装斗争有两个属性：一、它只是手段而不是目的；二、它离不开特殊的历史机制与土壤。如今，共和国建国已经65年；经历了"文革"的颠簸后，中国共产党正引领人民向着中国梦扬帆启航。航道是市场经济，法治是护航使者，目的地与红色经典所向往的现实目标完全一致：社会的公平正义。

因为红色经典里的武装斗争，是为了民族独立与解放而反抗法西斯自不待言，即使国内革命战争与解放战争，也不是纯粹的两党之争，而是公平正义之争。所以，红色经典所表达的诉求，与市场经济和依法治国不仅没有抵牾，反而是它们的前导和先声。其给予新的时代的启示是：业已体现了公平正义的共和国来之不易，当倍加珍惜，稳健前行。

行文至此，必然引出一个新的话题，这便是红色经典在当今文化生态中的再生长。中国共产党建党 93 年来，红色经典巩固了其执政的文化基础，焕发了一个时代豪迈的力量。在 21 世纪，红色经典会不会随着 40、50 乃至 60 后的记忆渐行渐远？还能不能使人们在新的时代中感受到其春风化雨般的影响力量？近年来大量翻拍或改编红色经典的影视作品，特别是新拍的《建国大业》和《建党伟业》等影视作品，给出了意味深长的答案。本来是为建国 60 周年和建党 90 周年量身定做的影片，公映时出现了万人空巷的观影盛况，这说明红色经典的序列正在新枝英发。与此同时，我们不难发现，"富强、民主、文明、和谐、自由、平等、公正、法治、爱国、敬业、诚信、友善"十二个关键词所构成的社会主义核心价值观，其内涵丰富的体系中大部分理念都与红色经典有脉承关系。这就为红色经典在当今文化生态中提供了非常有利的"生态位"：它与中华优秀传统文化和中国化的马克思主义一样，成为社会主义核心价值观的三大源头之一。所以，由于社会主义核价值观对于中华民族实现伟大复兴中国梦的助推作用，红色经典必将焕发出新的生机与活力，给予 21 世纪的中国以持续的影响力量。

文学怎样走向影视

反对将文学作品改编为影视作品的作家大有人在，他们不满的是文学作品的意蕴和语言魅力因改编遭到破坏；但将文学作品改编为影视作品的现象却从来没有停止过。文学作品究竟有哪些元素具有视听属性，使影视编导和制片方乐此不疲、甘冒风险？本文具体探析了文学作品中的影视元素，解答并拓展了对这一理论问题的认识。

首先是作家们的不满：叙述的魅力被止步于影视。

与影视作品相比，作家们的武库是有限的：文学作品只有也只能用语言符号组织情节和故事，塑造人物和性格，表达情感和思想了。而影视借助于现代科技的发展，差不多已经"武装到了牙齿"。但有意思的是，C·格拉西莫夫面对肖洛霍夫《静静的顿河》中那轮著名的"黑色的太阳"，却让画面绕道而行，以俯拍的繁茂树冠取而代之。尽管影视编导们殚精竭虑，诸多从文学改编的影视作品还是让作家们微词不断。加西亚·马尔克斯曾经这样表达他的直率想法："具体到我的小说来说，我一向反对将它拍成电影。"这位曾经学习过导演、撰写过电影剧本的诺贝尔文学奖得主，认为"在文学作品被搬上银幕后，它的韵味就会损失很多……这样就彻底毁坏了小说的文学价值"。尽管反对之声不绝于耳，竟成"无边落木萧萧下"；而从文学到影视的漂移，还是"不尽长江滚滚来"。这里，问题已经悄悄发生了偏转，即作家们守护的是文学语言魅力的贞操，企图抵挡影视改编的侵害；而影视改编却从来没有、也永远不会停止。因为影视编导们买椟还珠，相中的是文学语言之外的元素。这些元素是什么呢？

其次的问题是，影视编导们究竟相中了文学作品中的什么？毫无疑问，文学作品中必定有适合或便于被影视改编的元素存在着。这些元素，首先是故事，是人物，是情节，是细节。但是，有了这些元素，影视编导改编的兴奋指数就会高涨吗？答案是否定的。

比如某文学作品写一个数学家在斗室中研究某数学现象，一晃30年，终于有所突破；这在语言文字中可以表现得十分感人甚至引起轰动，如报告文学《哥德巴赫猜想》。但要据此改编为影视作品，编导们却颇费踌躇。电视剧《陈景润》后来做成了十三集连续剧，基本上是放弃改编，另起炉灶，依然拦不住有人拿它与美国影片《美丽心灵》对比，细述不足，更指其播出效应难望徐迟当年报告文学项背。

由此，我们可以这样来认识问题：文学作品中的影视元素，应该是那些适宜于被视听艺术手段表达的元素。这样，可以基本上确定，在人物与故事感人至深的前提下，再有富于动感的活动场面或事件，才是编导们愿意捉刀的因由。比如川端康成的《伊豆的舞女》，虽然其审美意趣属于幽情或哀而不伤的品类，由于有少年男女情意萌动，有生离死别，有舞女们穿行在雪国等动感元素，依然可以被成功改编为影视作品。但是问题并没有就此止步。比如爸爸带着孩子到公园玩旋转木马，尽兴而归，动感虽然不缺，但未必就有观赏价值。假如孩子正在木马上欢叫，却有一枝枪架起来，瞄准，击发，罪恶的子弹呼啸着夺去孩子的生命，如吴宇森赴好莱坞执导的《变脸》，就引人入胜。开枪者是谁？为什么要开枪？孩子的父亲怎样追凶？所有的问题都没有答案；而任何一条线索抽出来，都是引人入胜的悬念。

悬念，在动感之后，可以作为第二个适合视听手段表现的元素，引入我们的视野。当然，影视作品之所以重视悬念，还受制于观赏的必要条件，因为视听艺术同时是时间艺术。在家里观看一部电视剧，在电影院里观看一部故事片，耗时较长，如果不被吸引，任何人都可能坐不住，或者换频道，或者拂袖而去。由此可见，悬念作为影视作品的视听元素，地位是何等举足轻重。

　　动感和悬念对于影视作品来说，是重要的；但是，仅有动感和悬念却是不够的。曹雪芹在《红楼梦》中开篇为我们推出的贾宝玉，是那样的阳光、率性、心地高洁，假设他此时的整体特征是 A。王扶林用备受赞誉的 87 版《红楼梦》，表现他在贾家如何追寻真爱、抵牾礼教与仕途，最后走出深深庭院，出离俗世，走向一片白雪茫茫。此时他的整体特征已经从 A 走向了 B，发生了很大变化。如果曹雪芹笔下的贾宝玉人生历程时间跨度虽大，直到小说结束，状态一直是 A，王扶林未必会对《红楼梦》感兴趣。协助说明这个问题的，还可以参看余华的《活着》。富贵从纨绔子弟挥金如土、人伦尽失到历尽磨难、从容淡定的心路历程，无疑是导演朱正感兴趣的，因为主人公不仅人生的整体特征出现了变化，性格也发生了嬗变，这同样印证了从 A 到 B 的嬗变。富贵在 AB 之间的变化，空间跨度越大，这部电视连续剧的张力就越大。所以电视剧《富贵》受到广大观众喜爱，几乎是必然的。类似的情况不胜枚举，梁信在《红色娘子军》中塑造的吴琼花，徐光耀在《小兵张嘎》中讲述的嘎小子，都属于从 A 到 B 的类型。诚然，一个人一生当中都是一种特征状态或性格取向，本无可厚非；但从影视艺术的角度看，编导们对这种人物做主人公的文学作品，改编的兴奋指数往往不高。只有当一个老实木讷的人由于生活中偶然的变故，突然成了怒目金刚，性格特征发生了巨大变化，影视编导们才会跃跃欲试。

　　第二种情况，必定会在影视作品中出现华彩乐章，是最令编导们趋之若鹜的了：从 A 到 B 再到 A。美国影片《关山飞渡》作为西部片的代表作之一，自 1939 年诞生以来，历经 70 年魅力不衰，其原因就在于莫泊桑以中篇小说《羊脂球》为这部影片奠定了坚实基础。伊丽莎白·鲁塞小姐很少有人记得，但是"羊脂球"的名字却永远在文学的殿堂里熠熠生辉。这个羞于委身敌寇的妓女，在作品人物关系上，从被轻慢到被恳求到再度被轻慢，也即从 A 到 B 再回归到 A，淋漓尽致地比照出所谓贵族与有钱人的极度自私和寡廉鲜耻。"羊脂球"在《关山飞渡》中化身达拉斯，其行状与伊丽莎白·鲁塞小姐基本相似，使得这部美国影片拥有了不俗的灵魂。而添加的那些复仇情节和警长的法外施仁，却依旧陷入了好莱坞的窠臼。陆柱国的长篇小说《踏平东海万顷浪》中，有一段"现代花木兰"的故事。区委书记的女儿高山在父亲战死后，为了留在野战军，女扮男装，被分配到"英雄排"做副排长。在一次阻击战中，为了营救莽撞的排长雷振林而负伤，暴露了自己的女人身份。电影《战火中的青春》表现了这一段富有戏剧色彩的军旅生活。演员王苏娅恰好地演绎了高山从区小队女战士（A）到野战军副排长（B）再到地方部队女战士（A）的变化过程；特别是她恢复了女性身份后排长雷振林前去医院探望她的喜剧场面，总是令观众忍俊不禁。

这两种情况综合起来，就构成了第三个适宜于视听手段表现的元素：变化。需要指出的是，变化作为一种影视元素，又可以分为两种情形：性格的和命运的。当然，两者之间也有联系，性格特征决定着命运的变化与走向，或者极而言之，性格就是命运，不赘述。

第三是对论题的拓展，即有些元素具有叙述艺术的共同属性。什么样的元素可以从文学向影视作品漂移？这取决于影视作品的特质和属性，选择的主动权在影视编导。正是富有动感的多变的场面、情节与故事的悬念、性格和命运的变化这些元素，符合并满足了影视艺术在表现生活真谛、揭示人生要义、体现艺术家审美趣旨等方面的追求，所以它们在文学作品中便具备了相应的影视元素的属性。而由于作家关照、驾驭、把握和表现生活，表达对于人生的发现与思考，无疑也必须借助这些元素，因此，它们在文学作品中理所当然地成为富矿。这些元素在文学作品中依靠语言文字生长着，闪烁着诱人的光泽，直到被影视编导们发现，取精用宏，使它们在影视作品中光华四射，照亮人群。

对于作家来说，有必要用常态心理看待影视改编现象。人物、故事、情节、细节这些元素，文学作品可以拥有和使用，其他艺术样式也可以拥有并且使用。动感、悬念、变化等元素何尝不是如此？作家们之所以要心平气和地看待文学改编为影视的现象，就是因为上述元素体现的不是文学或影视的本质属性，而是各种叙事艺术的共同属性，也可称之为共性元素。作家们不要试图霸住（也霸不住）这些元素。你可以用文字表现它们，别人也可以用影视表现它们。明白了这一点，就应该理解和允许影视改编文学作品现象的存在，并且用祝福的心态看待改编现象的发生、发展；同时，也要告诫自己，不要在影视作品中去寻找语言文字的魅力，因为那是缘木求鱼。

影视运作中的"PR 法则"

二十一世纪以来，一部影视作品的所有演职员为一家制作机构拥有的现象，日益少见。常见的情况是，不仅演职员来自多个组织，连制作方也开始多家联手。显然，那种从编剧、导演、演员到投资、制片、出品都"肥水不流外人田"的情况，已经渐成明日黄花。业界都明白，作为影视制作方，拒绝外援就是画地为牢；对于运行在市场经济轨道上的社会资源（如游资）来说，需求缺失便是低效甚至浪费。因此，由制作方围绕影视作品目标任务来整合社会资源的手段，无法不成为当今影视运作的主要方式。

上述现象带来的问题是，作为影视制作主体，如果制作方是一个利益联合体，面对的演职员又是一个由目标任务牵引的动态群体，这样的机制如何实施高效率运作，制作出既经得起市场检验、艺术质量又为上乘的影视佳作来？实际上，也确实有不少粗制滥造的影视作品出自这种动态机体，使类似机制备受诟病。显然，这样的问题应该引起业界与学界的重视与思考。这里，我们愿意朝花夕拾，以公关学视角重新检视一番《建党伟业》《建国大业》等影视作品的运作实践，看看"PR（公关）法则"的贯彻有可能给我们带来哪些有益的启示。

《建党伟业》与《建国大业》制作方强烈的公众意识，最终使自身成为最大受益者。发轫于美国的公众关系，特别强调公众意识，知道所做的一切，是为谁做的，必须对谁负责，由此产生了"公众至上"原则。从这个角度看中影，会发现该集团的公众意识是强烈、鲜明的。韩三平们知道，为建党与建国大庆拍片，目标公众既是共和国与执政党，更是党和国家所服务的民众，是民众构成了电影院线最为广大的受众。为民众拍片，就意味着必须让尽可能多的观众自愿进入院线，而不是靠红头文件或行政命令。这个"尽可能多"是多少？《建国大业》票房超过预期的 9000 万，创下了 4.3 亿的纪录；而《建党伟业》如果达到制片方预期人次 3000 万，票房将超过 8 亿！可见，拥有公众意识，受益者恰恰是影片制作方。

票房所代表的观众是目标公众，是从运作主体角度来说的；而由目标任务牵引的动态群体演职员们，则是内部公众。这些内部公众与常人不同：第一，他们是社会资源临时组成的，是一个动态过程；当目标任务完成后，他们便风流云散。第二，这些人随名望高低大小，会表现出档期疏密与个性差异。因此，如何凝聚这一群体，激活他们的创造力，顺利实现目标任务，则是《建国大业》与《建党伟业》制片方要致力解决的问题。韩三平以中影的至高地位与自身的人格魅力，给演员们施加的是价值观念的砝码，强调的是两部作品纪念建国 60 周年与建党90 周年的盛典意义，让大家找到了充分的自豪感，甚至宁愿不拿片酬也要参与其中。一时间，"你《建国大业》了吗？"成为演艺圈衡量价值分量的流行语。荣耀与自豪，使许多偶像级别的大牌影星积数十年功力于一搏，为影片增色不少。而参与制片的各方，则乐观其成，坐收社会与经济效益的双丰收。

　　制作影视作品，没有公众意识是不行的，但仅有公众意识又是不够的。在公关法则生成的过程中，"公众至上"是原则，与之相衔接的定律是"投公众所好"。公众关系学科创始人爱德华·伯尼斯提出这个定律，不是指社会组织放弃主体性，一味迎合目标公众，甚至媚俗，而是指组织决策之前，必须了解公众喜欢什么，真正的需求是什么，做到胸有成竹。唯其如此，决策的盲目性才会降低，针对性才会加强，成功的基础才会坚实。那么，在当今文化生态中，电影市场的青少年观众有什么审美趣好？——心仪电影市场捧红的明星；建党 90 周年和建国60 周年前夕，中老年观众走入院线的心理动因又在哪里？——怀有"红色"情结。中影决策层正是破解了这两个问题，"投公众所好"，《建党伟业》与《建国大业》才获得了可喜票房。

　　进一步探究，"投公众所好"定律得以显现效应，还缘于公关法则中的"借势"技法。君子性非异也，善假于物也。所谓"借势"，指的是针对目标公众，策划、运作相关活动时，借助名人效应、事件机遇和重大节庆的时间节点。《建国大业》已经超预期实现票房目标。《建党伟业》即使达不成预期目标，至少可平《建国大业》票房纪录，就是因为这两部作品从策划、制作到传播实施的过程，出色地运用了"借势"法则。

首先，是借助名人效应。这里的名人效应可以分解为两个层次：一是从民国到共和国初年的名人以及二十世纪共产党的创始人，皆为国人翘楚，社会名流，自不待言；二是参与演出的影视演员，大多是让观众心仪、心痒、心动的明星。据息，《建国大业》中的一线明星，就有 83 位；而《建党伟业》中与观众有面缘的，则多达 172 位。一部作品能够吸纳如此众多的明星加盟，的确是业界神话；但神话变成现实，有其深层原因。前文已述，建国 60 周年与建党 90 周年的盛典意义，与明星们的爱国热情是高度重合的；韩三平本身的品牌感召效应，也不可低估。而中影集团实力的强劲与制作的精良，更是令明星们深信与期待。有趣的是，韩三平最初在《建国大业》中启用众多明星，是缘于陈凯歌的一个临时动议；借力目的也并不是明星们的人缘，而是其表演功力，用来缓解摄制周期紧张、普通演员表演功力不足带来的压力。如果从公关法则对应的角度来说，纯属"歪打正着"。但是，到《建党伟业》动议上马时，韩三平依然采用明星群体加盟战略，便是一种自觉的理性行为了，因为已经尝到了明星票房效应的甜头。当央视主持人严晓宁问及韩三平拍摄《建党伟业》，可以从《建国大业》中借鉴什么时，他几乎毫不犹豫地表示：明星，明星有人缘。因此，再次实施明星群体加盟战略，几乎是中影的不二选择；而创造令国际电影业艳羡的票房纪录，也就具有了必然性。

其次，是借助"事件"的影响力。对于中华民族伟大复兴的进程来说，共产党一大的召开是"开天辟地"的大事件；而建立共和国，表明"占人类四分之一的中国人从此站立起来了"，更是历史巨变。回眸与解析这样的事件，影响力与传播效应可想而知，毋庸赘言。

最后，两部影片都成功借助了重大节庆日的时间节点。在公关法则中，社会组织自身的纪念日，逢五逢十必有大庆，策划专题活动时借力周年节庆日，最为常见，且屡试不爽。而建国 60 周年与建党 90 周年，党与国家重视，万众期待，媒体提前预热，造成了传播学中"议题设置"的累积效应，以至两部作品投放院线时，目标公众的心理预期已经被激活到最高点；票房出现"井喷"，人们甚至感觉已经不在"意料之外"，而在"情理之中"。

当然，公关法则中的"借势"技巧运用到中国影视界，韩三平不是第一人。港台片得力于明星制已非秘籍，冯氏喜剧"贺岁片"力抢春节档期，也是佳话。但将"借势"技法综合运用到浑然天成的地步，《建党伟业》与《建国大业》堪称集大成者。所以，尽管近两三年来电影观众的生态构成与院线市场没有明显变化，中影集团却以"主流意识形态电影"《建党伟业》与《建国大业》创造了业界奇迹，必须承认，公关法则在其运作过程中发挥了切实效应：强烈的公众意识，投公众所好的准确性，运用"借势"技巧所表现出的智慧，或许将会被学界进一步破译与探讨，以裨益中国影视艺术的长足发展。

城市电视台的生态困境与突围实践

我国城市电视台大约有六百多家，在传播党和国家声音、提供本土信息、满足文化需求、服务百姓生活等方面，发挥着无可替代的重要作用。但是近年来，随着传媒产业竞争加剧，越来越多的城市电视台涉入困境，生态不佳，令从业者心态焦虑。从积极的角度来说，激烈的竞争与生存压力，可谓"危机与机遇并存"，但是难点在于如何发现和把握机遇，应对挑战，突破困境，求得自身的生存与发展。为此，对城市电视的生态困境进行梳理，对困境突围的方略进行理性思考和积极实践，就变得不仅必要而且十分迫切了。

先看城市电视台的生存困境。国家推进的数字电视整体转换战略，是惠及百姓的重大工程。而实施推进这项工程的众多城市里，电视受众在收视习惯上正在发生新的变化。观众能够在一两百个频道中自由选择，城市电视台自办的频道几近被淹没在数字电视的频道海洋中。并且，数字电视良好的前端服务，如互动收视，可以使观众在任何时候点播法律许可、自己喜欢的内容。这种收视方法改变了观众原来那种在"规定时间"收看"规定节目"的传统习惯，使观众的收看方式从被动等待变成了主动选择。这种变化因其在收视上对城市电视台自办频道构成重创，已经引起很多城市台的高度重视和担忧。

在城市电视台面临寒流的同时，互联网却步入了发展的春天。据 CNNIC（中国互联网络信息中心）最新发布的《第 26 次中国互联网络发展状况统计报告》，截至 2010 年 6 月底，中国网民规模已达 4.2 亿人；《报告》还显示，2010 年上半年，网络视频用户规模达到 2.65 亿，虽然增幅不大，但却结束了 2009 年用户下滑的局面，使用率开始缓慢上升，其中网络视频新用户增幅高达 10.4%。报告还认为，随着国家三网融合政策的部署和实施，中国网络视频将迎来新的发展机遇：视频传输速率的提高，接入渠道的增多，将使网络视频获得更广泛的用户支持，成为大众视频消费的重要方式。

此外，传统的大众传媒如报纸、杂志、广播等一直伴随着电视的生存竞争，蓬勃发展的手机电视、移动（车载）电视、分众传媒也不断参与到受众市场蛋糕的切割中来。一方面是受众被巨量媒介团团包围，可选择的精神消费空间巨大；另一方面，随着社会经济文化水平的提高，国民的民主意识、个人意识的增强，受众对媒介也更加挑剔。传媒体制正在酝酿着深刻的变革。在这样一个大转型时代，传媒行业间的界限正随着新技术的进步而被打破，新技术在旧有规制未及的新领域不断进行着突破性的尝试，城市电视台在传统的新闻宣传建制中，正不断遭受着来自新媒体技术所代表的新的话语权力的挑战。

在这种高度复杂的博弈局面中，城市电视台生存的支柱广告经营创收，由于覆盖渠道的先天不足、收视竞争日趋弱势，大品牌公司广告被央视和发展快的卫视垄断，在全球性经济危机及国家宏观广告政策的调控下，其抗打击、抗风险能力更弱，硬广告影响力和效益有纵向相对下降的危险，吸纳力与吸纳量的提升更加艰难。

与此同时，相对于"一股独大"的央视和省级卫视，绝大部分城市电视台的经济体量较小，资金短缺，设备更新压力大，在节目研发、技术事业、经营创收、人才储备等方面疲于应付；体制与机制改革也处在左瞻右顾、分分合合的状态，整体实力和可持续发展能力与央视、卫视的差距越拉越大，"马太效应"愈演愈烈。差距与问题盘根错节，城市电视台该如何突围？

再说突围的方略，也即寻找和锻造核心竞争力。生态困境挑战城市电视台生存发展智慧，迫使城市电视台思考突围方略，检视核心主力，寻求突围方向。那么，城市电视台的核心竞争力究竟在哪里？

在与央视和省级卫视的博弈中，城市电视台能够依赖和持续挖掘使用的资源，是本土化优势，即本土的社会政治、经济、文化和地域贴近性。这里面既包含了城市台的内容资源，也包含了传播渠道和受众资源。因此，城市台在市场竞争中的关键，是寻找和锻造核心竞争能力，也就是寻求、打造和开发城市台特殊的内容资源、渠道资源和其他社会资源，并有效地组织和利用这些资源。只有充分发挥本土性和贴近性优势，强化内容特色和传播特色，才能打造城市电视台的核心竞争力，重新树立和扩大差异化竞争能力，进而谋求持续发展。

一是以新闻类节目为主体，做足本土文章，打造内容资源品牌。具有强势竞争力的节目是广电媒体的生存之本。城市台的渠道覆盖虽然远不及央视和省级卫视，但本土政治、经济、文化、社会、民生、风俗等林林总总的地域内容，却是城市台得天独厚的资源。不同地域在社会政治、经济、文化等方面呈现的多样性特征，对于生活在当地的居民而言，是牢固的历史传承和心理维系，既为城市台提供了丰富的内容源泉，又提供了获取与维系受众忠实度的契机。植根地域文化，强化贴近性，专注地服务本地市场与受众，正是城市台实现差异化竞争的基础。而做好做足当地新闻，则是实现差异竞争的最为重要的途径。

创新本土新闻传播思维，打造新闻品牌栏目，是增强新闻核心竞争力的关键所在。在二十一世纪初始的十年里，很多城市台在形成本土化特色时，不约而同地突出新闻的主体地位。在打造新闻品牌的过程中，在确保时政新闻正常制播的前提下，很多城市台都选择了民生新闻作为突破方向。不少城市台的成功经验表明，民生新闻在视角和形式上应体现平民化，并推出品牌主持人、联合有关部门加强为民服务的信息与手段建设。在内容上，应立足区域经济、区域市场，注重与社会大众相关的国计民生报道，在话题（议题）设置和报道上应体现城市居民热议和关心的问题，用喜闻乐见的形式把中南海决策与四合院声音相联系，更多地反映观众诉求。这样才能在本土化基础上体现贴近性、服务性，延长节目生命力，增强品牌竞争力。

面对央视和卫视日趋强化的竞争力度，城市台在本地观众市场上的影响力和号召力，不能单纯依赖观众数量增长，更应致力于观众忠诚度的提升，这是维持城市台本土竞争力的重要保障。从这个角度看，一些城市台开办方言新闻和方言类节目，是强化内容构建和本土化特色、提升节目竞争力的又一重要措施。在江苏、浙江、山东、四川等地，一些城市台通过开办方言新闻、方言栏目剧等，在节目形态上汲取民间曲艺的营养，借助本地曲艺名人的影响，以当地百姓的眼光和语言，或幽默，或夸张，妙评本地事，丰富了节目形态，构建起具有浓郁地方特色的节目群。如苏州台的《施斌聊斋》《李刚评话》，杭州台的《阿六头说新闻》《济公说故事》等，从主持人到内容到形式，都创造了一种另类的新闻或故事讲评方式。

在做好做足本土新闻的基础上，城市电视台还需要加强对受众诉求的研究和引导，不断研发和引进新的节目类型，增强参与竞争的能力。从 CSM 媒介研究的报告来看，自 2009 年下半年至 2010 年年初，省级台和一些城市台都在加强节目改版和创新。引起全国热议的江苏卫视的《非诚勿扰》，无论褒贬，其对于江苏城市台产生的影响都是实实在在的：它突破性地延长了江苏卫视的黄金时段和次黄金时段，提升了这个节目之前的电视剧的收视率；成功地转移和吸引了受众的眼球，从而在战略战术上提升了一个频道的影响力；并且，它拉走的是中青年观众——最有影响力、消费力或潜在影响力和消费力的人群。反应快者如苏州台，迅速跟进，开办了一档名为《全城热恋》的交友节目，对抗竞争对手，抢占本土商机和影响力资源。当

《智勇大冲关》等类卫视大投入、大排场的季播节目热火朝天地铺开时，淮安电视台的《谁是掼神》以近几年来在江苏地区流行的"掼蛋"（一种扑克牌游戏）为基础，借助电脑软件，以普通市民参与、两对选手竞技的形式，每天1小时播出，虽然是小成本、小场地、小众化参与，但由于这个节目发挥了电视与网络互动、娱乐性、参与性的优势，加之其竞技性与偶然性构成的收视悬念、一路闯关后获胜者的丰厚奖品的诱惑等，也使节目获得了很好的经济效益和社会关注度。南京电视台将生活频道拓展为直播频道，除每天整点的新闻直播融入了多路现场即时信号外，融会了多媒体技术的新栏目《有话您就说》也通过社会的参与和各方互动（嘉宾、网友在演播室或通过视频接入，面对面激烈交锋），抢夺受众注意力。

传播信息、娱乐大众是大众传媒的主要功能之一，而加强服务性，现在也成为区域性媒体发挥地缘优势、提升收视率和影响力的必然抉择。随着人们生活水平的提高，加强内容的服务、中介的服务，如房产、车、保健、美容等生活休闲时尚内容，既为电视提供了更多的表现内容，也对观众有强大的吸引力。围绕贴近性和服务性，城市台不应囿于节目类型的框框，应充分发挥电视优势，革新理念，实现多种资源、多种节目样式的融合，以扩张自身影响力。

二是整合营销，做好品牌活动，拉动收视率，提升创收力。近年来，随着区域社会政治经济文化的发展，随着电视产业化进程的加快和市场竞争的日益激烈，电视活动已成为城市台参与竞争的重要内容和手段。城市台整合各种可能的资源与手段，举办主题性或类型化活动，参与到激烈的市场竞争中，以求稳固和扩大生存空间。举办的活动在规模、效益、影响力等方面，逐步积累起经验，为加强节目建设、拓展创收渠道、增强市场活动能力发挥了积极推动作用。

城市台通过活动创造品牌，增强市场竞争力，改善赢利能力，有"天时地利"的优势。连云港电视台 2009 年举办的"创业成果展示暨创业论坛"活动，有效整合了电视台自身节目资源和政府管理部门及社会企业资源。市劳动部门、部分企业、高校和该台《走乡村》栏目发掘出的青年创业者等，共同为参加活动的高校学生及社会人员展示了创业政策、金融支持、创业经验等，不仅引起了企业和市民的高度关注，还使该台在开办创业栏目上获得了新的社会资源，在培植产业新增长点的同时，强化了媒体在社会活动中的权威性和公信力。现在有些活动如"住博会""3·15晚会"等，已成为该市某一行业、领域的"盛事"，有些主管职能部门也将这些活动纳入到行业组织行为中。连云港电视台承办的"江苏连云港国际《西游记》文化旅游节"开幕式，更是体现了整合营销传播的优势。该演出在策划上突出了《西游记》与佛文化元素，舞台、置景、灯光、音响体现了海滨城市的特点；特别是在开场节目《西游行踪》中，一束焰火从观众席上空划过后，孙悟空凌空而降，大屏打开后呈现出如来佛像，把《西游记》文化的韵味强烈地展示在近万观众面前，加上大牌明星的加盟，现场气氛一浪高过一浪，开幕式不仅获得了社会的广泛赞誉，并且在当地创造了政府性演出实行商业化运作、市场化售票的先河。举办大型演艺活动作为新的产业赢利模式，无锡广电集团也取得了可喜成绩。该集团充分整合社会文化演艺资源，以市场化手段运作，将活动资源剥离重组，组成"无锡广电星辰演艺传媒有限公司"，每年要举行一系列大型文化演艺活动，既做出了影响，又做出了效益。

三是积极探索新的产业发展路径，寻求产业经营突破与拓展。作为区域性媒体，城市台在抓好主业的同时，也可以在地方产业升级与结构转型中，推动自身产业结构的调整，通过政策支持、整合社会资源，补齐"短板"，挖掘空白，积极推进"二次创业"，努力在新一轮产业竞争中抢占先机，实现可持续发展。

在产业发展上，除抓好主导产业广告和活动外，还应积极探索新的产业发展路径，抓住时机向延伸产业和关联产业进军，构建产业发展的多个着力点，以顺应传媒竞争和媒体产业发展的内生需求，从而改变单一广告盈利模式、单一电视频道传播的运营方式。如从内容产业到创意产业，城市台可以寻求与专业节目公司的合作，共同进行电视剧的生产与订制，特别是城市台协作体更具备这样的资本实力和集团优势，这样既可以使城市台在电视剧这一产业链从被动的下游溯向更主动的上游，掌握内容资源，同时又可以打开内容产业经营的新关口。此外，与地方政府合作，打造文化创意产业园区，建设文化影视城，与大企业联姻，涉足房地产领域，进军旅游培训产业等，也都是城市电视台因地制宜，可以积极作为、寻求突破的领域。

电视纪录片摆拍的两面性

在电视纪录片中，摆拍是一个常见的问题。由于它对情节进行预设，导引被拍摄者按照他人意图来演绎事件发生发展的过程，就像导演拍摄电视剧一样，因此遭到了有识之士的挞伐。固有的理论框架认为，摆拍为虚假和矫饰的病毒提供了寄生的土壤，损害了纪录片的生命力。但是在电视实践中，摆拍的现象却难以根绝，这是为什么呢？

分析起来，原因大致有以下几个：

一受栏目播出因素的影响。目前播出纪录片的栏目，周期往往短而固定，对于地市级电视台的纪录片制作者来说，形成了相当的制约性。栏目的播出周期迫使纪录片的生产周期相应缩短。为适应栏目播出的需要，制作者往往会对纪录片规律做出"无奈的突破"，不是"等拍"，而是按采访中了解到的情况预演，使摆拍现象屡见不鲜。

二受制作者主观因素的影响。出于对某种臆想中的效果的渴求，制作者常常违反生活逻辑，破坏时空顺序，要求被拍摄对象演绎制作者的主观意图。这种视拍摄对象如玩偶的现象，效果常常适得其反，是纪录片制作者作风浮躁的典型表现。

三受拍摄对象主观因素影响。比如，有些被拍摄对象非常"爱面子"。这种心理导致的强烈的表现欲望，使他们见到摄像机，不是频繁地换衣服，就是动作夸张，举手投足完全不符合其日常行为习惯，显得造作而又不真实。摄制者没有要求，他自己先"摆"了起来。虽然这种"摆"是被拍摄对象特殊心理的表现，往往有些出人意料的珍贵镜头，但对于拍摄者的眼力来说，却是一种考验，需要细加甄别。如果过"度"，拍摄者就要提醒他们恢复到生活的常态中来。否则，片子的成色将大打折扣。

四受拍摄对象客观因素影响。比如发生在过去的事件，无法"追踪"，只能以"模拟"来再现。比如被拍摄对象受各种因素的制约，主动要求改变其日常行为方式或事件固有的进程，等等。

对上述原因导致的摆拍现象细加分析，可以发现，对于摆拍的肯否度，已经不能一概而论。那么，究竟什么是不能摆拍的？

这要从纪录片的特性上来追溯。纪录片之所以有魅力，就是因为其结果是不可预知的。这种不可预知性，不仅对观众如此，对于纪录片制作者来说，也是这样。因此，跟踪拍摄、同期声和长镜头，才显示了它们可贵的优越性。正是它们使你看到，屏幕里的一切，都是真实地发生着的；镜头所起的，不过是纪录的作用。从这个角度来讲，哪些内容不能摆拍？1. 违反生活逻辑的事件（比如违反季节以赝品来摆饰现场拍摄养花人）；2. 在生活中难以逆转的现象（比如民主投票选举）；3. 不符合人物性格的行为（比如让平时穿着随便的人西装革履）；4. 有悖生活常理的情节（比如为了表现商贩的心灵美而让他故意在镜头前慷慨让利）；5. 重大事件的场面（比如大堤或桥梁合龙）；6. 违反事物发展规律的结局（比如不在收获季节，却让农民提镰收割）。这些内容，有些是必须等拍的，有些则根本不是等拍不等拍的问题，而是必须从纪录片中彻底根绝。

不能摆拍的现象和内容很多，本文难以尽数；而哪些内容可以摆拍，就更是一个复杂问题。应当承认，确立任何角度，都难以完全概括"可以摆拍"的现象。比如说，把"在生活中是否可以重复"作为一个尺度，来衡量摆拍的许可度，可以发现范围很广。例如，某人的工资，每月都要领。建议他去领工资而拍他领工资的过程，这是可以被接受的。如果说在生活中能够重复的可以摆拍，那么，必须承认，不能够重复的，也可以摆拍。比如，反映淮海战役中支前的民工，原始资料既不可得，就可以雇用演员推小车，而只拍他的腿、脚，再拍飞转的车轮。这些指代全体的局部，虽然是摆拍，但由于具有某种程度的"模拟"色彩，也在可以理解的范围之内。如此，不可重复却能够摆拍的范围不也同样广泛吗？而如果把"局部与整体的关系"作为一个尺度，来衡量摆拍的许可度，立即可以发现，局部代替整体的可以摆拍，以整体指代整体的也可以摆拍。比如以"现场模拟"来"再现"捕获犯罪嫌疑人的过程，看上去依然惊心动魄。这样一来，任一角度的正反两面都有可以摆拍的例证加以支持，足见"可以摆拍"的范围是多么难以界定。

问题的症结逐渐显露出来了。既然"可以摆拍"的范围不容界定，我们就有必要重新审视一下关于摆拍的既成观念，在理论上是否出现了偏差。不然的话，我们便会陷入两难和被动：一方面从理论上唾弃摆拍；另一方面，却又在实践中频繁地应用它，导致实践与理论的严重脱节。看待任何事物都要符合辩证法，摆拍也不例外。在理论上科学地认识某一概念的适用范围，使其能够周延，以增强在理论框架中的"普适性"，十分重要。而科学和辩证地认识摆拍，就不只具有理论上的意义，也有实践上的功能。至少，它可以使纪录片工作者不致谈"摆"色变。

从辩证的角度来理解，摆拍无疑具有两面性，亦即具有正反两方面的效应。当用时用，是说用其可用之一面，用其正面效应。当用时不用，摆拍的正面效应得不到发挥，片子则自我掣肘。不当用时用，则摆拍的负面效应便会进入作品，使片子看上去十分虚假。不当用时不用，需要纪录片制作者十分清醒，因为这是根绝摆拍的负面效应干扰纪录片的最根本的途径，是纪录片有无艺术质量的基础。用其可用之一面，摒弃其不可用之一面，才算是掌握了纪录片艺术规律的人。"可以摆拍"的范围不易界定，不是说做纪录片就可以大"摆"特"摆"；本文探讨摆拍的两面性，也绝不是要在纪录片中倡导摆拍，而是意在说明，说纪录片不容摆拍，应该是特指摆拍的负面效应。而就其正面效应而言，也应该慎之又慎，战战兢兢，如履薄冰。摆拍如非特殊需要，决不可滥用。真正的纪录片大家，摆拍之后了无痕迹，用过看似未用，才是真正辩证地理解、领会和把握了摆拍的正反两面性的。正所谓"行于所当行，止于所不可不止"。正像游戏有游戏的规则一样，纪录片也有纪录片的法则，这法则就是纪录片的纪实主义美学原则。

艺术作品

"铁道游击队"的三种艺术表达介质

抗战艰苦卓绝。抗战缔造英雄。一股英雄气，激荡在历史时空中，令日军闻风色变；一部传奇史，传播在中华大地上，让民间持续点赞。这就是《铁道游击队》，诞生61年来，长篇小说各类版本印行突破300万册，被译为英、俄、法、德、朝、越等多国文字；根据小说改编的连环画，印行高达3600多万册；据以拍摄的电影，更是一路挟雷裹电而来，带给人们震撼和鼓舞、陶冶和思考，铸成了光华四射的红色经典。

1. 从史实到小说

铁道游击队，历史上实有其人其事，原型为中国共产党山东军区领导的鲁南铁道队，当地人称"飞虎队"，是一支由铁路工人、矿工、小摊贩和农民组成的地方武装。他们活跃在津浦铁路临枣支线上，截布车，打票车，飞车搞枪、夺药，血洗洋行，铲除日军特侦队头目高岗，建立秘密通道，护送刘少奇、陈毅等穿越封锁线，浴血奋战七年，最终逼降千余日军，缔造了抗战时期唯一一起共产党领导的地方武装接受日军投降的军事传奇。

作为一段英雄传奇，鲁南铁道队是怎么从史实走进小说的？据作家刘知侠在《〈铁道游队〉创作经过》（《新文学史料》1987 年第 1 期）中披露，这部长篇小说缘起于 1943 年夏天山东军区在莒南县坪上召开的一次英模大会。正是那次群英会，让刘知侠结识了军区甲级战斗英雄、鲁南铁道队的徐广田，并以《铁道队》为题，在《山东文化》上连载了两期章回体的鲁南铁道队抗日事迹。当时的山东根据地，抗战正处于胶着状态，极为艰困。《铁道队》连载引起的反响十分强烈，不仅因为作家笔下的传奇色彩，还因为讲述的是真人真事，极大地鼓舞了根据地的抗战士气。

但是，刘知侠后来创作的长篇小说《铁道游击队》中，甲级英模徐广田对应的人物并不清晰。铁道队前后任队长洪振海、刘金山和政委杜季伟、张洪义、郑惕等，化名刘洪、李正成为男主角；女主角芳林嫂，则由作家根据时大嫂、刘桂清二嫂和尹大嫂三个原型综合创造而成。其他原型分别是：王志胜对应王强，曹德清对应彭亮，鲁汉、林忠和小坡等，据说对应曹德全、李远生和徐广田等。但小坡能弹会唱，快乐幽默，与原型徐广田并不切合；倒是王虎身上，有一点徐的影子。为什么最初与作家刘知侠结识的甲级英模徐广田，没有成为长篇小说《铁道游击队》中的主角，反而退至末次，"草色遥看近却无"？

原来，《山东文化》上连载的那两期《铁道队》，是刘知侠根据徐广田在英模会上的报告，以及后来对到山东党校学习的杜季伟的采访写成的。作品发表后，作家接到鲁南铁道队的一封邀请函，诚邀他实地体验生活，说像徐广田那样的英模，铁道队还有很多。但是刘知侠从信中却读出另一层婉转的意思，即徐广田虽然被评为甲级英模，却很难代表鲁南铁道队。由于连载受到欢迎，刘知侠已经计划创作一部长篇小说来表现鲁南铁道队的抗日事迹，所以接信后当即停止了《铁道队》连载，在1944和1945年两次突破封锁线深入鲁南铁道队，与队员们一道转战敌后，在临枣支线和微山湖一带体验生活。在收集了大量创作素材后，作家最终理解了那封邀请函是及时和必要的，因为一则鲁南铁道队确实英雄众多、抗战骁勇，二则徐广田身上的确存在一些不足，如计较个人得失、缺乏组织观念和个人英雄主义等。事实也在后来证明，徐广田两次"妥协"（脱离组织），虽经鲁南军区党委和作家本人极力挽救，最终还是叛变投敌，晚景凄凉，令人感喟不已。

按说受访人物命运的升沉起伏，抗战现实生活的复杂多变，只会丰富刘知侠的创作素材，长篇小说《铁道游击队》应该呼之欲出才合情理，但实际上作家的创作却一波三折。一是1946年国民党撕毁重庆停战协定，向鲁南解放区大举进犯，内战硝烟顿炽，作家只好搁置写作，投身解放战争；二是徐广田从"妥协"到变节，使当时枣庄市长张福林向刘知侠发出急信，提议他放弃有关铁道队的小说创作。但是，张福林的提议并没使刘知侠打消小说构想，反而成了他放下创作思想包袱的契机。因为初识徐广田时所写的那些文字，是真人真事的忠实记录；进入小说创作状态，必然遇到难以突破的瓶颈。虚构，铁道队员不认可；但拘泥于原型，又束缚了写作手脚。徐广田的叛变，使作家最终放弃了忠于原型的思路，进入了在尊重史实基础上创造人物的层次；自那以后，许多小说章节时常澎湃于脑海，激荡在胸中，只是无暇落笔。刘知侠一边转战鲁南根据地，一边情不自禁地向战友和同事讲述。新中国建立后不久，作家在1952 年向组织请了一年创作假，重回鲁南铁道队战斗故地，再访英雄原型，最终在济南大明湖畔，将四十多万字的《铁道游击队》一气呵成。

《铁道游击队》署名知侠，1954 年 1 月由上海文艺出版社出版。在小说中，刘知侠对人物原型进行了大胆综合与艺术再造：铁道游击队队长由洪振海、刘金山二合一；交通员芳林嫂由时大嫂、刘桂清二嫂和尹大嫂三合一；政委则是杜季伟、张洪义、孟政委与郑惕四合一。此外，作家决定不再为贤者讳，英雄也可以有缺点，如原型洪振海指挥的一次失利的战斗，在小说中从战略到战术都成了教训。变化还不止这些。在长篇小说《铁道游击队》中，刘洪与李正虽然先后负伤，却并未离世；英勇牺牲的是"双雄"鲁汉和彭亮。而在史实中，第一任队长洪振海，第二和第三任政委张、孟，均在战斗中壮烈牺牲。这说明中国共产党领导下的山东军区在敌后开辟抗日根据地，不仅艰难困苦，血火交迸；更说明鲁南铁道队的英勇抗战不只是雷霆传奇，还前仆后继，极为残酷和惨烈。

刘知侠历时十年创作的长篇小说《铁道游击队》，使一部红色经典的演绎拥有了壮阔的开篇。

2. 从小说到连环画

很多媒介和文章都说，刘知侠似乎生来就是要与《铁道游击队》结缘的。这句话揭示了作家的身世、经历与生活和作品之间的深刻联系。刘知侠本名刘兆麟，1918 年出身于贫寒的铁路工人家庭，自幼熟悉铁路；1938 年投考延安抗日军政大学，毕业后留校学习军事；学习结束后随抗大分校到达山东军区，分配到文工团工作。1943 年抗大分校改编为山东军区教导团，刘知侠调入山东省文协。一路走来，熟知铁路、懂得军事和擅长写作的前期准备，似乎都是为了《铁道游击队》的创作而来。而这部长篇小说自诞生之日起，注定会有更多人与之结缘，比如画家丁斌曾与韩和平。

《铁道游击》出版后大受欢迎，好评如潮。但是，四十多万字的长篇小说，建国初期要想拥有众多读者，并非易事，主要是群众中能够阅读"大部头"小说的读者为数不多。而连环画这种形式，却为平民百姓喜闻乐见。所以新中国成立后，毛泽东主席曾指示成立专门的连环画出版机构。据华慧发表于《东方早报》（2012年6月12日）的《韩和平谈〈铁道游击队〉连环画创作往事》披载，华东人民美术出版社在《铁道游击队》问世当年，即指示刚从杭州中央美术学院华东分院毕业分配到社里连环画组的韩和平，从小说中抽取一段故事，创作连环画《小坡的故事》。那是《铁道游击队》首次与连环画结缘，也是韩和平的连环画处女作。该作品印行后"反响蛮好"。改制后的上海人民美术出版社为了扩大影响，计划创作连环画套书。为了加快绘画进度，出版社学习苏联经验，决定搞"社会主义合作"，让画家丁斌曾加盟创作。连环画《铁道游击队》的合作创作佳话，就此诞生。该作品自1954年至1962年，历时9年，画了10本，画面逾千幅，创造了新中国连环画史上许多纪录：创作周期最长，发行量最大，再版20多次，重印50多次，印数超过3600万册。

连环画《铁道游击队》受到喜爱"小人书"读者的广泛欢迎，有其必然原因：一是丁斌曾、韩和平严格遵循现实主义创作原则，工作态度极为认真。两位合作的画家不仅熟读原作，更深入分析消化董子畏脚本，找出必须体验生活的问题与节点。为了使作品中的人物、场景、工具、风物、植被、动物等与小说精神吻合，二人还专门拜访刘知侠，并在他引荐下，先后五下鲁南，每次两个多月，深入枣庄、临城、微山湖一带，对作品人物原型刘金山、王志胜等人深入采访，与矿工和村民座谈，观察他们的装束与行止特点，到铁路沿线、车站、码头、矿井、饭店、湖畔、山乡、村舍做了大量写生，积累了大量第一手资料。二是他们采用老百姓喜爱的单线白描形式，以精益求精的精神追求画风的朴实与传统神韵。此间为了克服绘画语言上的表达矛盾，他们虚心向专家求教，不断修改甚至重画作品。他们的具体分工是：丁斌曾负责用铅笔打草稿，韩和平负责用毛笔勾线。但是，韩在美院读的专业是西画，在用单线白描时，总要忍不住在火车、轮盘底下打上或灰或黑的色块。画家程十发遂对他们进行了具体指导——如何以线条表达阴影，使年轻画家受益匪浅，也使作品画风得到和谐统一，并最终在 1963 年全国第一届连环画创作评奖中获得一等奖。丁斌曾与韩和平先后均有连环画佳作问世，如丁斌曾的《沙家浜》曾在第二届全国连环画评奖中获奖；韩和平的《春蚕》《红岩》等，也都是新中国连环画精品。韩和平曾表示，虽然连环画《红岩》的影响不可谓小，但相对而言，他还是更喜欢《铁道游击队》，因为其中弥漫着一股英雄气——"提着头闹革命的豪气"。

饶有趣味的是，两位画家在深入生活过程中，还引发了一段"风波"。原来刘知侠介绍丁斌曾与韩和平采访小说人物原型时，二人拜访了芳林嫂的原型之一——刘知侠创作谈中的时大嫂。喜爱小说《铁道游击队》的读者听说英雄就在身边，时大嫂就是芳林嫂原型，一时震动不小，纷纷前去拜访。但芳林嫂另外两个原型刘桂清二嫂与尹大嫂亲友听说了，随即写信询问作家，芳林嫂是谁？难道是时大嫂？为什么不是刘桂清二嫂或尹大嫂？后来时大嫂亲友也写信打探，说有人认为时大嫂不是芳林嫂，那么芳林嫂是谁？刘知侠后来只好给时、刘、尹三人各写一封信，告诉她们芳林嫂是小说人物，是综合了她们三个人身上的事迹创造的；也就是说，她们三人在抗战期间都有芳林嫂的英勇行为，做出了芳林嫂做过的事迹，她们都是芳林嫂，"风波"始告平息。后来时、刘、尹均被当地作为芳林嫂原型，时常为青少年做抗战事迹报告，赢得了人们的广泛尊重。

3. 从小说到电影

如果说小说是语言艺术，需要读者阅读时的二度想象与创造，那么连环画的表达就形象和直观得多。丁斌曾、韩和平的创作难度在于，画得要令人信服，使读者认可它就是心目中的《铁道游击队》。必须承认，两位画家不仅赢得了挑战，还为中国连环画坛贡献了一部佳作。就叙事艺术维度而言，小说大致是时间叙事，连环画则是空间叙事。而将时间叙事与空间叙事融为一体的，是上海电影制片厂 1955 年拍摄、次年出品的电影《铁道游击队》。这部黑白故事片第一次以影像叙事的方式，将刘知侠的这部长篇小说推向了红色经典的高峰！

如今再看电影《铁道游击队》，观众依然会震撼于影片的"速度与激情"，为呼啸而来的火车衬托出的演职员表惊艳：作家刘知侠任编剧，执导过《三毛流浪记》《团结起来到明天》等不同风格影片的赵明任导演，音乐家吕其明作曲，联袂主演的是曹会渠、秦怡、冯喆、仲星火、陈述、冯奇等当年的实力派明星。作家亲自改小说为剧本，淡释了护送"胡服"等情节，将血洗洋行、进山整训等情节推到叙事侧面，从而突出铁道特色，大做游击文章，重点表现铁道游击队的智勇与英雄成长的过程，确保了电影对原著精神的彰显。导演赵明将影片拍得动感十足，风格雄劲，情节跌宕，扣人心弦。主演曹会渠扮演的刘洪，浑身弥漫着一股英雄气。他战斗时喊"打"的声音，是那样富有感召和感染力；他的一声"我的好政委，鲁汉牺牲了!"所表达的战友情、同志心和对政委命令的婉拒,是那样合情合理;政委负伤、战斗失利后,他负疚地对李正说:"是我的错。政委,你给我处分吧!"又是那样的痛心和真诚。这些情节和场面,赵明处理得分寸感十分准确,令人信服。众多观众对影片中刘洪飞马搭救芳林嫂的情景,印象更为深刻,但却很少知道那段格里菲斯式的"一分钟营救",在拍摄时操控火车的,正是当年铁道游击的队长刘金山本人。在影片"军事顾问"字幕中,刘金山赫然居首席;他后来参加过淮海、渡江战役,新中国成立后曾任江苏省南通军分区副司令员、苏州军分区司令员等职。刘金山担任影片军事顾问,即得力于作家刘知侠的举荐,使影片的历史与军事可信度得到了充分保障。据说摄制时由于马匹与火车在不同道路上并向奔驰,交叉的刹那间配合难度极大:战马距火车头太远越过铁路,不够惊险;过于晚近,又很危险。正式拍摄时,刘金山亲自控制车速,确保策马而来的"刘洪"在最佳时机从火车头前一跃而过,达到了最佳视觉效果。

刘洪在电影《铁道游击队》中成功搭救了与他相爱的交通员芳林嫂;在小说中,他们也结为革命伴侣。但是在史实中,寡妇时大嫂虽然也曾再嫁铁道队第一任队长洪振海,结局却很残酷:洪振海作战牺牲,时大嫂二次守寡。据作家刘知侠披露,洪振海牺牲后,时大嫂仍参与铁道队活动,却不再受队员们待见,原因是她与个别队员关系暧昧,引起不满,认为她没能为洪队长守节。作家刘知侠人本素养很高,人文意识很强,得知情况后耐心做队员们的思想工作,指出革命的目标也包括解除封建意识对妇女的束缚,追求婚姻幸福是女性的权利,最终使大家重新接纳了时大嫂。有意思的是,铁道队第二任队长刘金山出任军界要职后,曾因是刘洪原型而被请到地方做报告,由于受前任队长洪振海"牵连",《铁道游击队》的读者与观众十分关心他与芳林嫂的关系和后续情况。已有妻室的刘金山往往被追问得面红耳赤;尴尬之余,经常向作家"诉苦"。

电影《铁道游击队》作为红色经典,还催生了一首脍炙人口的歌曲《弹起我心爱的土琵琶》,为影片增色不少。据悉,作曲家吕其明接受作曲任务后,既没走时兴的苏联式抒情曲路线,也没走有人建议的进行曲路线,因为他觉得那样写不符合游击队员们的实际情况,会很"隔"。作曲家为了一首电影插曲,深入鲁南民间,实地了解当地百姓吟唱的民歌甚至戏曲调式,最终谱写了一曲山东民歌风格的好作品,旋律优美、质朴动人,至今传唱不衰。

经典就是这样,一经产生,只能光大,却很难超越。《铁道游击队》自诞生以来,从小说到连环画、电影包括插曲,炼成了魅力永恒的红色经典。嗣后虽然数度走上荧屏、银幕和舞台,甚至开发为电脑游戏,不能不说都差强人意。如1985年高正导演的12集同名电视连续剧,作家刘知侠认为人为痕迹太多,难以卒看;1995年王冀邢导演的电影《飞虎队》,被观众认为"港味"注入过重;2005年王新民导演的35集同名电视连续剧,为求逼近原著精神,诚请刘知侠夫人刘真骅担任艺术顾问。但是,这些影视作品均没能赢得当年赵明导演的电影那么好的口碑。而作家刘知侠,以长篇小说《铁道游击队》成为著名作家,载入中国当代文学史,应该说并非偶然。他对红色经典的贡献还有小说《红嫂》,表现山东解放区妇女以乳汁救伤员的感人故事,曾经衍生出芭蕾舞剧《沂蒙颂》、京剧和电影《红嫂》等,影响同样广泛。刘知侠的创作成就和《铁道游击队》成为红色经典的历程表明,真正优秀的作家和艺术家,不仅要敬重艺术法则,创作态度严肃,还要人文胸怀宽广,精神境界高远。因为最终，红色经典不仅是源于生活、高于生活的产物，还是作家、艺术家精神品格的集中展示。

"八女投江"：现实、电影与国画

与新中国同年诞生的电影《中华女儿》，是一部具有红色经典史学意义的作品。这部由东北电影制片厂摄制的黑白故事片，得力于两个人的"第一次"及其合作。对于编剧颜一烟来说，《八女投江》是她第一次创作电影剧本；对于第三代导演凌子风来说，《中华女儿》则是电影处女作。而两位编导的首次合作，则催生了新中国第一部抗日题材故事片。但是这么多的第一或首次，还无法穷尽《中华女儿》成为红色经典的全部因素。陈波儿对这部影片的"力挺"，使它成为新中国首部获国际电影大奖的作品，才完备了这部红色经典的综合史学价值。

电影《中华女儿》源于剧本《八女投江》，"八女投江"源于一段悲壮的抗战史实。据史义军考证，最早记录这一史实的，是东北抗日联军第二路军总指挥周保中将军。1938 年 11 月 4 日，周保中在日记中写道："我五军关书范师长于西南远征归抵刁翎，半月前拟在三家方向渡过乌斯浑河，拂晓正渡之际，受日贼河东岸之伏兵袭击。高丽民族解放有深久历史之金石峰及妇女冷云、杨桂珍等八人悉行溺江捐躯。"

"溺江捐躯"的八位烈士，分别是抗联第二路军第五军第一师妇女团政治指导员冷云、班长胡秀芝及战士杨桂珍、郭桂琴、黄桂清、李凤善、王惠民和被服厂长安顺福等八名女同志，时间是 1938 年 10 月，地点是牡丹江市林口县刁翎镇三家子村西北柞木岗山东侧的乌斯浑河。事件为抗联所部在返回宁安途中与日军的一场遭遇战。据亲历那次战斗的妇女团连长谢桂珍回忆，当时部队撤退到乌斯浑河边，晚上露宿在柞木岗山下，拢起多堆篝火取暖，没想到暴露了目标，汉奸葛海禄告密，被日军熊本所部一千多人在拂晓合围。妇女团因宿营地离大队较远，并没被日军发现。但为了掩护部队主力突围，冷云她们果断从敌人背后开火，直至弹尽援绝。在投降和投江之间，八位女战士毅然选择了后者。而令人齿冷的是，被冷云她们营救的关书范师长，后来竟然吓破了苦胆，投降日伪，将历史的吊诡演绎得淋漓尽致。关书范的变节，无掩八女投江的壮烈。周保中在日记中特别题记："宝清有我联军第五军第三师八团一连激战日贼及伪蒙军之烈士山，乌斯浑河畔牡丹江岸将来应有烈女标芳。"将军这一心迹，后来得以充分实现：1982 年 10 月，八女投江纪念碑和纪念馆在烈士殉难地建立，碑文"八女英魂，光照千秋"由抗联老战士陈雷题写；1988 年 8 月，烈士群雕在牡丹江畔落成，"八女投江"四个大字为全国政协主席邓颖超题写。2009年 9 月，"八女投江"集体被评为"100 位为新中国成立做出突出贡献的英雄模范"。

八位英烈由史实进入电影剧本《八女投江》，缘于作家颜一烟的深入采访与创作。颜一烟，中国当代著名作家，出身于满族贵族家庭，著述甚丰，代表作另有《烽火少年》《小马倌和大皮靴叔叔》《秋瑾》和《盐丁儿》等。她早年毕业于早稻田大学文学部，曾入延安抗日军政大学，任教鲁迅艺术学院，后调入东北文工团，1948 年秋转入东北电影制片厂，被分配做电影编剧。据她回忆，在着手寻找电影剧本题材的日子里，"我在哈尔滨的东北烈士纪念馆，真淘着了'金子'。烈士馆陈列的东北抗日联军的许多烈士的可歌可泣的事迹，太使我敬佩和感动了！尤其是其中一幅《八女投江》的油画，更是深深地吸引了我"。她打算创作电影剧本《八女投江》，这一想法得到东影厂艺术处长陈波儿的首肯。剧作家"为采访跑了五个月，在东北跑了不少地方，齐齐哈尔、克山、北安、佳木斯、吉林、长春、沈阳、牡丹江、安东、一面坡、通化……还特地钻过密林、体验抗联同志在林海雪山里的游击战斗生活"，并访问了包括周保中、冯仲云等抗联将领在内的一百多位抗联官兵。剧本创作完成后，颜一烟送给冯仲云审阅，并请示史实与艺术虚构的关系如何处理。曾任抗联第三路军政治部主任的冯仲云，早年毕业于清华大学，深谙生活与艺术的源流关系，充分肯定了颜一烟的剧本，表示艺术创作不是照相，《八女投江》对女英雄们来说不全是真人真事，但对整个抗联来说就是真人真事，因为它表现了当时抗联的真实。

被冯仲云肯定的颜一烟剧本，主角之一胡秀芝的情节设置，部分属于剧作家的艺术虚构：她病中的丈夫被日军烧死，国恨家仇使她加入了抗联，在冷云指导下进步很快，在攻打敌据点楼山镇时负责破路炸桥，负伤后克服重重困难归队，不久加入中国共产党。在掩护大队转移的那次残酷战斗中，冷云中弹牺牲，胡秀芝背她归队，号召战友背水一战，最终慨然投江。有文章指颜一烟笔下的胡秀芝形象，从封建小媳妇到抗联女战士，再到中国共产党党员，最后成为视死如归的抗日女英雄，与梁信、谢晋后来编导的《红色娘子军》中吴琼花的形象轨迹暗合，堪为同类题材范式。而妇女团指导员冷云的形象，在剧本中塑造得同样令人动容。她与周小队长是革命伴侣，却因斗争需要暂时分离，不料竟成永诀。冷云强忍悲痛，主动请缨，带队完成炸桥阻敌任务。归途中她们发现大量日军准备偷袭抗联主力，冷云果断决定狙击敌人。她一面派人通知抗联主力，一面凭借山坡地势从背后袭击敌人，最后将日军引至江边，不幸中弹，在战友背上与另外七位女英雄一起投江牺牲。有学者认为，胡秀芝、冷云等女性角色男性化、异性爱情革命化的倾向，对新中国 1978 年前的电影都有影响。

在电影《中华女儿》中，指导员冷云处于核心与灵魂地位；而史实中的冷云加入抗联前后的经历，则更加曲折。史料记载，冷云原名郑香芝，1915 年生，1931 年考入桦川县立女子师范学校时改名郑志民，1934 年入党，成为秘密工作者，1935 年毕业后分配至南门里小学（新中国成立后改名冷云小学）任教。当时家中包办婚姻，要她嫁给伪满警察孙汉奇，由于她还担负秘密工作，加以孙汉奇与她同镇、同班，党组织同意她完婚并策反孙汉奇。鉴于孙后来拒绝策反，党组织在 1937 年夏安排她与地下党员、同校教师吉乃臣假"私奔"，秘密加入抗联，并改名冷云。据说孙家闹至郑家，得了一纸离婚书，也只好作罢。但在传统积习深厚的桦川县，郑家一直背负羞辱名声，直至新中国成立后，当地人才知道八女投江为首的烈士冷云便是当年"私奔"的老师郑志民，都转而肃然起敬。资料显示，在那次掩护抗联主力撤退的惨烈战斗前夕，"冷云强忍丈夫英勇牺牲的巨大悲痛，告别刚刚出生两个月的婴儿，随五军一师部队西征"：丧夫之痛，电影《中华女儿》中有所涉及；亲子之殇，1987 年拍摄的彩色宽银幕故事片《八女投江》中得以表现。

电影《中华女儿》于 1949 年摄制，凌子风与翟强联合导演，具有明显纪实风格。这一方面也许受延安纪录片学派传承的影响；另一方面，或许与导演凌子风对"田庄剧"的偏好有关。在第三代导演中，凌子风是佼佼者，与编剧一样出身满族，代表作另有《红旗谱》《骆驼祥子》《边城》《春桃》和《狂》等。他 1935 年考入南京国立戏剧学校舞台美术专业，早年醉心于舞台戏，并没把电影艺术放在眼里。抗战爆发后，他投奔延安从事话剧导演，并在鲁艺和华北联合大学教授戏剧。抗战期间，为了适应战火频仍的特点，凌子风创造了利用真实场景和真人真事自编成剧宣传抗战的"田庄剧"，影响广泛。调任东北电影制片厂导演后，他接受陈波儿"提倡从纪录片基础上来发展我们的故事片"理念，在执导《中华女儿》时要求全体演职员到抗联战斗过的密林体验生活，拍摄时完全使用实景，重用长镜头。如冷云与丈夫周小队长的谈心、八位女战士为吸引日军从山坡钻入树林的奔跑，莫不如此。此外，《中华女儿》不尚戏剧冲突、人物内心矛盾不过分外化、剧情线索单一等，都使该片打上了浓郁的纪实性烙印。

由于影片的纪实风格，《中华女儿》在被推荐参加1950年卡罗维发利国际电影节时，曾遭反对，被指"不是艺术片"。有媒介披露，担任东影厂艺术处长的陈波儿在激辩中指出，人民电影是穿开裆裤的时候，虽然该片还不尽如人意，但毕竟是拓荒之果！并以辞职力挺，最终使该片得以参赛，一举夺得卡罗维发利第五届国际电影节"自由斗争奖"，为新中国电影首次获得国际大奖。1957年，该片再获文化部1949—1955年优秀影片二等奖。当然，在二十一世纪的今天看来，会觉得影片似有不足。但评价历史，不仅需要美学的尺度，更需要历史的尺度。平心而论，初次执导电影的凌子风，在影视语言表达方面还是与翟强作了很多探索，如在纪实风格基础上，对具有象征意蕴空镜头的运用（胡秀芝入党），对光影造型的追求（胡秀芝背回冷云），对抒情段落的特技化（八女投江），以及两极镜头（全景加特写）的尝试等，仍然使影片呈现出不俗的艺术品相。1987年拍摄的彩色宽银幕故事片《八女投江》，无疑受苏联影片《这里的黎明静悄悄》影响，在一定程度上强化了剧情的戏剧性，将八位女烈士的家恨国仇编织到了相互关联的情节桥段中，使她们的人生与革命历程分别得到了展现；如果将其理解为对《中华女儿》的增益，也未尝不可。

　　《中华女儿》作为红色经典作品，为新中国电影赢得了国际声誉，同时使世界了解了东北抗联在抗战中的艰苦卓绝。抗日战争在中国不仅没有让女人走开，反而使她们付出了比男性更多和更惨烈的牺牲。自红色经典《中华女儿》起始，"八女投江"题材后来陆续有电影、电视连续剧、评剧、舞蹈和连环画等不同艺术形式的演绎。其中，将这一悲壮史实推向审美高峰的，是王盛烈1957年创作的巨幅国画《八女投江》。这幅被传颂了近60年的作品，现藏于中国军事博物馆，堪称红色经典中的杰作，在视觉艺术上拥有强烈的震撼力与感染力。王盛烈系我国著名画家，"关东画派"奠基人之一。创作《八女投江》时年仅34岁。虽然年轻，画家却亲历了"九一八事变"前后的历史，对亡国之痛有切肤体会。浓烈的爱国热情与深湛的绘画功力，使王盛烈将对八位巾帼英烈的深切理解与崇高敬意化入艺术作品的创造激情。他以非凡而富有动感的群体造型，展示了八女投江前的不屈英姿；在秋江怨怒的浓郁氛围中展示了她们从容赴难的贞烈壮举，令人观后心潮难平，久久不能忘怀。

　　八女投江，涉过悲壮，在艺术中走向了永恒。

关于"鸡毛信"的艺术史话

　　中国人民纪念抗日战争暨世界反法西斯战争胜利70周年要收取的最重要信件，也许应该是《鸡毛信》。连环画《鸡毛信》穿越65年时空，被持续阅读；印行超过400万册，被广泛传看；其红色经典属性，从精神到审美层面影响了新中国几代人。现在，《鸡毛信》正寄达一个特殊的日子——2015年9月3日。

　　一封信件，为什么要插上鸡毛？或者说，插上鸡毛的信件，

会获得怎样的特质？鸡毛信现象，可以溯源至中国历史上的
"羽檄"，的确与战事相关，它是征调军队的文书。信函插上鸟
羽以示紧急，对此汉唐均有记载。后世演为"羽书"，清代多
见，而鸟羽也渐被替为鸡毛。我国现存唯一的鸡毛信实寄封，
即出自七十多年前的抗战时期，为河北省元氏县仙翁寨寄出，
具有邮政史特殊意义。在互联网时代，送信的速度用"连夜火
速"来形容，也许会被讥为"蜗牛速度"。但当时的冀中敌后抗
日民主根据地艰苦卓绝，八路军连以下建制电台罕见、电话稀
有；即使他们有，游击队限于条件也难以匹配对接。因此，徒
步送信仍然是当时传递情报的主要方式。或许缘于历史传承，
鸡毛信便成了紧急和重要信件的特殊标志。

　　一个送信的放羊儿童，怎么会影响新中国几代人？新中国
50、60乃至70后的小学生，不知道"鸡毛信"的很少，这缘于
它进入了小学课本；"海娃今年十四岁。海娃放了六年羊"，知
道这两句话的青少年更多，因为那是连环画《鸡毛信》第一页
的配文。在二十世纪50至70年代的儿童游戏和语汇中，鸡毛信
已经成为"十万火急"的代名词。"一根鸡毛表示不得延误，两
根鸡毛表示快步转送，三根鸡毛表示连夜火速转送。"这是连环
画对鸡毛数量标识信件紧急、重要程度的解释。作品甚至把243
幅中唯一的特写，给了海娃接受鸡毛信的画面。信件内容是：
炮楼里的鬼子都进山抢粮了，前周庄只剩下几个"黑狗"（伪
军）守着炮楼，建议三王峁指挥部的张连长带队伍去拔掉炮楼。
那么，一个放羊儿童能够承接如此重要的任务吗？海娃可不是
一般的放羊儿童，他是儿童团团长，负责"消息树"工作，放
羊其表，放哨其里；他的爸爸则是游击队侦察员，鸡毛信即是
他侦察所得的情报。连环画《鸡毛信》令人信服地表现了放羊
儿童海娃与鬼子、伪军周旋时的机智勇敢；当然，也展示了他

送信途中的粗心大意。机智勇敢和粗心大意相互交织，正是少年儿童的心理特征，也是作品牵动读者情感与心智的地方。《鸡毛信》故事虽然单纯，情节却不简单，而是曲折起伏、跌宕有致，悬念一直维持到最后的高潮部分。要知道，一个 14 岁少年，超过一天一夜一口水没喝、一顿饭没吃、一会儿觉没睡，不停地爬山、不断地挨打，忍饥挨冻、担惊受怕，甚至与朝夕相伴的羊群生离死别，随时可能有生命危险，小心翼翼地保护着鸡毛信，直至爬上山峰，中弹"挂彩"，被八路军战士救起，看见为自己包扎枪伤的张连长，才断断续续、颠三倒四地报出老绵羊尾巴下面拴着的鸡毛信。这时候，所有的小读者才真正松了一口气，知道海娃完成了任务，相信他是个小英雄！

　　这是共和国建国初期，文艺作品尚未染上虚夸、矫情的文革风气时，文艺工作者创作出的红色经典中成功的小英雄形象之一。较之"文革"时期那些智勇双全、从不犯错误的高大全式的"小英雄"们，海娃无疑更可信、可爱。他与真实的抗日小英雄王二小（阎富华）的英勇事迹，有重合的地方，比如都是河北人，都是儿童团，都是放羊娃，都是把日本鬼子引入八路军包围圈……但是，由于鸡毛信因素的介入，故事发生了很大变化：海娃没有牺牲；他也不能牺牲，因为给敌人带路是被迫的和次要的任务，而伺机送出情报才是主要任务。海娃最终完成了任务，并且活了下来，因而成为文艺作品中虚构的形象。可信、可爱的小英雄海娃，遂成为新中国几代人激励自己克服困难、完成任务的榜样。因为小读者们知道，谁的身上都会有缺点，谁的生理都会有极限。如果自己摊上海娃的任务，谁敢保证会比他完成得更顺利？能够像海娃一样完成任务，就足以自豪了！

　　那么，作为虚构的文艺作品人物，海娃的原型如果不是王二小，又会是谁？文献表明，作家海笑做新四军小情报员时，曾像海娃那样把信埋进土里；张申元老人在抗日时期曾经树起和放倒旗子作为"消息树"；王专老人担任儿童团长时曾经折叠过"鸡毛信"；雁秀峰老人不仅亲自送过鸡毛信，而且准确记得鸡毛信"没有信封"的具体形状；蔡展鹏老人当年甚至收过"鸡毛信"，对鸡毛与信的关系记忆犹新："信上如果没有鸡毛，就表示是平信；插一根鸡毛，表示'急'；插两根鸡毛，表示'特急'；插三根鸡毛，就表示'十万火急'。"但是，他们都不是海娃，也不是张连长的原型。张锡磊考证，《鸡毛信》的最早版本是一篇人物小通讯，收录在1949年1月出版的"人民解放军故事丛书"《旗》中，作者是新华社记者汤洛。细察通讯原文，故事框架确实与华山（杨华宁）小说中的《鸡毛信》部分相似。但是主人公姓名、年龄，特别是故事背景不同，所以很难指认通讯中的"双虎"就是"海娃"原型。因此是否可以这么说，《鸡毛信》中的海娃，是华山虚构出的文艺作品形象，并没有直接对应的人物原型；如果说有，那便是晋察冀边区抗日民主根据地的众多儿童团员和小通讯员们的英勇事迹，经作家提炼、升华、创造而成的。

随着时光推移，70年前的艰苦抗战看似渐行渐远，以至有网友认为，让一个14岁儿童参与血火交迸的战争，颇可思量。这样的认识，是以当代意识曲解历史的产物。实际情况是，日军侵华给中国人民带来的是全面和深重的灾难，无人能够幸免，除非甘做亡国奴。国共合作抗战，是民族的选择，历史的选择。中国共产党领导的八路军和新四军，深入敌后，发动群众，铁血相搏，一寸一寸从日伪手中夺取和开辟抗日民主根据地，打的是人民战争；而当时国民党秉持的理念也是"战端一开，就是地无分南北，年无分老幼，无论何人，皆有守土抗战之责任，皆应抱定牺牲一切之决心"。正是全民持久的抗战，牵制了侵华日军大批有生力量，并陷其于人民战争的"汪洋大海"，世界反法西斯欧洲战场的形势才得以逆转。所以中国共产党作为抗战的中坚力量，为抗日战争暨世界反法西斯战争在 70 年前赢得最后胜利，做出了彪炳青史的贡献。《鸡毛信》的故事，正是无数可歌可泣的动人故事之一。

放羊儿童海娃，是华山小说为红色经典贡献的令人难忘的少年英雄形象。甚至有学者认为，这一形象对于徐光耀笔下的小兵张嘎都有启示意义，区别仅仅在于海娃身上没有张嘎那么多"嘎气"。尽管海娃有时也会和爸爸顶嘴、闹点小情绪，但决不会咬摔跤对手，也不会堵人家烟囱。人们似乎更乐于接受这样的说法：海娃与张嘎性格虽然不同，但都是小英雄；而海娃可以理解为小兵张嘎这一形象的先声。

使《鸡毛信》从小说文字一跃成为广受欢迎的连环画和家喻户晓的艺术精品的，是张再学（蔡若虹）脚本的成功改编和刘继卣绘画的出色演绎。它使这部红色经典在艺术表现形式上产生了质变。回顾连环画《鸡毛信》的诞生过程，不得不由衷庆幸华、张、刘三人组合，是大师级的"天作之合"。首先，华山本人即兼著名记者、作家于一身，作品众多，多次入选小学、中学和大学语文教科书；作家还多才多艺，创作过木刻作品《爸爸我也要去打日本》等近百幅作品。他晚年牵手的夫人红线女（邝健廉），更是共和国知名的粤剧表演艺术家，他们的爱情故事感人至深。再者，著名画家、美术评论家蔡若虹功不可没。他不仅是共和国美术奠基人之一，还是新中国连环画事业最早的开拓者。资料显示，新中国成立后，毛泽东主席曾指示成立专门的连环画出版机构，蔡若虹遂负责组建大众图画出版社，随后定下《鸡毛信》选题，并亲自改编脚本；在 1963 年首届连环画评奖中，脚本获得一等奖。当然，最终，让蔡若虹脚本大放光华的，是刘继卣美轮美奂的绘画。年仅 32 岁的刘继卣，即由蔡若虹点将，担纲创作连环画《鸡毛信》。1950 年 9 月，大众图画社出版了《鸡毛信》上集，次年 2 月出版下集。可以这样说，连环画《鸡毛信》成为红色经典，既是大师们珠联璧合的产物，更赖于刘继卣的杰出绘画。刘继卣，中国近现代人物画、动物画大师，在美术史上享有崇高地位，被誉为"当代画圣""东方的伦勃朗和米开朗琪罗"，具有国际影响。他工笔、白描、重彩、大小写意俱佳，一生作品逾万幅，获奖众多，荣宝斋给予他以齐白石同等出版待遇。刘继卣同时还是新中国连环画的奠基人，除《鸡毛信》外，还有《闹天宫》《武松打虎》《东郭先生》《生死缘》《朝阳沟》《穷棒子扭转乾坤》等一系列传世佳作。共和国建国伊始，他即受命创作连环画《鸡毛信》，成就了蔡若虹慧眼识英才的佳话。由于熟悉中国北方的人物、风情、民居、山川和动植物，他创作的《鸡毛信》画面，技法圆熟，画风独特，场景生动，人物传神。尤其是他笔下的圆脑袋海娃和那些绵羊，纯朴的写实中透出风格化的蕴致和意趣，幅幅堪称妙品，令人爱不释手，直至今天，《鸡毛信》还广受连环画藏家追捧。

抗日战争的硝烟已经散去了 70 年。65 年前诞生的连环画《鸡毛信》，对于那时的中国美术界来说，似乎只是一本悄然而至的出版物；但对于当时热爱"小人书"的青少年读者来说，显然是极大的精神满足与审美享受。它一经问世，即广受欢迎，一版再版，被译为多国文字，还被制成幻灯片，甚至成为电影拍摄的诱因。由张骏祥编剧、石挥导演、谢晋任副导演的电影故事片《鸡毛信》，片头即用连环画《鸡毛信》的画幅作为字幕背景，赢得了观众人缘。该片在 1953 年拍摄，恰是连环画获得中国保卫儿童委员会儿童作品一等奖的日子。自此以后，连环画《鸡毛信》的美术史价值，特别是它的红色经典光辉与日俱增。当《鸡毛信》寄达抗战胜利 70 周年纪念日的时候，我们相信，它所表征的，已经不再是传递作战情报的故事；蕴涵更多的，是中国人民铭记抗战历史、珍爱人类和平的信息。

焰火为什么在白天燃放

熟悉黑色电影的人，都不难闻出《白日焰火》里呛人的好莱坞气味，但仍然无法不喜欢，因为刁亦男出手便有些经典气质。确实，你可以认为他有些克林特·伊斯特伍德的"城市牛仔"范儿，可以指认影片里的性、暴力、死亡和黑色幽默，属于昆汀·塔伦蒂诺元素，或者把希区柯克甚至卡罗尔·里德抬出来说事，但是，你最终还得承认，那不过是联想而已，感觉似有若无，毕竟似是而非，因为刁亦男就是刁亦男；他的《白日焰火》绽放出至少三种新意。

第一是主人公张自力对于影视剧中的警察形象，作了有效的颠覆和重构。当观众对刑侦片中那些孔武有力、胸有成竹、指挥若定、即使失手了也有"第二方案"可以执行的英雄早已心生厌倦之后，张自力来了。他形象邋遢，近乎猥琐，嗜烟酗酒；虽然想"输得慢一点"，但人生轨迹却遵循了水的法则，总是向低处流去：先是刑警，后来成了保安。但是，就是这样的小人物，却在观众心目中站稳了脚跟，甚至称帝柏林，捧得银熊。他的成功，缘于执着和有心，当然还有一点幸运：有价值的线索，总是在不经意间，被他听见和看到。当然你也可以反推过来，认为张自力幸运是因为有心和执着。但是，如果与迪伦马特《诺言》里的马泰依相比，他还是太过幸运了：不仅破了五年积案，还可能收获刑满后吴志贞的爱情。

第二是《白日焰火》深度诠释了犯罪表象下的人性渊薮。吴志贞、梁志军都是小人物，都在"不动声色地挣扎"。前者为爱沉沦，连续杀人而难以自拔；后者则背负骇人秘密隐忍度日，都快要"因为心事过重而走不动"了。刁亦男用小人物的隐忍、恐惧、绝望和挣扎，为观众演绎了犯罪行为背后的复杂人性：梁志军为帮吴志贞脱罪，甘愿成为"活死人"；吴志贞为帮梁志军隐匿，只能与丈夫做"影子夫妻"，而且听任其连环杀人。保安张自力介入后，又为一对沉沦鸳鸯加上了出卖与救赎的戏码。吴志贞对梁志军，张自力对吴志贞，先后都有过出卖的行为，但其本意又何尝不是缘于救赎意识。作家赵本夫曾经说过："要理解一切人，包括罪犯，文学就因此而产生了。"的确，犯罪与罪犯，只是定性的法学概念，它解释不了极端行为的深层诱发心理，更无从透析情感和精神层面的东西。只有文学，才有力量做出阐释和表现。

正是在文学的意义上，《白日焰火》达至的第三点新意尤为令人欣慰：让文学意象在影片生活中落地生根；或者说刁亦男用影像释放了生活中的文学意象，使该片有足够的理由进入文艺殿堂。比如"白日焰火"的意象，夜总会名称只是模因；张自力大白天在片尾放焰火，既是他对未来希冀的心情复杂的祝福，也成了观众希望吴志贞与他相向而行潜在愿望的折射。当然，细心的观众已经悟到，吴志贞的"爱沉浸在海底。就如白日焰火，旁人无从察觉，可是一直在努力绽放"。拥有《制服》和《夜车》的刁亦男，在《白日焰火》中对文学意象进行布局，已经可以做到不露声色了。比如"庆功酒"后张自力有段奇葩独舞，舞得尽兴、舞得怪异、舞得搞笑，但那就是张自力，就是张自力式的心理释放，也是刁亦男式的幽默和审美心理的有效延展：观众揪心于张自力的心理蓄积已久，也需要释放啊！

《白日焰火》在第 64 届德国柏林国际电影节赢得最佳影片"金熊"奖，并非浪得。这部作品并入《冰雪暴》《本能》《暗流》和《第三者》序列，也并不逊色。看罢该片走出电影院，我甚至也涌起了想在大白天放一把焰火祝贺一下的冲动。

史的门槛期待青年导演跨越

影视艺术在时间前行的序列上，会默默构成自身的链条。即是说，当新生的环扣具有新质时，便会延续或助推影视艺术的进展。这些新质，或者是对人类精神图谱有所增益，或者是在艺术形式和表现手法上有所贡献。如果不是这样，相关作品虽然也会由于各种机缘而产生，但却不会有被时间沙漏翻转的幸运。因此，影视艺术前行的历史，既是新生代导演的武库，也是他们必须跨越的门槛。

浙江省首届青年电影节新片《匆匆》的编导朱晓伟，用 160 分钟的片长告诉我们，在人生旅途中，作为个体生命的林翎父女，无论怎样悲欢离合，都只是一个匆匆的过程，区别仅在抵达终点时间的先后。悲剧性的命运覆盖了这对令人叹惋的父女。影片叙事伊始，是 1990 年 3 月，女作家林翎在邮局给台湾基隆的父亲发电报，希望后者能回大陆给奶奶扫墓。电文中"永远等你"的字样，令观众触目惊心。什么样的等待，当得起"永远"；什么样的守望，需要地老天荒?！而女主人公随后的站立不稳与饮泣，为片中父女 1989 年里的两次匆匆相聚，铺垫了足够的悬念与感伤的氛围。编导用倒叙和插叙手法，试图表达大时代如何在瞬间改变了数百万人的命运；林翎父女的不幸，仅仅是下放知识青年与溃退台湾"国军"的冰山一角。《匆匆》

向观众表明，主人公罹患的生死歌哭与世纪沧桑，主因不是性格，而是社会历史律动。唯其如此，当看到林翎给早已阴阳两隔的父亲发电报，看到她无望地在机场大厅接机时眼前掠过自己曾经的身影幻觉，以及听到影片结束黑场后她的那声"爸爸"的呼唤，观众才无法不为之动容。

但是，从影视艺术史的视角来打量，影片《匆匆》仍然在路上。这不仅是指林翎父女具有悲剧意味的人生，尚未全部抵达终点，而是说该片新意尚嫌不足。

众所周知，女作家竹林在"知青文学"方阵中具有一定地位。朱晓伟的影片改编自她的小说《匆匆》，其女主角的经历也与女作家竹林相似。该片以繁复的情节和场景，铺陈了林翎的悲情。她 1949 年出生，因为"海外关系"，童年寄人篱下，成年备受挫折，年届不惑时又与父亲永诀。而父亲更加不堪：生存艰辛且不说，骨肉分离与尸骸难归，早已对"黑孩"们的命运构成了重创。

关注大时代下小人物被历史捉弄的命运，本是影视文学应有之义。但是，当梁晓声的"知青文学"表现出了质疑与批判意识，当阿城的"知青文学"对动乱与苦难近因的反思深入到民族文化基因的远因之中，进而成为"寻根文学"先导时，竹林作品中呈现的倾诉与怨艾，很快便成了明日黄花。在这样的背景下，改编竹林小说为影视作品时，如果缺失新的视角、新的切入点或新的手法，慎入为佳。因为梁晓声在质疑中批判的《今夜有暴风雪》横亘在 1984 年，重燃信仰与激情因而被指粉饰时代背景、令反思进一步退两步的电视连续剧《知青》卡位在 2012 年，而礼平早在 1981 年便让《晚霞消失的时候》问世，基本上使国共纠葛引发人物命运变轨的思辨趋向终结。所以，在 21 世纪的今天，电影《匆匆》中林翎父女的命运际遇虽然也属朝花夕拾，却令人见头知尾、觉得隔靴搔痒，陡生该片"不知有汉，无论魏晋"之感。如果主创人员拥有当代文艺史意识，便有可能避免滑下前人肩膀的尴尬。

从影视艺术史的视角打量《匆匆》，我们感到该片在影视叙述艺术上也尚待精进。影视艺术，不只是光影问题，更是时空问题。就该片而言，一是叙事节奏过于缓慢，在剪辑上很少借重时空跳跃组接，从而剥夺了观众想象、联想和再创造的审美愉悦。二是叙事时缺乏应有动力，没有体现"好事多磨"的影视叙事法则，导致该片中的事件单摆浮搁，相互间缺少因果助推作用。三是叙事过实过满，在倒叙与插叙中回忆的情节，要么唯恐观众不明白，展示起来不厌其烦，如丢失钱包与钉窗帘的桥段；要么以为编导自己清楚，观众就一定明白，因而缺乏应有交代，如林翎被杂志社退回乡村后，何以又成为出版社编辑，以及她的奶奶怎么会死在孟庄。四是叙事时空出现逻辑障碍，令人一头雾水。如林翎早已与父亲晤面，甚至得到生日礼物小风铃，挂在窗前时常注视；而当同事询问是谁来信时，又答曰"台办"告知父亲在打听她的下落——不仅使父女俩此前会面成为无源之水，也使摇曳的风铃成了无本之木。五是片中人物对话粗疏，令人大跌眼镜。如父亲说"上对不起列祖列宗，下对不起父母儿女"；将"父母"归入"下"列，殊为不妥。再如奶奶安慰林翎为请人算命说她命好时，把"五行"（xíng）读作"五行"（háng），误阴阳为百工，令人不知所谓。

或许有人会说，把青年导演初登影坛的作品放在影视艺术史的序列中加以考察，未免失之苛刻，应当给他们以更多的善待和宽容。这当然是对的。但这只是问题的一个方面。另一方面是，当问题已经呈现出比较明显的态势，如果依然视而不见，或以无视的方式包容下来，对于那些富有潜力的青年导演来说，或许未必是真正的善意。

我们之所以把电影《匆匆》放在当代影视史与叙事艺术的坐标中加以考察，是基于对新一代编导最为深切的祝富和良善的期望。因为史的门槛，是手握大把时间和制片资源的青年导演们必须跨越的门槛。拥有史的意识，便不会走前人走过的路，因为那于影视艺术的前行无所增益；缺失史的意识，有时反而会虚掷资源，于自身的精进无助。

如何让改编作品拥有新质？影片《1942》或可构成参考。该片导演冯小刚功力不可谓不老到，但他既没囿于原作《温故1942》的格局，也没揆违作家，而是邀约刘震云加盟，按他的意图，花费大量时间，重走漫漫逃荒路，新构电影剧本，从而使《1942》在小说的基础上发出了影视艺术应有的声音。《匆匆》既然是非商业片，当属小众作品。编导资源在手，如果能够沉得住气，在人性与历史的律动中有新的发现后再出手，该多好！不然，便会出现即使有张国柱这样的台湾老牌演员助阵，有贾雨萌这样的新秀担纲，也难以增色的现象。写到这里，我们想引用该片林翎父亲在返乡途中说过的一句台词"太仓已经过了，常熟应该还没到"，来取譬《匆匆》的叙事艺术，但愿并无不当。就本片可圈点之处而言，倒叙、插叙手法的运用，焚烧小说时建国灵魂的出没，林翎幻觉做成的时空回环，以及摄像、音乐和音效的表意效应，表明编导叙事基本功的"太仓已经过了"。但160分钟的片长与承载的叙事信息量并不匹配，又说明该片影视叙事艺术的"常熟应该还没到"。

谈小成本影片的实验性

2006年12月，连云港电视台拍摄了一部实验色彩很浓的影片，取名为《老丁的九月》。作品说的是一个丁姓老人匪夷所思地不断借钱给一个小姑娘；小姑娘后来却忽然消失在老人视野里。老丁疲惫寻找的结局，出乎自己也出乎观众的意料，让影片有了一些争议。有些争论很无谓，但有些争论却必须厘清，因为其价值和意义不会随时空远去。

一些观者质疑，《老丁的九月》表达的是不是救赎的主题？如果是，老丁救人的结局与该片的主题是否冲突？意指好人没有好报，让该片成了"救赎的悲剧"。从影片情节的走向看，普通人老丁表现出的高尚，在片尾确实没有获得好报。但这并不意味着该片主题的表达有了问题，成了"救赎的悲剧"。我们认为，说老丁救人未得好报的结局"深刻"，与说救人没有好报的主题有问题，这两种看法都值得商榷。老丁未得好报，是小丽的问题，而不是该片主题的问题。在这个意义上，给老丁好报，恰是对于主题的消解，说的是好人当得好报的老生常谈；好人没有好报，还做不做好人？老丁给出的答案是：依然要做。这才可贵。如果老丁认为自己惨兮兮，那就意味着小丽是个骗子，那就是编导故意远离向善的涵蕴，做成打击伪善的浅薄主题了。编导在影片中没走那样的套路，而是把看点放在了人物的"情结"上，放在了人物心理与性格的形成上：草根、普通人的高尚，即使没得好报，依然高尚，这才是真正的高尚。这样，影片的重心，实际上放在了偶然性境遇带来的人的灵魂走向的拷问上，从而使全片获得了人性探测的深度。

还有一种观点认为，该片的主人公老丁是自相矛盾的人：既然情愿帮人，又何必气喘吁吁地追讨？这样的疑问，是线性思维的产物。老丁是不是自相矛盾的人？"每个人每年都有九月。老丁的九月，是从十年前开始的"——片前字幕揭示了老丁心中的"情结"。原来十年前，他因为一时的怯懦，怕被讹上，曾经"见死不救"，悄悄走掉，从而做下了心结。他愧疚、自责、不安，因此才愿意一而再、再而三地借钱给被车撞伤的小丽。他是在以这种方式，偿还十年前那次"心债"。对于这样的普通人，不可以先入为主地拔高他，把他推上圣坛，然后再谴责他没有抵达自己所期望的圣者高度，以此证实编导的"失误"。其实，老丁只是想帮帮小丽，还十年前的心债，绝无不要后者还钱的意思。否则，我们也就无法理解，在全片的结尾他为什么要四处查访，直至追到乡下，要小丽还钱。分析和评价作品，不能从概念出发，而应从具体的人物出发，这既是认识论的问题，也是方法论的问题。老丁也好，小丽也好，都是普通人，都有局限或者缺陷。看似矛盾的行为，实际上已经统摄在他们各自的性格主因中了，并无不可理解的现象。编导最得力的一笔，是老丁追到目标、发现真相后的放弃。那已经触及了道德重建的题旨，是全片真正的重心所在；而那之前老丁的执拗和古怪，大致缘于心债偿还，属于自我救赎的行为，也就是通常所说的求个良心上的安慰罢了。

还有一种争议声，看似大有来头，认为该片的视角与现实生活有平行的嫌疑，谓艺术的至高境界不是还原生活，而是高于生活；而纪实手法的运用，也似乎不新。这种说法的另一个版本更加无谓，认为《老丁的九月》基本上是心理戏，而心理戏不尚冲突，该片却用写实风格来展现，似乎不搭。心理戏能不能以写实风格来展现，是个伪问题；手法新旧问题，貌似有理，实则不知有汉、无论魏晋。电影艺术诞生已经110多年。卢米埃尔兄弟早期石破天惊地记录的那些影像，如《火车进站》《工厂大门》和《水浇园丁》等，当时引起一片惊呼，并不奇怪；因为在今天看来，那不过是以不动机位记录下来的动态影像而已。如果不是梅里爱发明了更换布景、停机再拍，我们很难设想卢氏兄弟的发明会成为艺术。但是，鲍特对电影时空的探索，格里菲斯把场景变成镜头的尝试，不仅让梅里爱目瞪口呆，而且让库里肖夫、普多夫金和爱森斯坦拥有了全新的电影思维基础，那就是蒙太奇理论体系。有了这样集大成的探索，后来意大利新现实主义电影运动的反抗，才显得特别难能可贵，那就是从表现手法上对于长镜头、同期声和跟踪拍摄的审美再发现。在这个意义上，为了对抗好莱坞明星制和日趋浮华的制作风气，七十多年前"还我普通人""把摄影机扛到街上去"等口号的提出，才真正具有革命的属性：谁是先锋？《偷自行车的人》是先锋；谁是传统？《母亲》和《战舰波将金》才是传统。虽然时至今日，好莱坞大片以高科技席卷全球，手法新旧已经不是问题，但重温一下电影史，也许不是没有意义的。因此，说影视必须高于生活，是无比正确的废话；若以此指认方法新旧，就完全是胶柱鼓瑟。一切在于运用，遑论新陈。

细察《老丁的九月》的跟踪拍摄、现场录音和长镜头等纪实要素，编导应用得均恰到好处。在后期制作中，导演也力戒特技炫技，更多取生活的原生态，甚至在灯光、舞美方面，也求原光效果，决不违背生活视角的真实，这些都是可贵的努力。该片镜头的长与短、张与弛、动与静，均不温不火，使影片的纪实风格得到了保障。虽然写实，但该片却并没拒斥象征手法的使用，如牌楼意象的引入，就令观众体悟到了道德对于主人公心理积淀的介入力量。

事实上，作为一部实验性影片，《老丁的九月》还给城市电视台的影视制作带来了另一种启示，那就是小成本作品尚有很大发展空间。小成本作为一种民间行为，也许有不得已之处；但对于各级主流影视媒体而言，则可能成为抵制奢靡之风的利器。《老丁的九月》诚然不能排除友情因素，如编剧成刚的支持；更不能排除奉献因素，如导演昌东明指导的高效率团队，特别是主演桂林的倾情驰援，但也不能就此认为它不具备可复制性。这不仅因为小成本制作对于小人物题材、草根文化和平民意识的表达具有天然优势，它至少还揭示了一个真相，即动辄耗资千万乃至过亿的影视制作，并非有其不可摇撼的必然性。

现象与传播

上篇：心象　物象　现象

我们所处的这个世界，能够被眼睛感知的映像，差异并没有大到无法取得共识的地步。但是，当这些被感知的映像进入表现范畴，由于画家的学识修养、表达方式、技法与境界的不同，作品给观者的感受有时候就差如天壤了。而从现象学的角度来观照，不同的绘画作品，却可以向观者提供画家艺术与心灵的不同轨迹。三十多年来，旅美画家穆家善先生已经创作了难以计数的作品，覆盖了水墨和彩墨、油画、水粉、水彩、雕塑以及书法等多种类型。但我不想论及所有，只想从他 2007 年的国画作品中撷取若干，来剖析他的心迹，辨析他的特征与风格。

2007 年新作《清泉石上流》，方型构图，不是依据传统程式创作的作品。整幅作品没有我们惯常所习见的"构图法则"，不"留白"，但在这种大俯瞰视角中，你会感觉到山石肌里与泉水流势形成了自然的呼应和脉动，大面积墨色构成的富有质感的山峦，衬托出偏居右侧流经画面的清泉，自高处迤逦而来，在错落有致的石块间欢快跳跃；泉流中次第裸现的顽石，似乎也有了灵性，依溪水走势自然列队，在"受洗"中显出天真童趣；横陈的墨云之下，雁群掠过山峦上丛生的杂树林啁啾而去，而雁群与山溪，在纵横之间，构成隐含的线的律动，谱写成一首内涵丰富的"云水谣"。黑白之间，轻重之间，偏正之间，既是衬托，又是对比。早年穆家善先生在中国美术馆举办个展时，李可染先生曾对年轻的画家说："你要多看正厅林风眠的作品，他的墨用得好。"这句话，穆家善先生终生铭记，因此在用墨的研习上尤为用心，真正做到了厚重不涩，肌里清晰。细察《清泉石上流》的冷墨暖色，点画笔笔到位，无一笔滞涩，又浑然一体。这就是穆家善先生水墨画对于自然的表现力。

耐人寻味的还不止这一幅，我们再看《观瀑亭》。同样是方型构图，甚至有类小品格局，但率真有童趣，稚拙无匠气，体现了画家对自然物象的尊重。线面功力自不待言，枯笔皴擦出的片麻岩的质感，与细毫纷披出的水草的柔软丰茂，构成了生动对比。令人感兴趣的是《观瀑亭》中的瀑布与亭的关系：两瀑分列，亭居中央。这就意味着，画中亭内人要左右观瀑，而画外观景人则观左右瀑，但聚焦点仍在中央的亭子，显现了幽默、天真、童趣与率性。再看瀑流中的山石，给人的感觉似乎不是水在流动，而是山石在跳跃；动与静的辩证转换之间，穆家善先生带给我们审美参与过程的能动愉悦。

如果说《清泉石上流》体现的是功力，穆家善先生2007年令人感到震撼的则是一组表现美国大峡谷四季景象的作品。这一组四幅鸿篇巨制中，你可以看到胆量，看到气魄，看到学识，看到修养，看到传承，更看到艺术上的创造力。众所周知，美国大峡谷是世界上极为壮美的自然景观，引无数英雄竞折腰。而最令中国画家感到兴奋与茫然的是，大峡谷红岩碧水的原色，比如夕阳照耀下的赭色山石，比如蓝天白云下的涧峡松海，若以中国画传统中的水墨技法来表现，点线面墨，可能相对掣肘；

若以原色入画，传统中又鲜有先例。大师刘海粟晚年书写中国黄山，艺高人胆大，使用泼彩解决了一定问题；而穆家善表现美国大峡谷，则不为形役，直接以色彩的原色倾入，而后笔走龙蛇，取意造型。我们知道，"人对色彩的辨别不仅是认识世界的重要依据，而且还具有突出的审美价值"。对于原色的直接运用，既是对于自然的感知和尊重，又是主观性情的大胆抒写，更是对学识与胆量的考验。观者通过四幅气韵一统的作品，可以发现穆家善先生四幅大峡谷作品中的水墨、色彩浩浩荡荡，逶迤而下，令草木摇曳、云蒸霞蔚、峡谷震荡、气象万千，共同构成墨与色的交响，令人叹为观止。这种率意之作，是穆家善先生对自然的礼赞，是发自内心的歌唱，一如其"冬"季一幅题款所言，是"大峡谷之歌"，是自然之歌。大峡谷组画显现的墨色率意的状态表明，不"超现实"，是难以表达出画家彼时彼刻面对高天流云、万壑松鸣的审美感受的。太像了反而不像，太写实了反而不实。只有这种对于物象既不拘泥、又能够给予有意味的尊重的做法，才能使穆家善先生在更高的层次上做到对于主观感受、对于大自然的"双重尊重"。

下篇：传统　传承　传播

说起传统，可以先看看穆家善先生 2007 年两幅作品中的几棵松树，有的生长在《行人无限秋风思》的前景中，有的摇曳在"大峡谷组画"《翠染青山入画图》的前景里。看见这些松树，观者就可以想见，即使远隔千山万水，生长在苏北民居房前屋后与生长在美国大峡谷里的松树，在传统技法中的表现形态上，要想不趋同又是多么的艰难；就可以想见，技艺炼成功夫，功夫成为习惯，惯性对于创作，又是多么可怕的事情。好在这些让人不快的"传统"松树，并没有在穆家善先生的绘画作品中到处肆意地生长。

　　为什么我要说《清泉石上流》《观瀑亭》构图"耐人寻味"？将两幅作品放在一起统观，便可以见出它们的某些共性，即两幅作品的构图，在传统绘画中都会被认为是匪夷所思的现象。《清泉石上流》中的山溪，不是"画谱"要求的"S"线，而是不规不则，偏居一隅；《观瀑亭》中的瀑布，更不是"法则"要求的飞流直下被云雾"破"后的直线表征，竟然分列两侧。这样有违"法则"的设置，我宁肯理解为画家对自然物象重新的礼敬。需要辨析的是，传统法则于初始阶段，无疑是对自然律动的有益概括和有效抽象，有其极为积极的意义，甚至当克来夫·贝尔在他的《艺术》一书中"视之为有意味的形式"，立即得到了学界的高度认同。但是，大千世界，自然万物，物象纷繁复杂，又怎么可能被几条抽象的构图法则所涵盖？！

　　虽然我调侃了画家作品前景里的几棵松树，但我要在与观者分享穆家善先生作品创意新质的同时，特别引入一个概念，那就是"前景"。前景是一个摄影、摄像概念，是透视学的运用，在中国水墨画中，这一表现手段是匪夷所思的。但观者只要看看穆家善先生 2007 年的新作《紫气东来照我家》便会了然。为什么前景作为一种画面构成要素，或者手段，会以一种挑战姿态，出现在画家的水墨作品中？我以为这与穆家善先生对于现实与梦境、时间与空间的综合认知有关。远在异国他乡久矣，对于故国、对于往昔的遥想与思念，无疑在旅美画家的心目中占据了重要位置。在这种情绪意境中，《紫气东来照我家》中的苏北民居，是画家的故土、童年时的家园印象，它们隔山阻水，万里迢迢，无疑成了远在美国的穆家善先生的梦中之梦。因此，即使在现实层面上，它们是一种可以感知的自然物象，但是，当作为表现主体的时候，要拉开现实（美国，此在）与梦境（中国，彼在）、时间（这时与那时）与空间（这里与那里）的距离，则必然要引入一种"离间介质"，那就是前景中的物象。《紫气东来照我家》中，前景里的交叉低垂的树枝，构成了现实与此时的物象，由此及彼，便可以将故国家园的主体物象，推向远方，让它们由现实变为梦境，由物象幻化为意象，从而完成了画家故园情思的表现。

　　但在对于传统的传承问题上，我更看重画家贡献的新质。依前文分析，穆家善先生远赴美国的人生历练，无疑已经在创作心理上影响到了他的艺术表现层面，比如前景作为一种手法的引入，已经渐次形成了一种形式构成要素。这一点，只要看看《山乡白云伴朝夕》《行人无限秋风思》《秋风萧瑟洪波起》《山川无言瀑自流》等作品，便会发现前景被有意无意地使用的明显表征。这些作品，以视觉入画的顺序而言，大多是植物在前景，推近及远，远方或是中西屋舍俨然，杂草树木丛生，有些低矮灌木"像一排刺猬在拿大顶"（柯文辉语）；或是层峦叠嶂，朝晖夕阴，群鸟翱翔，飞瀑生烟。画家于风生水起、乱云飞渡之处题跋留款，显现了中国水墨让创作者思接千仞、神游万壑的博大的审美空间。前景，本来是以精密的光学器械摄影、摄像的副产品。人眼凝视与远观，因为聚焦，可以有取舍，景物虽在视域范围内，但由于注意的兴奋中心在焦点上，其余物象便被意识"合理忽略"了。但机械镜头不然，在视域范围内的物象还会留在画框的前景中，这本来是无奈的事，但人们惊奇地发现，它反而可以改变画面构成，协调、调整被表现主体在画面构成中的主次、轻重、偏正关系，按照创作者的理想状态进行配置。穆家善先生有意识地利用了这一点。

　　在美国传播中国书画艺术，穆家善先生必然面临诸多问题。

由于集体无意识效应，有些问题在中国似乎具有了"自明性"，但我相信在美国不然。不是"问题"的问题，也可能成为大问题。穆家善先生想以中国画表现美国大峡谷时，遭遇到的肯定不只是色彩表现问题，同时还面临着时空观与透视学问题。美国人不熟悉的自然物象，画家处理起来有相当的自由度，比如《隔江同是一方天》，把自然界的不同物象组合在同一画面中，可以让观者以跳跃组合方式来解读。但对于美国人熟悉的大峡谷，鉴于异域对于时空理解的制约，画家很难走《江山如此多娇》的路。穆家善先生改以四立轴来分别表现，把时间（季节）分成断面，以富有胆量的取舍让每幅表现一季。

当然，肩负传播中华文化使命的穆家善先生，最能够被大洋彼岸的人接受和理解的作品，无疑是《独入深山信步行》《行人无限秋风思》这样的作品了。这些长卷即使在中国，也是雅俗共赏的品类。穆家善来自极重传统线描功夫的南京艺术学院，三十多年来周游列国，遍访名山大川，与名家切磋，与书卷为伍，深知在海外传播中国书画艺术首先要关注主客体之间的文化差异，尽可能清除传播过程中的障碍，然后才能使中国文化的光芒烛照异域。而在传播过程中，具体可感的物象，在传播者和受众之间，最容易架起交流沟通乃至实现双向互动的桥梁。因此，在《独入深山信步行》《行人无限秋风思》一类作品中，观画者可以明白无误地看到中国古今物象：寒舍、亭阁、木桥、竹林、雁阵、溪流……这里我要特别说一下两幅画中的苏北民居。我知道只有依托穆家善先生，人们才能在画中见到如此温柔敦厚、憨态可掬的苏北民居，因为那是画家的故乡，房舍就是那样平淡、朴实、不尚修饰。那家家门前悬挂的，是火红的辣椒还是成熟的玉米？……再看画中的树木，有松树、枫树、杉树、栎树、柞树、楝树、黄杨……差不多各色杂树，在视觉中都取得了植物学意义。但是，且慢，中国画的审美特质，决非我们当下所熟知的科学对于自然的界定那么简单。穆家善先生在大洋彼岸致力于传播的，事实上乃在于中国传统绘画艺术的审美内涵与思想方法，或者说是一个哲学范畴。

在《独入深山信步行》中，观者看见五色醋畅纷披，水墨缤纷淋漓，一士峨冠博带，独步其间，款款走向穆家善先生的题跋："独入深山信步行，惯当驱虎不曾惊。"仅前两句，便可见出这位先生不是什么等闲之辈；果然，题跋的后两句泄露了此人心机："路旁花发无心看，唯见枯枝乱眼明。"与市井百姓相比，境界高下立判，他在画中的使命，与穆家善先生在美国肩负的使命获得了同一性，那就是传递东方绘画中的哲学品相。钱穆说："中国人向来主张'天人合一'与'心物合一'。"这就是中国，道生一，一生二，二生三，三生万物。穆家善先生远涉重洋，孜孜不倦地要传播的要义是：在书画同源的华夏文明里，艺术家们哪怕只是往白纸上画一条线，也不会单纯是美国人理解的基数词"一"或序数词"第一"，而完全有可能是一条路、一条河、一条地平线，即古人所谓"天涯"。在中国传统绘画中，一石一世界，一花一菩提，一叶知秋。因此，穆家善先生在自己的绘画作品中，常常以松、竹点染其间，特别是竹丛、竹海，不经意间便流露出他从前的"文人画"脉承来。

身为美国亚太艺术学院院长的穆家善先生，在致力于传播中华传统绘画艺术、不断推出新作的同时，也在从事美国当代艺术和西方美术院校教学体系研究。创作、研究与传播，使他拓深了中西学识修养，拓宽了国际视野，理论和实践与时俱进。我相信，以他的艺术表现功力，其众多作品必将不断领风气之先，在海内外赢得广泛认同并经受住时间的检验。

"焦墨千毫皴"的技法与审美

画有中西之分、古今之别，不仅因为画家所属国度、民族和时代差异使画种、画风迥异，更因为绘画工具、材质，特别是画法的不同，令审美效应有别。从这个角度也可以说，工具理性也是审美理性。千百年来，无数画家筚路蓝缕，殚精竭虑，试图在画法上有所突破，但真正能够有所创造、贡献新质者寥若晨星。这是问题的一个方面。问题的另一个方面是，以焦墨作画，意味着再也不将墨分五色，再不借颜料七彩，更不重水墨浓淡，实际上等于捐弃了国画技法通衢，走上蹊径，并且试图在进入绘画艺术至境的过程中，与彩墨殊途同归。从这个角度也就不难理解，为什么在中国焦墨画领域，臻于成功的探索者了了无几，盖因为焦墨不仅难度高到不胜其寒，还因为武库稀疏，技法不多。

中国焦墨山水画自程邃以降，黄宾虹、张仃、崔振宽、穆家善诸先生各有建树。穆家善以"焦墨千毫皴"进入焦墨山水画领域，获得邵大箴、范迪安、尚辉等先生一致首肯，使这一画法所表征的概念，业已列入中国画技法武库。范迪安先生认为：穆氏"在焦墨用笔上探寻到了创造的契机，那就是他自己创立的'千毫皴'——将毛笔揉散开来，运笔之际千毫齐发，随性恣意，极大地增加了笔线的丰富性和表现性，既可以顿挫柔转，力透纸背，又可以如若微风拂缕，精致细密"。由此看来，这种以焦墨为介质、笔端千毫绽放、任由画家自由挥洒以造境表意的方法，已经不是单纯的焦墨山水画技法，它同时是画家的个性精神，是审美主体在创造客体时本质力量对象化的过程，应当引起学界思索与探讨。

墨分五色，是国画对传统墨相粗分的产物。久而久之，人们也惯于从五色认知墨性，以"淡轻浓重焦"来界定其色阶变化。这种习惯令人忧虑之处，在于它日渐成为"常识"：一是墨色似乎只有五个层次；二是焦墨是墨色中的极致，表达层次感勉为其难。尽管许多有识之士从学理上并不认同这样的"常识"，但由于实践层面鲜有个案支撑，以故目前高校国画专业基础课程讲授墨相色阶，基本上仍然沿用上述理念。在这个意义上，说中国画墨色理论遭遇了实践瓶颈，也许并不过分。

但是，焦墨不单是墨色，同时还是技法，是筋骨，是肌理，是画家对于自然万象的认知和理解。黄宾虹、张仃、崔振宽、穆家善诸先生，或老草纷披，或焦墨写实，或化重为轻，或千毫写意，都做了积极探索。焦墨常见，皴法固有，为什么"千毫皴"别具意义？有必要溯望穆家善先生艺术生涯的海外背景。穆家善先生旅美17年，是美国亚太艺术研究院院长、蒙哥马利学院中国画教授，在美、法、日与中国大陆和台湾地区，数次举办巡回画展，作品也呈现了明显的阶段性变化。也许拉开与故国的距离，有异质文化作为参照系，更容易看清中国绘画传统质地。他早年曾拜齐白石弟子陈大羽教授为师，是二十世纪"中国新文人画"领军人物，前期作品或追老庄，或取禅意，或表心象，或重构成，都曾为方家称道，引领后侪。中期以表现美国西部大峡谷景象的四条屏为例，堪称力作，是画家以传统技法对线条、设色、构图和笔墨的一次极致表达，舆论更为关注。但是画家反而心绪不宁，做下心结，认为即使传统技法娴熟，笔有出处，依然备受囿限：那不过是中国传统意境镶嵌的异国风光而已，并没充分表现出令他震撼的美国西部大峡谷的壮阔与神韵。2011年初春，穆家善先生年届半百，终获天启，告别了郁积日久的心结，以"焦墨千毫皴""为中国画添了一法"。

"焦墨千毫皴"是怎样的"一法"？让我们在范迪安先生的描述下透析具体作品。《苍茫化境》之二（水墨纸本，534cm×200cm，2011）为巨幅山水横卷，画面构成堪称惊心动魄：山势奔涌，乱云飞渡，江面上滔滔滚滚，湍溪中水落石出，天际间天低云暗，大自然涵蕴的生命律动，在画家笔下喷薄而出。这便是穆氏新法"焦墨千毫皴"的表现力量。如何解读和认知画家"焦墨千毫皴"的技法价值？《苍茫化境》之一（水墨纸本，98cm×51cm，2011）和《风去起惊涛拍岸》（水墨纸本，98cm×51cm，2011），可视为诠释性标本，因为画家对自己这两幅作品甚为满意；它们充分展示了"焦墨千毫皴"的笔法、神韵与魅力：论墨趣，苍润兼得，刚柔并济；论筋骨，笔走龙蛇，力透纸背；论构成，繁简相应，书画无间；论气韵，轻重逆转，一气呵成。这两幅作品的画面构成，也颇可思谋：画家入笔伊始，墨极浓重，必然在画面上留下壮阔笔迹。如以形苛求，可能差强人意；但若以构成而论，反而极具神采，浓重墨迹在画面中成为重心甚至焦点，呈现出颇可玩味的书法之美。书耶？画耶？一如激流注入湖泊，长江而入大洋，早已溶融合和，成为一个整体。

那么，"焦墨千毫皴"在表现自然万象时，是否真正具备作为"一法"的功效？将视野中的山峦、河流、植被、风云等抽象为线，对于穆家善先生而言，是一个写意的诗化过程。穆氏以中锋运焦墨，直抵物象肌理，将自然与心象打通，以具体作品彰显了技法的力量。《化境苍穹尽萧瑟》（水墨纸本，98cm×51cm，2011）：作雪，如白雪皑皑；作云，如乌云沉沉。《原野小夜曲》（水墨纸本，98cm×51cm，2011），焦墨中锋优势固在，令你想起云南元阳层峦叠嶂间哈尼梯田壁垒蓄水构成的自然线条；《愿乘长风破万里浪》让你不得不叹服"千毫皴"表现涟滟水波纹理线条时的形神兼备；《优胜美地颂》（水墨纸本，45cm×135cm，2011）更是将"千毫皴"笔力效应彰显无遗：以千毫皴擦岩石，质感几近写实；揉搓沉沉苍云，云阵似有感应。《浩瀚江河出自小溪》（水墨纸本，98cm×51cm，2011）与《山川无言溪自流》（水墨纸本，98cm×51cm，2011）两幅作品，山重水轻之间实现了太极图般的互动，山涌如涛，波澜壮阔；云水多情，傍石生根。由此可见，千毫之刚，作山则壁立千仞，为岩则岩石嶙峋；千毫之柔，为云则云轻，如白絮驭风轻飏，为水则水柔，如处子梳理发丝。画家辛卯岁春变法作画，笔者曾有幸得见。穆氏创作主体画面时，执笔挥洒天地，狂放不羁，其势如虹，如上帝造物，如虎啸龙吟，人笔一体，物我无间；主体画面落成后，画家又细心收拾，或飞鸟，或船帆，游人如蚁，屋舍俨然……

从审美效应角度看待穆家善先生的"焦墨千毫皴"，更能鉴证这一技法所蕴涵的中国美学精神。《苍茫化境》（水墨纸本，68cm×1800cm，2011）堪称鸿篇巨制。那是画家在中国美术馆向祖国汇报的扛鼎之作。在长近20米的巨幅纸本上，画家用如椽巨笔，挥洒出延绵纵横、波澜壮阔的中国北方山川。论气象，横空出世，大气磅礴；论气韵，龙马奔腾，浑然一体；论墨趣，千毫万象，笔笔生辉。画家以"焦墨千毫皴"不仅完成了他认知和表达自然的使命，更让观者体会到了犹如上帝造物一般的震撼。画家在"题识"中说："造境无难，驱毫为艰。学画四十三载始知丹青笔能夺造化功。然读董其昌画论曰：画家当以天地为师，其次山川为师，再次者以古人为师。当画坛或师古不化，或追逐时尚、快枪乱斧挥写之。自康有为、梁启超乃至鲁迅皆推动中国画变法应以西方素描参照学习之，我觉此路难。

登高峰，应回到中国精神康庄大道也。"画家这样的思想，既是在国画美学上重振"中国精神"的理念直陈，也是在以"焦墨千毫皴"创造了"丹青笔能夺造化功"之后的自信表达，不能不令学界深思。

如果说程邃的"润含春泽、干裂秋风"体现了焦墨山水画的主要审美特征，那么横向比较，穆家善先生的"焦墨千毫皴"，与黑密厚重的"黑宾虹"不同，与尊重自然的张仃不同，与虚实辩证的崔振宽也不同。穆家善先生的焦墨山水，比如新近作品《胸中块垒千山立》与《高壑清流图》，"物物而不物于物"，将书法用笔运用到神逸地步，山峦涧壑的生命律动、肌理毕现，以写实作写意，令人观之神往。细察"焦墨千毫皴"，已不是焦墨、"千毫"与皴法的叠加，而是一体化新创，是一种系统性技法；在具体运用中，无论中锋、侧锋、逆锋行笔，还是皴、擦、鞭、搓、揉、顿、跺、拂、拖、拉、抹、戗、点、抽……无所不用其极，笔笔姓"穆"，而且有了自己的生命，一种诗性的生命。在《焦墨千毫皴起源》一文中，穆家善先生对于这种系统性技法生成的源头追溯道：皮影、剪纸、汉画像砖、瓷陶器绘画、漆画、芜湖铁画、塞尚等印象派绘画、版画、雕塑、现代装饰艺术，乃至家乡菜的黑、咸、辣等，都对他的变法构成过切实影响。画家的夫子自道，既道明了"焦墨千毫皴"的营养坯基，亦涉及了穆氏变法后作品的审美风格。因此，"焦墨千毫皴"对于穆氏本人而言，是其本质力量一次创造性的对象化，具有铅华洗尽、礼见真佛的意味；对于传统技法又添新丁而言，必须承认，"焦墨千毫皴"的确有力地丰富了中国画技法的武库。

让光影在空间色彩中运动

昌东明画风的特质，根植于光影在空间体积中的运动，而这种运动，引起色彩带有时间属性的变化。这里涉及的空间、色彩、体积和光影等概念，虽然无不源于古典西画的美学范畴，却因为时间和运动元素的介入，呈现出近现代美术理念的形态。画家近期部分油画与水粉画表明，当时间以光影流动的方式穿行在作品物象的形体空间中时，昌东明有能力将其分解为色彩变化的过程。这是一个值得关注的动态与现象。

《正午的云台山》与《山后》两幅作品，以压倒谨慎的大胆，突破了透纳与莫奈范式。画家用令人不安的笔触，表现了光线在空气中移动时激起的色彩瞬间组合的动感。昌东明认为："大自然中的一山一水、一草一木皆有灵性，当你置身大自然中，用心去观察、去审视它们，你会发现它们在和你对话、在和你交流。"对于万物灵性的确认，是画家与自然对话和交流的前提。这不一定关涉老庄，却与斯宾诺莎相近，此其一；其二是，对山水草木与人对话、交流需求的发现，必定需要画家对自觉意识的驱动。有时候，彼此交流与对话的触点瞬间产生，以致画家甚至必须以电光石火的感应来捕捉这样的瞬间，从而使一些作品看上去似乎是写生中的未完成状态。而实际上，许多作品让画家动心、流连与珍惜的，恰恰是画面上那种可贵的"现在进行时"状态，因为它葆有笔触最真实的现场感，那是自然生命与画家生命交融的动感。

问题是，这种写生的现场感，对于当今画坛具有怎样的价值和意义？对近现代西画现象与思潮熟稔的昌东明，对当代油画脉搏的感应，同样具有前沿性。近年来，美术界掀起一股走出画室、走进大自然的热潮。潮头所向，不是传统意义上的写生，而是构造一种新的创作形态。昌东明曾告诉笔者，在这股热潮中，既有享誉画坛、成就斐然的大家和老艺术家，更有正在艺途上跋涉的青年艺术家，而风景油画创作作为一种独立的学术科目，越来越受人们重视，吸引了全国各地的画家和艺术院校的师生参与进来，同时涌现出一批成就斐然、个性鲜明，风格独特的画家及优秀作品。昌东明认为，事实上印象派艺术家如梵·高、莫奈等，基本上是在大自然写生创作中走出来的。

这样，我们再看《开春》与《鲁兰河畔》这样的作品，也就不难理解为什么昌东明不愿意洗去笔触的写生特征了："写生时我会在画面上追求一种跳跃的笔触，它能保持一种绘画时的激情，虽然画面看上去可能不够完整，但它是生动的。"油画《开春》更多地令人联想到俄罗斯巡回展览派那些令人神往的风景油画：它有列维坦的写实，也有他的涵蕴。你看到苏北大地上苏醒了的树干枝条在料峭的风中抖动，便知道风是春风，因为"春江水暖鸭先知"——它们争先恐后地奔向冰冻初开的小河，而且一抹黛绿已经隐隐在远方横陈。画家把对于初春丝丝缕缕的感应，表现得生动而又深沉。而《鲁南河畔》则更有生趣，以雾化效果融解了冷暖色块的界限，使色彩的对比变得像音阶一样有了跳跃性。

昌东明的风景油画，画山富有动感，画水具有灵性，画村镇则有勃勃生气。油画《午后的小巷》的色彩空间，取得了形体与构图的双重意义。一方面，画家将阳光制造的房屋阴影与透视焦点中的杂树、远处的山峦和飘云的天空，构成了蓝绿灰白色彩的变化梯次；另一方面，又将阳光照射下的房屋和街道，做成了对冲间色的橙红与锭白的强音，使整幅作品的色彩与构成显得特别动人，堪称油画风景中的逸品。油画《村头》既是对视觉光效所做的探索性尝试，又是画家与景物相互感应和深度交流的产物。蜿蜒的村口小路环绕的池塘，以倒影含化了山坡的质实厚重，同时宕开了与屋宇的空间距离；有趣的是那面被辟开的山坡，就像摄像师手持的反光镜一样，将光线反射给了画面的中心景观屋宇，使它身上光线的暖性饱和度恰好强过了山坡，构成了整幅作品微妙的戏剧性。而水粉作品《老镇》则是画家近期代表作。作品截取市廛一角，以对色彩的叠加与渲染来调和光影氛围，抵达了不亚于莫奈经典作品《日出的印象》的视觉审美效应。厚重的山峁、熙攘的市井、升腾的烟霭，表现了老镇的盎然生意，而画面中间人物服饰那一点红色，从冷色里跳脱出来，十分俏皮，堪称作品的点睛之笔。

昌东明的油画与风景，就上述近作来看，已经拥有鲜明的个性化表现语言和表现形式。成因或许可以从两个方面来理解。第一，画家拥有自己独特成熟的创作理念。昌东明认为："光、影、形、色，是构成景和物的主要元素，也是需要你在画面上用心经营的。"这里所说的"经营"，涉及画家创作的整个流程：在创作前，是意图，是理念，是布局；在创作中，是表达，是运作，是"心到手到，随心所欲"。此间昌东明最重视的，是画家情感因素的注入。他认为，对于一些疑似客观的艺术戒律与关系，不能机械面对，而要用主观情感去溶解："所谓素描关系、色彩关系就是需要你用绘画的基本原理，通过你的感情因素在画面上合理地、舒服地表现出来。"由于有"饱满的情感注入"，因此创作完成后，"作品就会打动人、感染人"。第二，昌东明的风景油画，能够让光影令人惊讶地在空间色彩中运动起来，这或许与他是一位优秀的影视导演不无关系。二十世纪八十年代即毕业于苏州工艺美术职业技术学院的昌东明，是江苏省知名影视导演，拍摄过全国金桥奖纪录片《异国一家人》、数字电影《老丁的九月》和一系列获奖公益与商务广告片，执导过众多大型电视文艺晚会，并荣膺江苏省 2014 年度"德艺双馨艺术家"称号。影视导演的从业生涯，使他熟知光影运动的意义对于画面构成的价值，从而能够在作品中从容地调遣色彩与时间、空间的配置关系。这样，昌东明的风景油画作品呈现出自己风格化的特征，就几乎是必然的了。

在物象和意象之间抽象

迄今为止，人类一直有效地推举画家来表达他们对自然与自身的认知和理解；同样迄今为止，人们对有些画家所生成的表达，认知和理解却不能说是有效的。这种现象说明，在对于自然和人类自身认知、理解与表达的路上，有人独步。

2006～2007 年的张岚军，在中国上海，以水彩和布面油画为介质，独语，旁白，并在 2008 年春天，让人们看到了他压倒谨慎的大胆：在自然物象与精神意象的旷野上，他完成了属于他自己的抽象。对于熟悉画家的人来说，这些抽象尚可寻踪，"大概是因为以前看多了他的铜版画，"广军说，"所以，再看油画、水彩也看得习惯，也感觉亲切。"但对于这年 3 月 22 日驻足上海美术馆的多数观者而言，这些以《势象》为题的水彩和布面油画，意味着创造。中国东部的霏霏细雨为画家向世界渗沥出这样的信息：《势象》中的创造呼唤认知与解析。由于希望润物无声，与画展伴生的研讨会，画家固执地只请专家学者，不惊动大众媒体。确实，陌生访客的敲门声不可太过猛烈。

但陌生的访客不在室外，而是静静地悬挂在展厅墙上。鱼贯而入、熙来攘往的观者无须叩门，因为同道彼此不难确认。难以确认的是张岚军的作品，令许多观者已有的武库告急：所指、能指解读困难，介质、语汇面孔陌生，流派归属无所依傍；自身的认知结构迁移系统，被眼前的"势象"中断了，理性完全形不成"正迁移"，由于缺乏后援，思维进退失据。

我想这样的读画效果，虽在画家意料之中，却不完全是张岚军所希望的。不然，人们就无法理解，画家将自己"三个声部"的作品付梓于上海人民美术出版社，并且以《张岚军》命名出版，是否想进一步叩问观者：如果这些水彩和布面油画果真溢出了人们熟稔的接受心理机制，那么，又该如何面对和解读它们？

必须承认，画家此前两年的深居简出，不是为了让自己的艺术思维在人类业已铺好的铁轨上运行；如果那样的话，个体作为就不存在另辟蹊径的问题，至多只能是提速。我们使用通用语言进行交流的时间久矣。寻找、发现、整合、完善、认同、推广通用语言，据说是人类文明进步的标志。显然，抽象的文字符号曾经使有声语言化蛹为蝶，但画家操控的语汇和介质，通常依然只能是写真或变形的物象。莫奈让人们的眼睛重新夺回了对色彩进行主观创造的权利，毕加索让人们享有了他们视线达不到的"另一面"，康定斯基在对物象作了彻底解构之后，以完全"形而上"的点、线、面，做成了他"抽象"的梦中之梦。但问题在于，当这些"反传统"的创造随着时间推移转而成为"传统"之后，张岚军先生对自然与自我的认知与理解，借助这些已知和通用的语汇，依然难以表达。画家如果不想黯然接受既有武库，继续在传统中盘桓，而是选择破茧而出，独行荒野，那么，他试图创造的难度，就不是降低反而是升高了。他必须寻找到第三种表达语汇和手段：既非抽象的文字或康氏语言方式，也非大众熟知的写真物象及其变形。

画展《势象》表明，2006～2007 年的张岚军，成功找到了克来夫·贝尔所谓的"有意味的形式"：在物象与意象之间进行抽象，从而使自己的水彩与布面油画，打通抽象与具象的界限。可以比照画册《张岚军》P146 的"水彩册页之一"和 P152"水彩册页之二"。"之一"无疑会激活绝大部分观者的"集体无意识"，画家在表现什么，基本上在观者感性与理性的心理储备域限之内。承接"之一"的审美"视网膜"留存效应，再看"之二"，便可以明确察知广军先生所言不谬。破译毕加索"立体派"的钥匙，是他的公牛变形的序列过程，破译张岚军的2006～2007 年，自然也是他提供的作品序列。"有意味的形式"是怎么来的？P164 的"水彩册页之三"，恰好地印证了这一嬗变的过程。以此推及布面油画，《张岚军》P306"题未定之九"、P320"题未定之十一"、P282"题未定之十五"，更是观者进入画家艺术迷宫的"红线绳"。当然，除了读画，必须提到龚云表先生的《张岚军艺术创作散论》，那是人们走出画家所设迷宫的阿拉丁神灯。

但是，问题不在于理清画家"势象"生成的迷踪，而在于如何解读和阐释这个令许多人感到困惑的迷宫或者"抽象系统"。毫无疑问，张岚军向人们提供了一个崭新的审美客体，这一客体有资质获得人们深度的认知和解析。但观者的难处在于，如果想在画家造就的迷宫中生成日常熟悉的理性认识系统，并且归回到适合表达认知、理解与阐释的话语体系，竟然十分吃力。人们还有一个羞于启齿的问题：对于《势象》，究竟有多少认知、理解和阐释是接近真相的？

差不多所有的专家和学者，都以为自己对于张岚军2006～2007 年的解析离真相更近。画家时或也有意无意地说一些若即若离的想法："水彩和油画在画的时候就已经随处看见舞者的身形了，山的转弯处仿佛挺直的脊背，山涧水流又像是飞天舞动的水袖，色彩的缤纷像极了铺展的裙裾。不是刻意画得像什么，只是一笔下去它就是象了，被人看出来就看出来吧，发现的眼睛到处都是。"这些说法助推或加重了人们无端的自信。但是画家究竟对作品作了多少所指与能指的指证和确认？观者似有若无的茫然，又因为这些说法消解了多少？答案都是似是而非的。我们认为，对于"势象"的众多解析和阐释来说，谁也不比谁更接近真相。正如迄今人类对于宇宙成因的解释，无论"大爆炸说"还是"恒态说"，哪一个都没有完全褪去"假说"的胎记。如果这个比方是成立的，面对张岚军2006～2007年的水彩与布面油画，我们更想投掷过去的问题是：究竟有没有真相？

这当然是个"飞去来器"式的问题，我们给出的答案是：也许根本就没有、也不应该有所谓真相！

张岚军以下的说法，尚未得到人们充分的关注："在自然面前，能有的只是敬畏和虔诚，只有远远地看着，看见光、看见色、看见形，祈祷着有一天还能看见'神'。"支持上述说法的是画家以水彩和布面油画所完成的创造，这些创造对人类所熟稔的语汇、介质和表达手段提出了挑战，而这正是独步的艺术家必须肩负的使命。事实上，对于"势象"的任何解析与阐释，画家都可能认可，也都可能不认可。作品一旦展出或出版，出于对观者、读者审美权利的尊重，画家只能拈花微笑或三缄其口。张岚军有创造的权利，观者和读者有解读和阐释的权利。前者创造了可以任由后者解读的审美客体，所有的解读都由审美客体而生成。尽管任何解析和阐释都可能逼近或远离"真相"，但任何解读的权利都是神圣的，甚至包括观者茫然的权利，画家也无权剥夺。最终，画家自己的解读也只能成为众多解读中的一种。这正是艺术的魅力。《张岚军》或《势象》启示我们，创造，有时不仅是被创造的客体，甚至包括创造客体的介质、语汇和手段，乃至生成它们的思想。

现代梦魇的背反与重构

不能断言当今画坛正幸运地处在一个大师辈出的时代。显然，无论是怎样的弄潮儿，只要他想取得令人瞩目的辉煌成就，他就必须在仿佛博大精深到令庸者绝望的传统与像谜一样难以探知的艺术的未来形态之间，在对艺术乃至人类存在的终极清醒与懵懂的认知之间做出抉择，确立自身的起点，并构造出艺术风格独特的属于他自己的现在时态。

在现代艺术面临着纷繁而痛苦的困境时，李鼎成开始跻身画坛。尽管这位青年画家来自特重传统文人画线条功夫的南京艺术学院，熟谙中国画多种技法，并且充分认识到了自己线条笔墨等传统功夫的潜力，却出于探索中国画新的表现形态的强烈愿望，首先确定了以对传统功夫的背叛来作为自己艺术生涯的肇始。然而，这种观念的嬗变仅仅是初步的，必定也是艰难而痛苦的。我们感到，李鼎成的一系列作品所构置的艺术世界，还有更重要的价值取向；也许这种追求与旨归对于中国画坛未来的多元走向具有一种暗示的意味。

必须承认，延绵至今的人类历史不过是在证明，他们尚有力量解除他们所面临的困境；他们全部活动的目的无疑是为了人的自由意志与愿望达到发挥与满足的最大临界值。然而如果做一次超验的抽象，我们几乎必须立即指出，这是一个神话。很明显，人类文明的过程始终伴随着难以至竟的反抗，而逼近逍遥游境地的努力永远不可能临界。因为可见的参照系只能是留下种种遗憾的过去，而遥远的恐惧须臾也没有消失——人类终将消失在茫茫的宇宙大尺度时空中。

这当然不能成为生存悲观的依据。但是，却并不妨碍人类将自己的存在视为悲剧。不管历史滑过多么久远的历程，既然人类必须依存自然而生存，就不能不受自然的制约。叔本华不无悲凉地宣称，"一切生命，在其本质上皆为痛苦"。如果我们将遭逢扼制的痛苦作为一个视角，那么应该承认，现代人的困厄不光在于他们难以挣脱自然的羁绊，还在于他们同时面临着文明过程必然带来的诸如血缘与社会构成的双重人际关系、道德伦理法律形成的规范以及紧张的高节奏的现代生活方式所折射的内心与精神的折磨。这正是现代人的梦魇！但是，人类除了勉力推进文明难道还有别的选择吗？

我们认为，正是现代人的这种两难处境导致了新潮或曰前卫艺术的产生和发展，而且它们无一不是对冷酷的自然存在与斑驳陆离的自我心像的一度叛离。

这样，当面对李鼎成的一系列作品时，我们就不再对其中的梦幻般的情调与悲剧美的构成感到诧异了。当中国画坛上孤独而杰出的大师林风眠站在中西方绘画的交叉点上，用水、用墨、用彩、用疾速的线，碰撞出中国画的新形态时，我们相信，大师那宁静、幽深、沉静的画面上浸润着的诗意般的悲凉感，必定使李鼎成有并非仅绘画角度的领悟。而现代梦魇的确凿存在，深深压迫着他，使他对生命中瞬间生成的梦境不敢有丝毫的轻视。这样，画家作品中无论是前期《月夜》式的冷寂孤傲、超尘拔俗，《黑鸟》式的凄凉诗意、幽僻静谧的情调的出现，还是近作《秋水流云》式的空蒙辽远、苍茫迷离，《孤鹤箫女》式的沉郁忧伤、怅然若失，《三个修女》式的静穆神秘等氛围的展示，都无疑成为画家艺术风格构成的主体因素。进一步审视，我们还可以看到他构置的人间图景，虽然也试图尽力挽留一些人生况味，但是，事实上，它们与只能呈阶段性存在的生存样式（譬如现代生活）是格格不入的。落叶归雁、秋水流云、孤鹤箫女、寂林月色这样一些被人们称为"人间·天上"的梦幻世界，虽则是对苦涩世俗的揖别，但却更多地渗透了画家对于沉重的现代梦魇的背反。尽管那些被画家有意注入了较多的现实生活色彩的作品，如《北方》《鱼鹰》在省级或全国获奖，尽管画家平日倾尽心血创造出的那些具有悲剧美的作品，连参展的机会都没有，然而在我们看来，后者比前者更能代表李鼎成苦心孤诣追求的艺术境界。因为前者虽然多了些平民色彩，但却使画家黏滞于他所创造的物象自身而失去了更为宏阔的审美观照。

在对李鼎成的艺术风格进行解构的过程中，我们认为，画家在相当程度上已经完成了对传统的近乎牧歌式的娱乐性绘画的叛离。将这种只是在传统风神上有所感应的作品称为"心理幻境的外化"是恰当的。在这种外化过程中，画家完成了传统风神（而非传统功夫）与现代感的微妙结合，并且在大师林风眠"破落贵族式的心态"之外，又注进了一些二次大战后现代主义对于感性抽象形式的天然偏好，因此他的某些作品出现浓重的墨块与凝练的用线所产生的空灵感，红褐色与墨色的对比所产生的近乎宗教般的神秘感，以及对现代几何构成意识的解悟与运用所产生的现代感，就成为李鼎成艺术风格的有益增补。此其一。其二，我们认为李鼎成的绘画作品并没有从哲学的完整意义上完成他对现代梦魇的叛离；恰恰相反，他的许多成功作品都以否定的样式或方式确证了现代梦魇对于他的困扰。也许这位画家对于人类生存的悲剧意识具有一种特别的感应。否则，越过风格化的表象，人们何以解释和看待画家作品中孤傲冷寂的情调，在秋风潇潇、秋水瑟瑟的诗意中弥漫的那悲剧的美感？难道画家不是在以他的生命和他的作品对于人类生存的悲剧性所做的一种近乎挽歌式的哲学吟哦？正是在这种背叛了传统的意境与娱乐性的现代人心像中，我们发现他基本上完成了对于画外梦魇的一种确认和重构！确认和重构现代梦魇，无疑给人们的灵魂深处添加了深重的悲凉感，挣扎出现代梦魇对于现代艺术来说也许是一种难以实现的梦想。两难的现代艺术！

不媚不笑、不娱世人，是李鼎成作品的基调，这与他在精神世界中对于人类生存状态的悲凉认知关系密切。他作品的忧伤冷僻的情调与悲剧美感的氛围，犹如一位落寞的"精神贵族"，历经了人类辉煌灿烂的心理历程之后突然跌入了理性的痛苦深渊。他说过这样的话："我向往天国。我梦想在人间与天堂散步。多少年来，我仿佛一叶充满回忆与幻想的孤舟，在精神的河流里陌生地漂泊着。我的许多作品都是在这种心理幻境下产生的。"因此，我们可以认为他的绘画现象是他对人类存在与艺术存在的"终极"有所认识之后的一种必然而又良善的精神结晶。

对于李鼎成来说，现代梦魇是面若即若离的魔镜。背反使他得以反思自己民族文化的进程，在幻境中构建自己悲凉的艺术世界。背反不是李鼎成的终极目的，二度重构却是李鼎成不经意陷入的怪圈。在这位画家基于心像所创造的具有悲剧美感的作品中，我们看到了现代艺术灵魂挣扎呻吟之后的空灵和平静，看到的是中国画艺术在自身的系列链中的新进展。毫无疑义，无论成功与失败，李鼎成都将沿着自己的路孤独寂寞地走下去。我们真正关心的是，等待在画家艺术生涯尽头的究竟是什么？……

禅义的显示与暗示

禅被作为艺术观照的对象，是画家陶明君将自己的绘画语言置于自然与哲学之间的一次探索，甚至是考验。长期以来，由于禅宗的哲学以一种不可言说的姿态悬浮于人们的语言表达能力之外，遂使诸多艺术样式对它保持了静默，一如这种哲学要义的特征一样。画家面临的难题是古老的和不易破解的。"第一义不可说"，只能以静默表达，靠体悟、顿悟参得；而当你谈禅时，禅已离你远去。那么，陶明君如何在这一题材中求得适宜的显现方式？又如何站在历史的制高点上，确立自己探索禅院画的起点？毫无疑问，这是带有多重难度的命题。但是，当《禅院静夜》《禅院梦境》《禅院月色》《屏竹禅院》《云山禅院》和《雪山禅院》等一系列作品问世后，人们发现，画家克服了困扰着自己的表达手段以及哲学上的障碍，并且在这批禅院系列画的创作过程中，找到了具有自己的风格性的要素和特征。

很明显，此人的探索是付出了代价的。这种代价首先是人们惯常的视觉心理的阻断。当画家推出自己的"江南水乡"系列作品时，人们能够很快地为这些作品的单纯、明净、如梦如歌所打动，为这些在日常生活的经验中可以亲历亲见的美的景观所陶醉。但是，面对着画家带有探索意味的禅院系列画，以往有关绘画欣赏与评价的心理积淀几乎无法依赖了。无论是用色还是构图，甚至引诱视线焦点的禅院的构成，都是"不中规矩"的。思维的惯性不起作用之后，这些画给人们带来的只能是体悟和冥想——而这才是陶明君创作过程中所期望达到的观赏效果，虽然这无疑冒了失掉一部分观众的危险。

由沉思冥想而得到精神上的自发性的领悟，这是禅所要达到的境界。为此，陶明君的禅院系列画显然将日常生活中的经验变为神秘的或先验的东西。这里，神秘的东西不是在清晰思想的对立面，更不在清晰思想之下，而是在清晰的思想之外。

它不是反对理性的，而是超越理性的。因此，这些禅院题材的作品就不是说教性的，而是启示或暗示性的。它们使观赏者从理性的意识转到意识的直觉状态，由对作品的感悟达到对人生、对宇宙的更空灵宏大的体悟。

由于对中国书画理论的潜心钻研，对美术史论的深入涉猎，陶明君在创作他的禅院系列画时，必然地具备了一些探索的甚至挑战的冲击性。山水画自古分为南北二宗，水墨青绿二体。元以后崇南抑北，重墨轻色，文人画的写意淡彩有席卷之势。几百年来，金碧重彩几成绝响。陶明君在用色上，崇尚大唐雄壮浑厚的大气磅礴，对敦煌壁画和永乐宫壁画的风格作了富有勇气的回溯。他选择传统国画颜料中的矿物质颜料为基础，同时选用日本友人广田良富先生提供的日本颜料，掺以一些丙烯，笔触所至，赭黄、碧绿、深蓝，在层峦叠嶂之间变幻着奇异的色彩；那些苍凉的山和神秘的云，因为色调的反差与萦回，似乎有了微妙的呼吸。画家的禅院系列，重彩大多以禅院月夜为主题，淡彩侧重在表现禅院雪景。在他看来，雪景、月夜都表示身心的纯洁如雪、纯净如月，而这正是禅所追求的境界。不管是淡彩水墨还是重彩青绿，都以冷色调为主，看上去深沉、冷寂、空寥、静默。饶有意味的是，画面用色的浓重和强烈反差，与空灵沉静的禅宗境界必然形成的矛盾和冲突，被画家成功地统摄到禅境的体味中去，显示出某种冲突与均衡的统一。这不能不说是画家的一次大胆的美学实践。除却用色，在材料、工具和许多技法上，画家也作了变革与新的尝试。陶明君在绘画前期，曾对弘仁、龚贤和黄宾虹等大师作品潜心研习，极为推崇。但创作这批禅院系列画时，他则突破了传统中国画程式，虽现笔墨肌理、技法上与敦煌壁画和宋代院体画相近，但又不尽相同。画面上的禅院、古寺、孤亭、飞泉、溪流、苍松、怪柳和密密麻麻的点，或为树，或为苔，或为纹石，正所谓"千树万树，无一笔是树；千笔万笔，无一笔是笔"。这种取自传统技法而又不同于传统技法的操作方式，和整幅画面所形成的具有现代感的构成，确乎给观者一种"看山是山，看水是水；看山不是山，看水不是水；看山还是山，看水还是水"的视觉效果。若果观者由画而进入感、觉、悟的三重境界，则这批禅院系列画所指示的探索方向，就值得画家上下而求索了。

陶明君曾说："艺术家的生命力，应该是永远在运动的。要相信你的感觉在什么方面特别强烈，你就勇敢地把它走彻底，潇洒走一回。"这种敢于强化直感的潇洒，得力于他对历史、哲学和艺术理论的广泛涉猎。他作过《四君子画史》《颜真卿书法随意论》，编撰过《美术辞林·中国画论》和《中国画论辞典》。作为中医学院毕业的高才生，他在进连云港国画院之前，曾作为中医师潜心研究中医理论多年，对人与自然之间的感应与对应关系，人自身的肌理气韵，有着很深的体悟。凡此种种，都被他融汇于对艺术哲学的思考中去了。1992年，应日本国高岛屋株式会社邀请，他作为中国艺术家代表团成员，赴日参加第十一届"大中国展"，在东京、横滨、大阪、岐阜等城市进行了书画表演及展览，受到东瀛朋友的欢迎。在日本，他考察了十三世纪传入岛国的禅宗对日本美术发展带来的影响，参观了铸造日本国民性格的富士山及遍地盛开的樱花……对于传统绘画的几进几出，对于异国文化的浸润，使得陶明君在对现代人的情感、精神、心理、梦境的参悟上，渐渐形成了自己的认识。在这个意义上，无论他江南水乡还是禅院系列，一花一世界，一叶一菩提，无一不在表达他对这个世界的观照，最终，是对于现代人追索的美的心像的观照。